MIA ROSÉ

CHICAGO LIGHTS

DEEPER THAN YOUR THOUGHTS

ROMAN

Bibliografische Information der Deutschen Nationalbibliothek: Die Deutsche Nationalbibliothek verzeichnet diese Publikation in der Deutschen Nationalbibliografie; detaillierte bibliografische Daten sind im Internet über dnb.dnb.de abrufbar.

Pastors Kamp 16
49565 Bramsche
Instagram: mia_rose_autor
Cover: buchcoverdesign.online
Instagram: buchcover_design
Illustrationen: Instagramm: majordangerr & mia_rose_autor
Bilder: Creativ Market
Sensitiv Reading: Wortsplitter
Instagram: wortschmiede_wortsplitter
ISBN: 9798840522240
Imprint: Independently published

WIDMUNG

FÜR CARO.
WEIL DU MIR WICHTIG BIST.

TRIGGER WARNUNG

Liebe Leser:innen, es folgt eine Trigger- und Contentwarnung. Diese enthält Spoiler für das gesamte Buch.
Einige Leser:innen könnten die im Folgenden aufgeführten Themen beunruhigend finden oder sich dadurch möglicherweise unwohl fühlen.
Bitte achtet auf euch und eure Gesundheit und lest es nur, wenn ihr euch dazu in der Lage fühlt.

Um niemanden zu spoilern, folgt die Warnung auf den nächsten beiden Seiten. So könnt ihr diese einfach überspringen und direkt bei der Playlist starten.

MÖGLICHE TRIGGERTHEMEN

Sprache: In meinen Büchern wird geflucht und oftmals auch eine derbe Sprache genutzt.

Sich Übergeben: Es kommen Szenen vor, in denen der Protagonist sich erbricht.

Alkohol und Drogen: Neben Zigaretten werden auch der Konsum von Alkohol und Drogen beschrieben.

Gewalt, sexueller Missbrauch, Kindesmisshandlung und Mord: Diese Themen werden in den Rückblenden thematisiert und explizit dargestellt.

Suizidale Gedanken/Suizid: Beides wird explizit dargestellt und thematisiert.

Selbstverletzendes Verhalten: Dieses Thema wird thematisiert und dargestellt.

Waffen: Die Benutzung von Waffen/Schusswaffen wird explizit dargestellt.

PTBS/psychisches Trauma: Es werden Rückblenden beschrieben, in denen der Protagonist Panikattacken und Flashbacks erlebt. Daraus resultieren Dissoziationen.

Alpträume/Traumafolgen: Diese und dessen Folgen werden explizit beschrieben und dargestellt.

Homophobie/Rassismus: Diese wird beschrieben und explizit dargestellt.

Gaslighting: Wird thematisiert und explizit dargestellt.

Vergewaltigung: Wird explizit dargestellt und thematisiert.

Blut: Wird explizit dargestellt.

Folter und Waterboarding wird explizit beschrieben und dargestellt.

Mord: Wird explizit beschrieben und dargestellt.

PLAYLIST

Wir sind X – Sharaktah

Some Say – Amanda Yang

BDWA Piano Version -Montez

Pray – jxdn

Hailie´s Song – Eminem

Fuck Love – Samo104

Every Breath You Take – The Police

Wir beide – 1986zig

ANGELS & DEMONS – jxdn

SO WHAT! – jxdn

Midnight – Tyler Glenn

Warum – Teesy

Way down We Go – Stripped – KALEO

Goldraub – 1986zig

Freeze - Kygo

ZITAT

„LIEBE IST DIE STÄRKSTE MACHT DER WELT, UND DOCH IST SIE DIE DEMÜTIGSTE, DIE MAN SICH VORSTELLEN KANN."

-Mahatma Ghandi

PROLOG

CADEN

Dass ich ein Monster war, wusste ich schon, bevor ich Calvin im Knast umgebracht hatte. Doch dass es noch schlimmer werden konnte, lernte ich erst viel später.

Schwer atmend ließ ich meine Hand sinken. Mit einem dumpfen Aufschlag fiel die Waffe zu Boden und hinterließ nichts als Leere in mir.

Ich war fertig.

Endgültig.

Es war vorbei.

Jeder Mensch, der mir je etwas bedeutet hatte, war fort oder tot.

Keuchend ließ ich mich auf die Knie sinken, schloss meine Augen und sah dabei zu, wie mein bisheriges Leben an mir vorüberzog.

Es sollten Sekunden sein, doch sie fühlten sich an wie Stunden.

Ich hörte ihre schweren Schritte auf dem Flur.

Sie kamen näher, weil sie noch etwas zu erledigen hatten. Eine Sache, die noch beseitigt werden musste, bevor das ganze Konstrukt zusammenbrechen würde.

Ich musste sterben.

Nein, ich würde sterben. Und zwar heute. Genau hier, wo alles irgendwie begonnen hatte.

Ich wusste nicht, wie lang ich schon hier war, doch dass es heute enden würde, das wusste ich ganz genau.

Ich öffnete die Augen und mein Blick glitt zu dem leblosen Körper neben mir. Seine Haare fielen ihm in die weit aufgerissenen Augen. Jetzt waren sie nicht mehr stechend, nicht mehr wachsam. Nachdem sein Herz aufgehört hatte zu schlagen, verschwand auch dieses gefährliche Funkeln darin.

Er hatte es nicht kommen sehen, die Waffe in meiner Hand nicht wahrgenommen und nicht damit gerechnet, dass ich so weit gehen würde.

Noch einmal. Schon wieder.

Die Tür wurde aufgerissen, große Hände griffen nach mir und zerrten mich über den Boden. Zurück in den Raum, in dem ich bereits zu viel Schmerz und Leid erfahren hatte.

Sie rissen die Tür auf und stießen mich. Der harte Boden bohrte sich in meine Knie, während ich in den Lauf seiner Knarre starrte.

«Bereit zu sterben, *Zombie*?»

Ja. Ja, ich war bereit. War es schon viel zu lange und jetzt würde ich endlich die Erlösung finden, nach der ich mich so lange gesehnt hatte.

KAPITEL 1
CADEN

Ich fühlte nichts.

Nichts, als ich den Sanitätern dabei zusah, wie sie Liam mit einer schwarzen Folie bedeckten, noch, als sie ihn anschließend fort brachten.

Ich hörte nichts.

Nichts, als Luca versuchte, mich anzusprechen. Mit rot geränderten Augen und feuchten Wangen. Und auch nicht, als Staton und Brian sich mit den Cops unterhielten.

Ich sagte nichts.

Nichts, als die Cops mich ansprachen und auch nicht, als jemand versuchte, mich aus dem Wohnzimmer zu bringen.

Stattdessen saß ich einfach da, starrte abwechselnd auf meine Hände, in den Raum hinein und verharrte. Ich verharrte hinter der Plexiglasscheibe, die irgendwann, zwischen der Erkenntnis, dass mein Bruder tot war und dem Auftauchen der Cops, hochgefahren war. Sie schirmte mich ab, während mein Kopf sich mehr und mehr mit Watte füllte. Ich wartete darauf, dass die Tür zu Traumaland sich öffnete. Doch nichts geschah. Ich wollte etwas fühlen. Irgendetwas. Aber ich konnte es nicht.

Die Stunden verloren sich, während ich auf dem Boden hockte und es nicht schaffte, mich zu bewegen. Irgendwann kam Luca zurück, legte seine Hände auf meine Unterarme, die ich fest um meine Knie geschlungen hatte, und sprach mit mir. Seine Lippen bewegten sich, doch kein Ton drang zu mir durch. Irgendwann gab er es auf und setzte sich neben mich. So saßen wir beide da, während die Cops alles absperrten. Sie wollten, dass ich ging. Eine fremde Frau kam zu mir, sagte etwas, das ich nicht verstand und ging wieder. Letztendlich gaben sie auf und ließen uns dort sitzen.

Jemand nahm unsere Fingerabdrücke, noch mehr Cops kamen und schlussendlich warfen sie uns raus. Luca ging, war fort und kam nach einer Weile mit zwei gepackten Taschen zurück.

Eine andere, fremde Frau kam zu mir, reichte mir zwei Tabletten, sprach mit Luca und verschwand wieder. Ich weiß noch, dass er mich aus der Wohnung brachte und wir in Statons Wagen stiegen. Wir fuhren weg, keine Ahnung wohin. Und dann wurde dank der Pillen alles dunkel.

Als ich das nächste Mal meine Augen aufschlug, lag ich in einem fremden Bett. Ich schreckte hoch, doch Luca griff nach meiner Hand.

«Cady», flüsterte er mit ruhiger Stimme. «Wir sind in einem Hotel.»

Ich sah mich in dem unbekannten Zimmer um und fühlte mich so verloren wie nie zuvor. Meine Hände begannen zu zittern. Es breitete sich in meine Arme aus und übernahm schließlich meinen gesamten Körper. Ich sah zu Luca, der beinahe so verloren wirkte, wie ich mich fühlte.

«Mir ist so kalt», brachte ich zähneklappernd hervor und wusste selbst nicht, warum ich das Gefühl hatte, ihm das sagen zu müssen.

«Soll ich dir noch eine Decke kommen lassen?», fragte er, doch ich schüttelte den Kopf. Mein Blick fiel auf meine Hände, an denen noch immer Liams Blut klebte. Übelkeit stieg in mir auf und ich spürte, wie kurz davor ich stand, komplett durchzudrehen.

«Ich … Luca ... »

Er verstand. Auch ohne Worte, weil er Luca war.

«Komm mit», raunte er, reichte mir seine Hand und brachte mich ins Bad. Dort stellte er die Dusche an und schob mich samt Kleidung darunter. Das heiße Wasser brannte auf meiner eiskalten Haut und ich musste die Augen schließen, um nicht dabei zuzusehen, wie es sich rosa färbte und das Letzte, was mir noch von ihm geblieben war, im Abfluss verschwand.

«Ich nehme jetzt deine Hände, Cady», meinte Luca flüsternd und kurz darauf spürte ich, wie er Duschgel darauf verteilte.

«Heb deine Arme», bat er und ich tat es. Er berührte mich nicht. Zumindest nicht mit den Händen. Stattdessen drückte er mir einen Waschlappen in die Hand, griff nach meinem Handgelenk und führte mich.

Obwohl ich anwesend war und alles mitbekam, verlor ich mich doch in dem Dunst aus Nebel, der hinter der Plexiglasscheibe herrschte. Er wurde weniger, Lucas Worte dagegen immer lauter. Ich wollte sie behalten. Dieses eine Mal wollte ich, dass die Scheibe blieb. Weil sie mich schützte. Vor dem, was dahinter auf mich wartete und vor dem, was ich nicht wahrhaben wollte.

«Liam ist tot», hörte ich mich selbst sagen, woraufhin Luca den Arm sinken ließ, mich ansah und nickte. «Ja, Cady. Liam ist tot und es tut mir unfassbar leid.»

Liam war tot. Erschossen in seiner eigenen Wohnung. Er wurde hingerichtet, weil ich mich mit den falschen Leuten angelegt hatte.

«Ich fühle nichts», gab ich heiser zu. Ich sollte doch etwas fühlen. Trauer oder Schmerz. Wut. Irgendetwas. Aber da war nichts. Gar nichts, außer endlose, schweigende Leere.

«Du stehst unter Schock und die Ärztin hat dir Beruhigungstabletten gegeben.»

Fühlte es sich so an, wenn man unter Schock stand? Ich war gefangen in mir selbst und wusste nicht, ob ich jemals wieder daraus ausbrechen wollte. Nichts zu fühlen war auf eine unangenehme Art aushaltbar. Ich war betäubt, innen sowie außen. Ich hörte jemanden schreien, in meinem Kopf. Die ganze Zeit.

Doch weiter als dorthin kam dieser quälende Laut nicht und ich war froh darum. Niemand sollte es hören müssen. Dieses Geräusch, das alles, nur nicht menschlich war.

«Schließ deine Augen», wisperte Luca, als er mir die Haare wusch. Haare waren okay. Zumindest bei ihm.

Es dauerte nicht lange, bis er schließlich das heiße Wasser abstellte und mir ein Handtuch um die Schultern legte. Obwohl ich nicht mehr zitterte, fror ich noch immer. Eine eisige Kälte hatte sich in mir ausgebreitet und jeden Zentimeter von mir eingenommen.

«Warte kurz, ja?», fragte er, zog sich die tropfenden Kleider aus und stellte sich selbst unter die Dusche.

Ich wartete nicht, sondern ging zurück in unser Zimmer. Dort fand ich die Taschen neben dem Bett, zog mir zwei Schichten Kleidung an und löschte das Licht. Schließlich ließ ich mich vor das bodentiefe Fenster sinken und starrte nach draußen.

Wir mussten uns in einem teuren Hotel befinden, das zeigte zumindest die Höhe des Ausblicks und die Einrichtung. Ich wäre lieber zurück in das heruntergekommene Motel gegangen, in dem ich mit Luca gewesen war.

Ein Klopfen an der Tür ließ mich aufsehen und es wunderte mich nicht, als Cole darin auftauchte. Er war mein Bodyguard, also musste er auch hier mit mir herum hängen.

«Hey Kleiner, wie hältst du dich?», fragte er und ging neben mir in die Knie. Er reichte mir eine Schachtel Kippen und ich zündete mir eine an. Es war mir in diesem Moment egal, ob es erlaubt war oder nicht. Genauso egal, wie alles andere auch.

«Keine Ahnung», gab ich zurück und sah wieder nach draußen. «Ich fühle nichts.»

«Das kommt noch. Und dann wirst du dir wünschen, du wärst wieder so betäubt wie jetzt.»

Ich sah kurz zu ihm, bevor ich wieder auf die Lichter blickte. «Ich will, dass es so bleibt. So wie jetzt.»

Er drückte kurz meine Schulter und es sollte mich stören. Doch ich nahm es kaum wahr

«Das wird es nicht, Caden. Es wird weh tun, vielleicht mehr als alles, was du bis jetzt gefühlt hast. Vielleicht weniger. Das weiß man vorher nie. Aber der Schmerz kann dir helfen, es zu verarbeiten. Zu heilen? Keine Ahnung. Mir hat er geholfen, damit klar zu kommen. Irgendwie.»

Durch die Spiegelung der Scheibe erblickte ich Luca, der mit einem Handtuch um den Hüften aus dem Bad kam. Sein Blick glitt erst zu mir und dann zu Cole, bevor er sich seiner Tasche widmete.

«Wenn du was brauchst, sag Bescheid. Egal was, okay?»

Ich wusste, worauf er hinaus wollte. Drogen waren das Erste, woran ich gedacht hatte, aber … der Fall danach machte mir Angst. Ich wusste, wie es sich anfühlen würde und war nicht stark genug für den Aufprall.

Cole erhob sich, schob seine Hände in die Taschen und verließ mit einem Nicken unser Zimmer. Luca kam und setzte sich mir gegenüber.

«Wo sind wir?», fragte ich, ohne ihn anzusehen.

Er atmete tief durch und lehnte seinen Kopf gegen den Rahmen. Seine Füße lagen an meinen und ich ließ es zu. Weil es okay war.

«Ich glaube im Ritz, kann aber auch das Hilton sein, oder irgendein anderes völlig überteuertes Nobelhotel. Wir verstecken uns und warten, was jetzt passiert. Die Cops sind eingeweiht und vor der Tür stehen zwei von denen. Die glauben, dass die wieder kommen. Weil sie eigentlich dich wollten.»

Ich sollte ihm von Ace erzählen. Davon, dass ich Cole darauf angesetzt hatte, etwas über ihn herauszufinden und davon, was Ace mir erzählt hatte. Aber war es dafür nicht zu spät? Und würde Ace mich wirklich töten? Ich glaubte nicht daran, auch wenn ich keinen Zweifel hatte, dass er ein eiskalter Killer sein konnte.

Würde ich Luca davon erzählen, wäre er in Gefahr und das konnte ich nicht riskieren.

Ich würde ihn beschützen. Die ganze Sache würde nicht noch einem Menschen das Leben kosten. Und ganz bestimmt nicht ihm.

Er war alles, was ich noch hatte und alles, was ich wollte.

«Was wird jetzt? Ich meine … wo gehen wir hin? Oder ich oder du oder …»

Luca beugte sich vor und griff nach meiner Hand. «Wir. Kein du und ich, Cady. Wir. Und ich weiß es nicht. Ich weiß gar nichts mehr. Das kann doch nicht echt sein. Das alles … es fühlt sich an wie ein böser Traum und ich warte nur darauf, dass wir aufwachen.»

Nichts wünsche ich mir mehr.

«Das ist kein Traum, Luca. Sind die schlimmen Sachen nie. Sie verfolgen dich in deine Träume, aber das macht sie nicht weniger real.»

«Und wenn ich nicht will, dass es real ist?», hauchte er und sein Schmerz drang trotz des Nebels zu mir durch. Ich schloss meine Augen und versuchte, die Plexiglasscheibe zu halten. Sie durfte nicht verschwinden, auch wenn ich sie sonst so sehr hasste.

Ich wollte es nicht fühlen müssen. Den Schmerz, die Trauer und die Schuld. Ich wollte nichts davon, weil ich wusste, dass es mich zerstören würde.

«Es ist egal, was wir wollen, Babe. Niemanden interessiert das», presste ich hervor und stand auf. Ich musste mich bewegen, um atmen zu können.

Ich spürte seinen Blick auf mir, doch ich konnte ihn nicht erwidern. Der Drang einfach wegzulaufen breitete sich in mir aus und es kostete mich meine letzten Kraftreserven, dem nicht nachzugeben.

KAPITEL 2

LUCA

Ich wollte schreien, doch ich riss mich zusammen. Mein bester Freund war tot und wir saßen in einem Hotel fest, weil irgendjemand hinter Caden her war. Die Cops hatten jemanden zu Mary geschickt und auch Pierce hatte zwei seiner Leute zu ihrem Personenschutz abgestellt. Die Angst blieb dennoch und ich wollte so schnell wie möglich zu ihr. Aber ich wollte auch bei Caden sein. Allein der Gedanke, ihn auch nur eine Sekunde aus den Augen zu lassen, machte mir Angst. Seit einer Stunde lief er jetzt in diesem Zimmer auf und ab, noch immer war sein Blick verhangen und er nicht ganz bei mir. Aber der Schock würde nachlassen, dieser Zustand hielt nicht für ewig an und dann … würde es dunkel werden um ihn herum.

«Ich kann hier nicht bleiben», sagte er plötzlich und blieb stehen. Die Verzweiflung in seinem Blick machte alles noch schlimmer und am liebsten hätte ich ihn in den Arm genommen. Ihm gezeigt, dass ich hier war und er das nicht allein durchstehen musste. Aber seine ganze Haltung hatte sich gewandelt, seit er aus dem Bad raus war. Das war für mich nichts Neues, deswegen wunderte es mich auch nicht. Ich kannte es von ihm. Gerade, wenn es schwer wurde oder die Dunkelheit kam, kam auch die Ruhelosigkeit.

«Wo willst du hin?», fragte ich und stand auf. Er zuckte die Schultern und fuhr sich mit beiden Händen über das Gesicht. «Egal, nur nicht hier. Eingesperrt in einem Zimmer in irgendeinem Hotel. Das Motel. Irgendwas, bloß weg hier.»

Ich verstand ihn. Dieses Zimmer erstickte auch mich. Die ganze Stadt schnürte mir gerade die Luft ab. Ich hatte Chicago immer geliebt. Die Architektur, den Lake Michigan und die Lichter bei Nacht. Doch wenn ich jetzt aus dem Fenster sah, waren die Lichter nicht mehr schön. Die hohen Gebäude beeindruckten mich nicht länger, sondern engten mich ein.

Ich wandte den Blick ab und klopfte an die schmale Tür, die unser Zimmer von dem von Cole und Staton trennte. Staton öffnete die Tür und sein Blick huschte blitzschnell zu Caden und scannte anschließend unser Zimmer, bevor er mich ansah.

«Wir müssen hier weg. Dieses Zimmer und das Hotel, das ist keine Lösung.»

Er seufzte und lehnte sich mit der Schulter gegen den Holzrahmen. «Ihr seid zu eurem Schutz hier. Nicht zum Vergnügen.»

«Dann beschützt uns woanders.»

«Und wo?», knurrte Staton und verschränkte die Arme vor der Brust.

«Irgendwo, wo es mehr gibt als ein Zimmer mit Bad. Verdammt, so schwer ist es ja wohl nicht», zischte ich und schloss für einen Moment die Augen. Ich versuchte es abzuschütteln, dieses Gefühl der völligen Hilflosigkeit, und mich zusammenzureißen. «Bringt uns einfach woanders hin oder wir gehen. Ihr habt für Liam gearbeitet, nicht für uns.»

Staton presste den Kiefer zusammen, nickte schließlich und schloss die Tür. *Verdammt!*

Ich wusste, dass Pierce und seine Männer seit Jahren für Liam arbeiteten und sie mehr waren als nur seine Bodyguards. Das schlechte Gewissen kam und gesellte sich zu dem Schmerz, der meine Brust ausfüllte und mir die Luft zum Atmen nahm. Ich ging zurück zum Fenster, stützte meine Hände dagegen und versuchte, mich zu beruhigen.

«Mein Bruder ist tot», erklang auf einmal Cadens heisere Stimme neben mir und ich sah auf. Er stand da, die Faust auf den Mund gepresst, während seine Augen in Tränen ertranken. «Verdammt, mein Bruder ist tot.»

«Cady», flüsterte ich, drehte mich zu ihm um und umfasste sein Gesicht. Heiße Tränen rannen ihm über die Wangen, während er mich immer noch ansah. «Scheiße, Cady.»

Er stolperte nach vorn und plötzlich lag sein Gesicht an meiner Brust. Seine Hände krallten sich in den Stoff meines Shirts und er weinte. Leise, still und unendlich.

Ich schloss meine Arme um ihn, fest, weil ich wusste, dass er es anders nicht ertrug. Und dann weinten wir beide. Um Liam, den wir verloren hatten. Um seinen Bruder und meinen besten Freund. Um unser Leben, das nie wieder so sein würde, wie es einst gewesen war.

Ich weiß nicht, wie lange wir dort standen, uns gegenseitig Halt gebend, und einen verlorenen Menschen beweinten. Doch irgendwann löste er sich von mir, wischte sich über das Gesicht und zündete sich eine Zigarette an. Auch mir gab er eine, bevor er nach meiner Hand griff und wir uns zurück auf den Boden sinken ließen.

Ich hätte alles getan, wenn ich ihm seinen Bruder nur irgendwie hätte zurückgeben können. Auch wenn ihre Beziehung nicht einfach gewesen war, er war seine Familie.

«Ich will nie wieder dorthin zurück», sagte Caden und aschte in den Blumentopf, der neben ihm stand.

«Musst du nicht. Ist okay.»

Er nickte nur und starrte weiter nach draußen.

Meine Hand lag die ganze Zeit in seiner, während wir rauchten und warteten, bis der Himmel sich erst grau und schließlich orange färbte.

Ein Klopfen an der Tür ließ mich aufsehen, Staton kam zusammen mit Cole und einem Polizisten herein und sah abwechselnd zwischen uns hin her.

«Wir haben eine Bleibe für euch gefunden. Dort verbringen wir die nächsten Tage, während die Ermittlungen laufen», teilte Staton uns mit.

Ich verstand nur, *die nächsten Tage*. Und was war dann?

«Kein Zeugenschutzprogramm?», fragte ich, woraufhin er den Kopf schüttelte.

«Ihr seid keine Zeugen und der Richter hat es aufgrund der Gefährdungsanalyse abgelehnt. Personenschutz rund um die Uhr und wechselnde Standorte, bis wir wissen, wer hinter euch her ist.»

Ich schluckte schwer, bevor ich die Frage stellte, die mir auf der Zunge lag. Ich fürchtete die Antwort darauf und dennoch bewegten sich meine Lippen. «Was ist mit Liam und sei- … also … was», stotterte ich, weil ich die Worte nicht über mich brachte.

«Die Beerdigung ist in ein paar Tagen. Sobald der Rechtsmediziner … sie ist in ein paar Tagen.» Staton räusperte sich, drehte sich um und ging. Wir sahen ihm nach, wie er in dem Nebenzimmer verschwand und die Tür schloss.

In ein paar Tagen.

Verdammt. Ich habe Beerdigungen schon immer gefürchtet und diese würde mein Untergang werden.

KAPITEL 3

CADEN

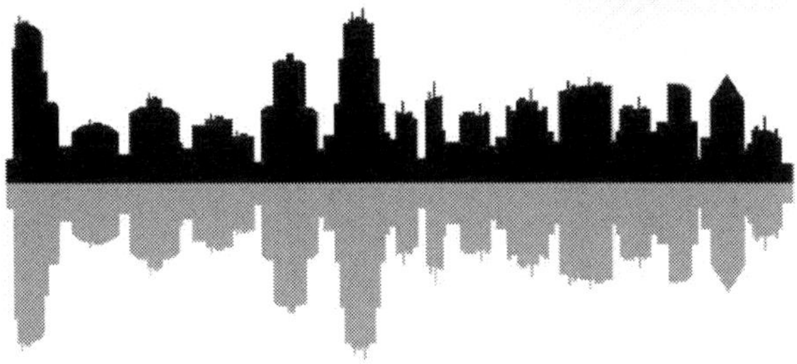

Je weiter wir uns von dem Hotel entfernten, desto heruntergekommener wurde die Stadt. Auch Luca schien sich darüber zu wundern, denn sein Blick zuckte immer wieder nervös aus dem Fenster.

«*Was ist los?*», fragte ich ihn stumm. Er schüttelte den Kopf und wandte sich an Staton.

«Wo fahren wir hin?», fragte er, doch Staton schien es selbst nicht zu wissen. Pierce war gekommen, zwei Stunden nachdem Staton uns verkündet hatte, dass wir umziehen würden.

«Pierce, wo liegt das sichere Versteck?», wollte Staton wissen. Pierce sagte etwas zu ihm, allerdings so leise, dass wir es nicht hören konnten.

Die verdammten Scheiben waren so dunkel, dass ich Schwierigkeiten hatte, die Schilder zu lesen.

«Das ist keine gute Idee», sagte Staton leise und sah durch den Rückspiegel zu uns.

Pierce setzte den Blinker und bog in eine weitere Straße ab. Ich hatte keine Ahnung, wie lange wir bereits unterwegs waren. Es konnte eine halbe Stunde sein, aber genauso gut auch drei Stunden. Mein Kopf war noch immer nicht ganz wieder da und der Nebel raubte mir jegliches Zeitgefühl. Doch Lucas steigende Unruhe steckte mich an und klärte meinen Kopf mit jeder Minute.

«Verdammt, was ist keine gute Idee?», zischte Luca und seine Stimme hatte einen warnenden Unterton angenommen. «Wir fahren raus aus der Stadt, ich kenne diese Gegend.»

Pierce seufzte genervt und drehte sich kurz zu uns um, als wir an einer Ampel hielten.

«Was glaubt ihr, wo sie euch zuerst erwarten? In irgendeinem Hotel oder in einer schicken Wohnung. Warum? Weil Liam es so gewollt hätte.»

«Und deswegen bringst du uns in die South Side?», fragte Luca entsetzt und rang mit den Händen. «Das kann nicht dein verfluchter Ernst sein!»

Da ich nicht aus Chicago kam, hatte ich nicht besonders viel Ahnung von den einzelnen Bezirken. Doch die South Side war auch mir bekannt. Nicht wenige meiner Mitgefangenen aus dem Chicago Jail kamen dort her.

«Es ist die Grenze zur South Side und ich habe da ein Haus, das wir nutzen können. Wir bleiben ein paar Tage, dann ziehen wir weiter.»

Luca lehnte sich mit verschränkten Armen in seinem Sitz zurück und schnaubte verächtlich.

«Das gefällt mir nicht. Das gefällt mir ganz und gar nicht.»

Mir auch nicht, dachte ich. Mir auch nicht.

Die Tür des Wagens fiel zu und ich starrte auf die Bruchbude vor uns. *Fuck, sein Ernst?*

«Da sollen wir wohnen?», fragte ich und schnaubte. Pierce ließ meine Tasche fallen und funkelte mich an.

«Immerhin eine Steigerung zu einer Zelle, oder?» *Fuck you.*

Anstatt etwas darauf zu erwidern, hob ich meine Tasche vom Boden auf und ging an ihm vorbei. Die Cops waren uns gefolgt und stellten sich an der gegenüberliegenden Seite an die Straße. Sie hatten den Auftrag, das Haus zu bewachen, für mehr waren wir anscheinend nicht wichtig genug.

Bei mir mochte das stimmen, doch nicht bei Luca.

Dass sie mich nicht mochten, verstand ich. Ex-Knacki, Drogen und Gewalt. Aber Luca? Er war ein Vorzeigebürger. Kümmerte sich um seine kranke Schwester, hatte einen festen Job und keine Vorstrafen. Sollte er nicht beschützt werden?

Scheiß auf die alle, ich würde niemanden an ihn heran lassen.

«Euer Zimmer ist oben», sagte Pierce, als wir das Haus betraten und in dem schmalen Flur standen.

«Ich besorg uns was zu essen», verkündete Staton und verschwand. Mir war egal, was Pierce noch vorhatte, deswegen ging ich direkt auf die steile Treppe zu. Ich hörte Luca hinter mir und ein lautes Knarzen begleitete jeden unserer Schritte.

Das Zimmer war klein, mit einem Bett, das eindeutig zu schmal für zwei erwachsene Männer war und einem kleinen Bad mit einer ebenso zu kleinen Dusche. Pierce hatte Recht, trotz allem war diese Bruchbude besser als eine Zelle im Knast.

Die Tür fiel hinter uns ins Schloss und kurz darauf spürte ich Lucas Hände, die von hinten nach meinen griffen.

«Wie fühlst du dich?», fragte er leise. Sein Atem streifte meinen Nacken und obwohl er mich ansonsten nicht berührte, ging seine Wärme auf mich über. Mein rasender Herzschlag beruhigte sich, sobald er in der Nähe war. Als würde er mich einhüllen und verhindern, dass es davon galoppierte.

«Keine Ahnung», gab ich zu, weil es so war. Ich wusste nicht, ob ein Zusammenbruch kurz bevor stand, oder ich für immer diese unerträgliche Leere in mir spüren würde.

Mein Handy vibrierte in der Tasche, doch ich ignorierte es. Ich hatte weder die Kraft für Finns Fröhlichkeit noch für Keiths Ehrlichkeit. Und für Ace schon gar nicht.

«Willst du nicht ran gehen?», fragte Luca, als es nicht aufhörte zu summen. Doch ich schüttelte den Kopf, griff danach und schaltete es ab, ohne vorher drauf zu sehen.

«Nicht jetzt.»

Seine Lippen berührten meinen Nacken und trotz allem überlief mich ein Schauer.

«Komm», sagte ich, zog ihn zum Bett und legte mich auf die vergilbte Tagesdecke. Als ich bis an die Wand gerutscht war, legte Luca sich zu mir. Ich griff nach seiner Hand und bettete meinen Kopf auf seiner Brust. Nur einen Moment seinem Herzschlag lauschen, für ein paar Minuten das Gefühl von Sicherheit spüren und einen Schritt von der Kante zurücktreten.

Wir sahen uns an, während ich dem Gefühl unter meiner Wange erlag und seine Finger durch mein Haar strichen.

«Du darfst niemals gehen», bat ich leise und biss die Zähne zusammen. Würde er gehen, wäre ich verloren.

«Ich werde nicht gehen», versprach er und fuhr mit den Fingerspitzen über mein Gesicht. «Werde ich nicht, Cady. Nicht, solange du mich bei dir haben willst.»

Ich wollte ihn bitten, mit mir abzuhauen. Weg von hier und raus aus Chicago. Aber das konnte ich ihm nicht antun. Ihn zwingen, sich zwischen mir und seiner Schwester entscheiden zu müssen, wäre falsch.

Früher hätte ich es vielleicht getan, weil ich nicht in dieser Stadt leben wollte. Doch jetzt …

«Ich will nicht … ich kann nicht ohne dich sein», presste ich zwischen zusammengebissenen Zähnen hervor. Es war das erste Mal, dass ich es schaffte, so offen das auszusprechen, was ich dachte. Es war eine Schwäche, dies zuzugeben. Aber ich konnte nicht länger dagegen ankämpfen. Nicht mehr. Nicht, nachdem ich gesehen hatte, wie verdammt vergänglich alles war. Es gab nur noch ihn.

Seine Finger verharrten an meiner Wange, während sein Blick auf mir lag. Sanft und voll von Gefühlen.

«Wirst du nicht. Nie. Ich bin genau da, wo ich hingehöre. Bei dir. Mit dir.»

Ich schloss meine Augen, ließ die Worte auf mich wirken und spürte seine Finger auf meiner Haut.

Er war hier. Ich spürte seinen Herzschlag unter meiner Wange und seine Wärme, die mich schließlich einschlafen ließ.

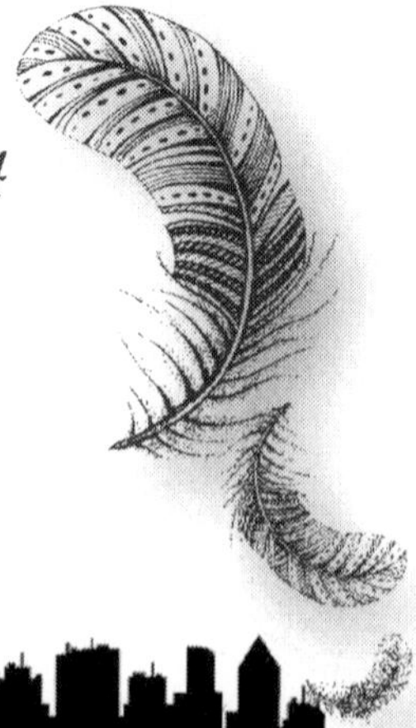

KAPITEL 4
LUCA

4 TAGE BIS ZUR BEERDIGUNG ...

Ein Streit zwischen Pierce und Staton weckte mich. Cady lag noch immer auf meiner Brust und schlief. Um ihn nicht zu wecken, blieb ich ganz still liegen, lauschte aber dem Geschrei, das durch die geschlossene Tür drang.

«Wir sollten nicht hier sein!», brüllte Staton. So wütend hatte ich ihn noch nie erlebt. Er war einer dieser Menschen, die selbst im größten Stress noch ruhig bleiben konnten. Doch auch Pierce schien alles andere als glücklich zu sein. «In vier Tagen ist die Beerdigung! Solange bleiben wir in diesem Haus, danach ziehen wir weiter.»

Etwas knallte, eine Tür, und dann wurden die Stimmen lauter. Sie mussten das Wohnzimmer verlassen haben und jetzt unten im Flur stehen.

«Du machst einen Fehler, Pierce», sagte Staton jetzt leiser.

«Der einzige Fehler wäre es, wenn wir jetzt überstürzt handeln. Die Jungen zu schützen sollte unser oberstes Ziel sein.»

Staton schnaubte und lachte trocken auf. «Und du meinst, dass hier der richtige Ort dafür ist?»

«Ich weiß es», erwiderte Pierce, bevor die Haustür geöffnet wurde, zurück ins Schloss fiel und es still wurde.

Ich unterdrückte ein Fluchen und schloss meine Augen.

Es war schlimm, von anderen abhängig zu sein und darauf angewiesen, dass sie wussten, was sie taten.

Wir befanden uns in einem wahrgewordenen Alptraum, aus dem wir nicht erwachten.

Mein bester Freund war tot. Er wurde von Menschen erschossen, die der Personen schaden wollten, die ich liebte. Nein, keiner von denen würde Caden zu nah kommen. Ich hatte mich nie für einen gewalttätigen Typen gehalten, aber allein die Vorstellung davon, dass sie ihm etwas antun könnten, reichte aus, um meinen Puls in die Höhe zu treiben.

Ich öffnete die Augen und sah Caden an. Selbst im Schlaf sah er angespannt aus. Die Lippen fest zusammengepresst, eine kleine Furche zwischen den dunklen Augenbrauen. Trotz des schmalen Bettes hatte er sich so zusammengerollt, dass er auf der Seite lag und das Gesicht zu mir drehen konnte. Seine Wange auf meiner Brust, direkt über meinem Herzen, weil ihn das beruhigte.

Vor dem Fenster begann die Dämmerung und tauchte das kleine Zimmer in helles Grau.

Es waren noch vier Tage bis zur Beerdigung. Vier Tage, die wir in diesem Haus ausharren mussten.

Erneut schloss ich meine Augen, in der Hoffnung, doch noch ein bisschen Schlaf zu finden.

Cadens zuckender Körper und sein keuchender Atem rissen mich aus dem Schlaf. Ich konnte nicht lange geschlafen haben, denn die Sonne war noch nicht aufgegangen. Es war immer noch dämmrig, aber hell genug, um alles erkennen zu können.

Cadens Finger krallten sich in die Bettwäsche und ich sah die Tränen, die ihm über die Wangen rannen. *Verdammt.*

Sanft legte ich meine Hand an seine Wange und sagte seinen Namen. Immer wieder, so lange, bis er die Augen aufriss, hochschreckte und bis an die Wand zurückwich.

«Cady, ich bin´s. Luca. Wir sind in dem sicheren Haus, mit Cole, Pierce und Staton.»

Hektisch sah er sich um, fixierte schließlich meinen Blick und nickte.

Ich streckte die Hand aus und wartete, bis er seine hineinlegte.

«Es ist real, oder?», fragte er und zerriss mich von innen.

«Ja», flüsterte ich. «Ja, es ist real. Es tut mir so leid.»

Schweigend nickte er, schluckte und wischte sich mit dem Ärmel über das Gesicht. Er sah so anders aus. Wie Caden und dennoch irgendwie anders. Kleiner, blasser, gebrochener.

Als ich ihn so sah fragte ich mich, ob der Caden, den ich kannte, jemals zurückkehren würde.

Wir saßen an dem kleinen runden Tisch, in der winzigen Küche und stocherten in dem Rührei herum, welches Cole uns gemacht hatte.

Pierce sprach gerade mit den Cops und Staton saß im Wohnzimmer und sah die Nachrichten.

Liams Tod hatte es bis ins Fernsehen geschafft. Über den Grund wurde nicht gesprochen, aber darüber, dass ein Anwalt aus Chicago in seiner Wohnung erschossen wurde, schon. Ich hatte keine Ahnung, woher die Reporter so schnell davon Wind bekommen hatten. Aber unser Haus flimmerte über den Bildschirm, während eine Frau davor stand und die Geschichte ausschlachtete. Angeblich hätte sie etwas gehört, etwas gesehen und wusste alles über die Menschen, die dort lebten. Ich hatte sie noch nie gesehen, aber der Reporter sprang voll darauf an und genau das wollten die Leute sehen. Ein Racheakt, einer seiner Ex-Mandanten oder Gegner. So vermied man Panik im Nobelviertel von Chicago. In der South Side war ein erschossener Mann etwas ganz anderes, als im Loop. Klassifizierung wird immer noch ganz groß geschrieben. Dann auch noch Anwalt, weiß und Gutbürger. Hätte es jemanden aus einem der ärmeren Viertel getroffen, würde sich ein Reporter wahrscheinlich nicht einmal die Mühe machen, dort hinzufahren.

«Am Donnerstag ist die Beerdigung», sagte Pierce in meine Gedanken hinein und ich spürte, wie Caden neben mir zusammenzuckte.

Auch mir wurde bei dem Gedanken daran übel.

Pierce setzte sich zu uns an den Tisch und breitete einen Stapel Papiere aus. «Es tut mir leid Caden, aber du musst das hier unterschreiben.»

Cadens Blick schoss erst zu mir, dann zu Pierce. Er ließ seine Gabel fallen und schüttelte den Kopf.

«Ich könnte …», setzte ich an, doch Pierce verneinte.

«Caden ist der nächste Angehörige. Ich kann euren Vater nicht erreichen und …»

«Sein Vater. Nicht meiner», fuhr Cady heiser dazwischen. «Ich will das nicht unterschreiben.»

Pierce fuhr sich mit einer Hand über das Gesicht und sah genervt aus. Das machte mich wütend. Als wäre Cadens emotionale Verfassung etwas Unnormales oder Lästiges.

Sein Bruder ist tot, du Arschloch.

«Liam hat dich eingetragen. Als Alleinerben und auch, falls ihm etwas zustoßen sollte. Wir beeilen uns, aber die Unterlagen müssen unterschrieben werden.»

«Soll das ein Witz sein?», fauchte Caden und stand ruckartig auf. Sein Stuhl fiel scheppernd zu Boden, doch es interessierte ihn nicht.

«Wie kann er mich als Erben eingetragen haben? Wir kannten uns kaum!»

Ziellos begann er in der Küche auf und ab zu tigern, während er Pierce mit Blicken erdolchte. Liam hatte Caden immer schon als Erben in seinem Testament, doch das behielt ich lieber für mich.

«Wusstest du davon?», fuhr er mich an und wirbelte zu mir herum.

Oder auch nicht …

«Ähm …», setzte ich an und kratzte mich am Hinterkopf. «Irgendwie schon.»

Caden schnaubte, bevor er sich kopfschüttelnd auch von mir abwandte.

Ich stand auf und ging auf ihn zu. Kurz vor ihm blieb ich stehen und versperrte ihm den Weg.

«Cady», bat ich leise. «Bitte sei nicht sauer. Ich … keine Ahnung. Ich habe nicht geglaubt, dass es jemals wichtig sein würde.»

Er blickte zu mir hoch, nur kurz, doch es reichte aus, um die Trümmer in seinem Inneren zu offenbaren.

«Du musst das nicht allein machen. Ich bin hier und ich gehe nicht weg.»

Ich sah, wie er den Kiefer anspannte und seine Hände zu Fäusten ballte. Am liebsten hätte ich ihn an mich gezogen und ihn festgehalten. Versucht, ihn davor zu bewahren, endgültig auseinanderzubrechen.

Aber wie sollte ich jemanden zusammenhalten, der immer kurz davor stand auseinanderzufallen? Es brauchte nur eine Erschütterung, bevor der Kleber, der ihn notdürftig kittete, riss und Caden zerbrach.

«Ich kann mir das nicht durchlesen», presste er zwischen zusammengebissenen Zähnen hervor und ich nickte.

«Schon gut. Ich mach das. Du unterschreibst, den Rest übernehme ich.»

Pierce atmete erleichtert auf und reichte mir einen Stapel Papier mit einem Stift.

In der nächsten Viertelstunde las ich mir alles durch und reichte es dann an Caden weiter, damit er es unterschrieb.

Mit jeder weiteren Seite zog sich mein Magen mehr und mehr zusammen. Das hier war alles, der letzte Rest, der noch fehlte, bevor Liam endgültig fort war.

Er hatte Caden alles überlassen und auch dafür gesorgt, dass Staton, Pierce und die anderen weiterhin für ihn arbeiteten.

Es war alles vertraglich geregelt, jede Einzelheit aus seinem Leben.

«Was ist mit Mica?», fragte ich, als Caden auch das letzte Formular unterzeichnet hatte.

«Ich war dort und er weiß Bescheid. Ihr trefft ihn am Donnerstag bei der … am Donnerstag.»

Pierce schluckte und sah nun aus, als könne er selbst nicht fassen, was wir hier taten.

«Sind wir hier fertig?» Caden stand mit vor der Brust verschränkten Armen an der Terrassentür und auch wenn seine Haltung ablehnend wirken könnte, tat sie es nicht. *Er hält sich selbst zusammen …*

«Nur noch eine Sache. Willst du ihn noch einmal sehen? Ich kann das in die …»

«Nein. Nein … nein, nicht.» Hilfesuchend sah er zu mir, was es mir nur noch schwerer machte.

Pierce sah mich ebenfalls an, woraufhin ich den Kopf schüttelte. Er nickte, raffte die Papiere zusammen und stand auf.

«Okay, dann … am Donnerstag. Bis dahin bleiben wir hier. Staton hat ein paar Lebensmittel besorgt, ihr solltet etwas essen.»

Er sah zu unseren Tellern, die wir nicht angerührt hatten.

«Ihr könnt zum Rauchen auf die Terrasse, aber nur direkt vor der Tür. Nicht weiter. Nur dort ist es sichtgeschützt.»

Caden ignorierte ihn, öffnete die Tür und trat nach draußen. Ich folgte ihm und erst jetzt sah ich, was Pierce gemeint hatte. Die Terrasse war zur Hälfte von einer Backsteinwand umgeben und bat so den perfekten Schutz vor möglichen Blicken.

«Ich pack das nicht, Luca.» *Verdammter Mist. Bitte halt durch, Cady. Nur noch ein bisschen.*

«Willst du abhauen?», fragte ich leise, woraufhin er sich an der Wand zu Boden rutschen ließ und zu mir aufsah.

«Was?», fragte er heiser und ließ seine Zigarette sinken.

Ich ging vor ihm in die Hocke und griff nach seinem Unterarm. Der Gedanke daran, von hier zu verschwinden, brach mir das Herz, aber Caden zu verlieren würde noch mehr brechen als nur mein Herz.

Mich.

Komplett und unwiderruflich.

«Dieser Ort, er macht dich kaputt. Lass uns verschwinden. Nach der Beerdigung. Verstecken können wir uns überall und ich halte es nicht noch länger hier aus. Wir sind eingesperrt, gefangen und warten darauf, dass jemand kommt und uns umbringt. Das ist kein Zustand, Cady.»

Caden lachte leise und schnaubte. «Mehr hast du dazu nicht zu sagen, außer, dass es kein Zustand ist?»

Ich ließ mich neben ihm auf den Boden sinken und rückte so nah an ihn heran, dass gerade so meine Hand noch zwischen uns gepasst hätte. Nah genug, um seine Wärme zu spüren, auch ohne ihn zu berühren.

«Ich kann dich nicht verlieren, Cady.»

Anstatt zu antworten, lehnte er seinen Kopf an meine Schulter. So saßen wir da, starrten auf die rote Wand und rauchten.

Ich habe so viel zu sagen und finde keine Worte dafür.

KAPITEL 5
CADEN

3 TAGE BIS ZUR BEERDIGUNG …

Drei Tage, zwölf Stunden und fünfundvierzig Minuten, bis ich meinen Bruder beerdigen muss.

Ich habe keine verdammte Ahnung, wie ich das überleben soll.

Luca drehte sich auf die Seite und plötzlich lag sein Arm auf mir. Sofort spannte sich mein Körper an, doch diesmal wich ich nicht zurück. Es war Luca, er würde mir nie etwas tun. Nicht er.

Stattdessen schloss ich meine Augen und atmete tief ein. Ich dachte zum ersten Mal an das, was die Psychotante mir in einer der Sitzungen gezeigt hatte. Für irgendwas musste der Kram schließlich gut sein. *Eins, zwei, drei, vier …*

Es dauerte bis fünfzig, bis das Gefühl abhauen zu müssen, allmählich nachließ. Und es dauerte bis fünfundachtzig, bis ich es schaffte, meine Augen wieder zu öffnen und normal weiter zu atmen. Aber erst bei einhundertzweiundzwanzig wurde es aushaltbar.

Bei einhundertneunzig war es beinahe okay, dass sein Arm auf meiner nackten Brust lag und auch, dass seine Schläfe an meiner Schulter ruhte. *Ich liege noch immer hier, in diesem Bett. Er berührt mich und ich bin nicht daran verreckt.*

Ich schaffte es sogar, meinen Arm zu heben und meine Hand an seinen Oberarm zu legen.

Luca regte sich und sah verschlafen zu mir hoch.

«Cady? Oh, verdammt. Tut mir leid.» Er wollte seinen Arm zurückziehen, als er bemerkte, in welcher Position wir uns befanden.

«Ist okay. Bleib. Aber … beweg dich nicht», versicherte ich und schloss erneut meine Augen.

Er verharrte noch einen Moment in seiner fast aufrechten Haltung, bevor er sich zurück in das labbrige Kissen sinken ließ und sein Arm auf mir wieder schwerer wurde.

«Bist du dir sicher?», hakte er vorsichtig nach. Ich dachte darüber nach, stellte mir diese Frage immer und immer wieder. Ich *fühlte* mich sicher. Aber war es das auch?

«Ich weiß es nicht. Aber … ich atme noch.»

Seine Lippen legten sich auf meine Haut, sanft und zögerlich.

«Ich habe in letzter Zeit das Gefühl, an all dem zu ersticken. Es sind erst ein paar Tage, aber ich …», Luca stockte, lachte freudlos auf und ich spürte, wie er die Schultern zuckte. «Wie kommt man damit klar?», fragte er schließlich.

Wie man damit klar kam? «Keine Ahnung. Sieh mich an, Babe. Ich komme mit nichts klar. Nicht mit dem hier und mit meinem Leben schon gar nicht.»

Meine größte Angst in dieser Situation war, dass Luca daran zerbrach. Er war nicht der Typ Mensch, der in so eine Welt passte. Voller Gewalt, Mord und mit einem Leben in einem Safe House.

Das war nicht er und würde er auch nie sein. Seine Last war groß genug. Seine Schwester brauchte ihn, da konnte er nicht auch noch mit dem hier klar kommen. Doch dafür war es zu spät. Ich hatte ihn mit in meine Welt gezogen. Genau wie Liam es prophezeit hatte. Ich zog ihn in die Dunkelheit, jeden verdammten Tag ein bisschen mehr.

Nur wegen mir, wegen dem, was ich getan hatte, war Liam jetzt tot. Er wollte mir helfen, doch meine Vergangenheit brachte ihn um.

«Du gibst dir die Schuld, oder?» Luca wollte sich aufrichten, doch ich verstärkte meinen Griff und hielt ihn davon ab. Ich wollte nicht, dass er mein Gesicht sah. Denn dann hätte er die feuchten Spuren auf meinen Wangen entdeckt, die ihm verrieten, wie kaputt ich war.

«Weil es meine Schuld ist. Ich hab Calvin umgebracht, jetzt will sein Bruder Rache. Liam ist tot, weil ich ein Mörder bin. Ich habe meinen Bruder mit dem, was ich damals getan habe, getötet.»

«Cady …», setzte er an, doch ich wollte es nicht hören.

«Nicht. Hör auf damit. Ich ertrage die ewigen Ausreden nicht mehr, die mich besser machen, als ich bin.»

Anstatt noch etwas zu sagen, legte er seine Hand an meinen Hals und seine Lippen auf meine. Er küsste mich, als müsse er mir beweisen, wie sehr er mich wollte. Trotz allem. Und auf eine gewisse Weise funktionierte es. Er gab mir das Gefühl, kein komplettes Monster zu sein. Dass es noch irgendetwas an mir gab, dass man lieben konnte. Oder zumindest etwas, was nicht komplett verabscheuungswürdig war.

«Ich liebe dich, Caden. Dich. Mit allem und genau so, wie du bist.»

Ich liebe dich, dachte ich und schwieg. Weil ich es nicht aussprechen konnte.

Lucas Handy weckte uns. Es musste mitten am Tag sein, denn die Sonne stand hoch am Himmel und erhellte das kleine, schmutzige Zimmer.

Stöhnend rollte er sich auf die Seite und fischte nach seiner Jeans.

«Ja?», fragte er verschlafen und rieb sich über das Gesicht. «Was? Okay ich … ich komme.»

Sofort war ich hellwach. Luca saß blass im Bett und seine Hände zitterten. Ich griff danach und umschloss sie mit meinen eigenen. «Was ist mit Mary?», wollte ich wissen. Er sah zu mir auf und ich sandte ein stummes Gebet zu irgendwem, dass sie noch lebte.

«Es geht ihr schlecht heute. Das … das war der Arzt. Es ist kein guter Tag und … ich muss zu ihr.»

«Okay, los. Mach dich fertig, ich sag Staton Bescheid.»

Er nickte und wir standen auf. Doch bevor ich aus dem Zimmer ging, blieb ich vor ihm stehen. Meine Hände legten sich um sein Gesicht und ich lehnte meine Stirn an seine. So verharrten wir für einen kurzen Moment. Ich wollte, dass er wusste, dass ich da war.

Meine Lippen streiften seine, bevor ich mich umdrehte und nach unten ging. Staton saß im Wohnzimmer und sah auf, als ich eintrat. Pierce saß an dem kleinen Tisch vor seinem Laptop und beachtete mich nicht.

«Es geht um Mary. Luca muss zu ihr», sagte ich. Staton stand auf und kam auf mich zu. «Ist sie …»

«Nein. Aber es geht ihr schlecht. Er muss zu ihr. Jetzt.»

Staton nickte und holte seine Jacke. Ich wollte ebenfalls meine eigene nehmen, doch Pierce schritt ein.

«Nein. Du nicht. Wenn Luca gehen muss, okay. Staton und Cole werden ihn begleiten. Aber du bleibst hier.»

«Was? Vergiss es», schnaubte ich, woraufhin er sich erhob und mit strammen Schritten auf mich zukam. Er baute sich vor mir auf und zwang mich so, zu ihm aufzusehen. *Mieser Wichser.*

«Willst du alle drei in Gefahr bringen? Wirklich?» Er verschränkte die Arme vor der Brust und imitierte meine eigene Haltung. «Die wollen dich. Wenn du mitfährst, machst du sie zur Zielscheibe. Willst du das? Noch drei weiteren Menschen das Leben kosten?»

Noch. Er hat noch drei weitere gesagt. Fuck.

Ohne ihn noch einmal anzusehen, drehte ich mich um und lief direkt in Luca hinein. Er sah zwischen uns hin und her, sein innerer Konflikt stand ihm beinahe auf der Stirn geschrieben.

«Ist okay», versicherte ich ihm. «Geh. Deine Schwester braucht dich.»

«Lauf nicht weg», bat er leise und griff nach meinen Händen. «Bitte. Versprich es mir, dass du noch hier bist, wenn ich zurückkomme.»

Seine grauen Augen musterten mich, warteten darauf, dass ich ihm das Versprechen gab, ohne das er nicht fahren würde.

«Ich werde hier sein», gab ich zurück, woraufhin er nickte. Seine Lippen fanden meine, kurz und sanft, bevor er sich umdrehte und mit Staton das Haus verließ. Coles Stimme drang zu mir, als die beiden die Tür hinter sich schlossen. Er musste draußen gestanden haben.

Da wollte ich auch hin. Nach draußen. Also griff ich nach meiner Jacke und stieg in meine Boots, bevor ich auf die Terrasse verschwand und mich dort auf den Boden sinken ließ.

Zum ersten Mal seit ein paar Tagen stellte ich mein Handy wieder an und war nicht überrascht, als ich unzählige verpasste Anrufe von Finn, Keith und Ace vorfand. Ahmet wusste Bescheid, Staton hatte sich darum gekümmert. Aber natürlich waren die News, dass mein Bruder erschossen wurde, auch bis zu ihnen durchgedrungen.

Ich las mich durch die Nachrichten, bis ich bei Finns letzter angekommen war.

Sag mir nur, ob es dir gut geht.

Ich schrieb ihm zurück, dass alles okay war und ich mich melden würde, sobald ich mehr wusste.

Was sollte ich ihm auch sonst sagen? Ich saß hier fest und wusste nicht, wann ich zurückkommen würde. Das alles hier war ein riesengroßer Scheißhaufen.

Traue niemandem! Ruf mich an! Ich hatte nichts damit zu tun, schrieb Ace. *Fick dich einfach, A für Arsch.*

Die nächste Nachricht war von Keith. **Ruf mich an, wenn du kannst.**

Anstatt zu antworten, wählte ich seine Nummer. Es dauerte keine zehn Sekunden, bis er abgenommen hatte.

«Whittaker? Scheiße nochmal, du lebst.»

Bei seinen Worten musste ich leise lachen. «Ja, Mann. Ich lebe. Noch.»

«Wie schlimm ist es? Hab das von deinem Bruder gehört», sagte er und ich hörte, wie er sich eine Kippe anzündete. Ich tat es ihm gleich und atmete tief ein.

«Ich sitz hier fest und Donnerstag ist die Beerdigung.» Ich warf einen Blick über die Schulter, um sicher zu sein, dass Pierce noch an seinem Laptop saß. Er würde durchdrehen, wenn er wüsste, dass ich telefonierte. Dabei sollten es doch abhörsichere Handys sein.

«Soll ich kommen?», fragte er und das Geräusch eines Schlüssels erklang.

«Wozu?», erwiderte ich und zog erneut an meiner Kippe. Er schien gerade seine Wohnung zu betreten, denn es klimperte, als würde er im Kühlschrank wühlen.

«Keine Ahnung. Damit du nicht allein bist?»

Ich war mein ganzes beschissenes Leben allein. Bis ich Luca traf. Ich brauchte niemanden sonst, versuchte ich mir zumindest einzureden.

«Ich weiß nicht. Nein … ich … ist nicht nötig.»

«Okay, dann sag einfach Bescheid», sagte er beiläufig, doch ich wusste, dass ich mich auf ihn verlassen konnte.

Nannte man das Freundschaft? Bei Keith fühlte es sich so an, zumindest so, wie ich es mir immer vorgestellt hatte.

«Sollen wir dich da raus holen?», kam es nach einer Weile von ihm.

Ja verdammt, hol mich hier raus!

Doch was war dann mit den anderen? Ohne Luca würde ich nirgends hingehen. Aber was war mit Cole und Staton? Sie würden nach mir suchen, egal ob ich es wollte oder nicht. Cole wurde schon einmal wegen mir verletzt . Noch ein weiteres Mal würde ich es nicht riskieren.

«Noch nicht. Aber frag mich das in ein paar Tagen nochmal.»

«Das werd´ ich, Whittaker. Verlass dich drauf.»

Da ich nichts darauf antwortete, schwiegen wir. Er blieb am Telefon, während ich nicht wusste, wie ich mit all dem umgehen sollte.

Mein Bruder ist tot, hätte ich so gern geschrien und wäre dann zusammengebrochen. Doch ich sagte nichts, genau wie er. Keine Ahnung, wie lange wir so am Telefon blieben, bis ich irgendwann auflegte, weil ich den Druck in meinem Inneren nicht mehr ertrug.

Drogen. Ich wollte Drogen. So fucking sehr.

Da ich keine hatte, rauchte ich Kette auf der Terrasse und hockte auf dem kalten Boden, während ich die rote Backsteinwand anstarrte und innerlich starb.

KAPITEL 6

LUCA

2 TAGE BIS ZUR BEERDIGUNG...

Übelkeit breitete sich in mir aus, während ich über den Linoleumboden ging und der Geruch von Desinfektionsmittel in meiner Nase brannte.

«Luca», erklang die Stimme von Marys Bezugspflegerin und zwang mich, stehen zu bleiben. Langsam drehte ich mich zu ihr um, während sie auf mich zu kam. Das Quietschen ihrer Schuhe hallte auf dem ansonsten leeren Gang wider und bereitete mir eine Gänsehaut.

«Wie geht es ihr?», fragte ich gepresst und musste dem Drang widerstehen, mich irgendwo festzuhalten.

Caden. Ich brauche Caden.

Sanft legte sie mir eine Hand an die Schulter und führte mich zu Marys Zimmer.

«Nicht so gut heute. Sie ist eine Kämpferin, aber ich habe das Gefühl, heute braucht sie ihren Bruder. Deswegen habe ich angerufen. Oft geht es ihr danach besser, wenn Sie hier waren.»

Sie öffnete die Tür und ich trat ein. Mary lag in ihrem Bett und hatte die Augen geschlossen. So leise ich konnte, ging ich zu ihrem Bett und setzte mich auf den Stuhl neben ihr. Ich wollte sie nicht wecken, also sah ich ihr nur dabei zu, wie sie schlief.

«Luca, deine Schwester ist krank», brannten sich die Worte meiner Eltern in meinen Kopf und setzten sich dort fest.

«Krank?», fragte ich und sah zu Mary, die doch so gesund aussah. Manchmal ging es ihr nicht gut, aber sie sah gar nicht krank aus.

«Siehst du wieder schlecht?», fragte ich, woraufhin Mary nach meiner Hand griff und diese sanft drückte.

«Ja, Lucky-Luca. Es wird schlimmer, weißt du. Irgendwann werde ich gar nichts mehr sehen können.»

Gar nichts mehr? Wie soll sie denn dann ihre Puppen schminken und sich so tolle Kleider aussuchen?

Ich sah auf ihre Brille, die blonden Haare und ihre Sommersprossen, die ihr blasses Gesicht zierten.

«Aber du bist doch gerade erst in die Schule gekommen? Wie willst du denn dann Lesen lernen?»

Mary lachte leise und schüttelte den Kopf. «Mach dir keine Sorgen. Ich werde Lesen lernen und wenn ich irgendwann nicht mehr lesen kann, dann musst du mir vorlesen. Versprichst du es mir? Dass du mir immer vorlesen wirst, wenn ich es nicht mehr kann?»

Stumm nickte ich, während ich spürte, wie mir Tränen in die Augen stiegen. Mom nahm mich in den Arm, sie weinte auch. Ich wollte nicht, dass Mommy weinte. Und auch nicht, dass Daddy und Mary weinten. Warum saßen wir hier und weinten alle?

«Du wirst doch wieder gesund, oder? Du musst nicht in den Himmel wie Granny?»

Mom schluchzte auf und drückte mich noch fester, doch ich sah über ihre Schulter hinweg zu meiner Schwester. Sie zwinkerte mir zu und schüttelte leicht den Kopf. «Noch nicht, Lucky-Luca. Erst wenn wir groß sind.»

Das beruhigte mich. Wenn ich groß bin, musste ich auch in den Himmel. So wie Granny.

Mary griff nach meiner Hand, während Mommy und Daddy uns festhielten. »Wir beide für immer, Lucky-Luca«, flüsterte sie und drückte meine Finger. Ich nickte. Ja, wir beide für immer.

Eine Bewegung von Mary holte mich aus meinen Gedanken. «Hey», sagte ich leise und nahm ihre Hand. «Ich bin´s, Lucky-Luca. Ich bin hier, Prinzessin. Du bist nicht allein.»

Ihre matten Augen öffneten sich und ich begann, ihr eine Geschichte zu erzählen. Eine Geschichte über eine blonde Prinzessin und ihren kleinen Bruder, der sie niemals allein lassen würde.

«Fahren wir zurück?», fragte Staton, als ich aus dem Gebäude trat. Ich sah Cole im Wagen sitzen und stimmte zu. Ich wollte zurück zu Caden und zurück nach … Ich erinnerte mich daran, dass wir kein Zuhause mehr hatten. Liams Wohnung war nicht länger der Ort, an den wir abends zurückkamen. Ich weiß, dass wir noch einmal dorthin mussten. Spätestens, wenn wir unsere Sachen packten. Aber es würde nie wieder unser Heim sein. Wir hatten nichts mehr. Keinen Rückzugsort und keinen sicheren Platz.

Zusammen mit Staton stieg ich in den Wagen und sah dabei zu, wie die Welt um uns herum an mir vorbei zog.

«Pierce klärt mit der Staatsanwaltschaft Cadens Bewährungsstrafe. Er versucht es zumindest», sagte Staton und ich sah auf.

«Wie? Pierce hat nichts mit Caden zu tun.»

Staton räusperte sich und sah aus dem Fenster. Wie wollte Pierce etwas mit der Staatsanwaltschaft klären? Er war kein Angehöriger. Der einzige Angehörige, den Caden noch hatte, war sein Stiefvater und …

«Das ist nicht sein Ernst!», schrie ich und griff nach seiner Schulter. «Sag mir, dass das nicht wahr ist!»

«Ey, ich war dagegen, falls es dich interessiert! Nicht, ohne ihn vorher zu fragen. Aber Pierce ist der Boss. Er hat ihn angerufen und ihn herbestellt. Er muss für ihn bürgen, sonst muss er zurück in den Knast. Liam war Teil seiner Bewährungsauflage.» *Shit.*

Caden würde ausrasten, wenn er davon erfuhr.

Ich zog mein Handy aus der Tasche und wählte seine Nummer.

«Was ist passiert?», fragte er sofort, als er abnahm.

«Mary ist okay. Den Umständen entsprechend, irgendwie. Keine Ahnung. Es wird noch viele schlechte Tage geben.»

Sein Atem drang ins Telefon und ich hörte, wie er rauchte. Seine Stimme war leise, ganz nah, als würde er nicht auffallen wollen. «Ja, wird es. Tut mir leid.»

«Mir auch, Cady. Aber ich ruf noch wegen etwas anderem an. Pierce hat Mist gebaut. Großen Mist.»

Er hielt die Luft an, bevor es raschelte und seine Stimme sich veränderte. «Was hat er getan?»

«Er hat», ich hörte Pierce Stimme im Hintergrund und dann, wie Caden scharf die Luft einzog.

«Nein», murmelte Caden. «Nein, das ist nicht möglich. Was zur Hölle …» Es knallte und dann hörte ich ihn schreien. «Was zur Hölle machst du hier?!»

Die Verbindung wurde unterbrochen und wütend knallte ich mein Telefon auf den Sitz.

«Gib Gas», forderte Staton und Cole trat das Gaspedal durch. Wir rasten durch die Stadt, doch mir ging es nicht schnell genug.

Meine Gedanken drehten sich um Caden und um das, was er tun würde. *Bitte lauf nicht weg. Bitte bleib, bis ich da bin.*

«Noch fünf Minuten», teilte Cole uns mit, während er eine rote Ampel überfuhr. Fünf Minuten mussten reichen, um da zu sein, bevor er weglief. Fünf Minuten mussten reichen, um zu verhindern, dass er Mist baute.

Vier Minuten später erreichten wir das Haus. Ich riss die Tür auf und sprang aus dem Wagen.

Ihre Schreie drangen bis auf die Straße und nicht einmal der einsetzende Regen konnte die Lautstärke abmildern.

«Scheiße, sie sollen nicht so brüllen», fluchte Staton und schloss die Tür auf.

Wir fanden die drei im Wohnzimmer. Caden stand in der Terrassentür, die Augen weit aufgerissen und dunkel vor Wut.

Liams Vater, den ich von Fotos aus der Presse kannte, stand neben Pierce in der Küche. Sein Gesicht war vor Wut rot angelaufen und seine Hände hatte er zu Fäusten geballt.

Cadens Blick huschte zu mir, doch anstatt abwesend, wirkte sein Blick flehend. Mit ein paar großen Schritten war ich bei ihm und griff nach seiner Hand. Er klammerte sich daran, als müsse er sich so davon abhalten, auf seinen Stiefvater loszugehen. Ich schob meine Finger zwischen seine und drückte zu. Er brauchte den Schmerz, das wusste ich. Er durfte nicht abdriften, nicht jetzt und nicht vor ihm.

«Bist du etwa eine Schwuchtel?», spie sein Stiefvater, während er angewidert auf unsere Hände starrte. Für einen Moment zuckte Cadens Hand in meiner, bevor er noch fester drückte.

«Harry», mahnte Pierce und schüttelte den Kopf. «Deswegen bist du nicht hier.»

Liams Dad schnaubte und tippte sich an die Stirn. «Dachtest du ernsthaft, dass ich so für ihn bürgen würde? Für eine scheiß verdammte Schwuchtel? Vergiss es. Soll er zurück in den Knast gehen und dort versauern. Vielleicht waschen die ihm da den Kopf.»

Ich glaube, ich muss kotzen. Nein, ich weiß es.

«Hey!», rief ich und sah ihn an. Er verschränkte die Arme vor der Brust und hob herausfordernd das Kinn.

«Was willst du, Junge?»

«Halt. Dein. Maul!»

Für einen Moment starrte er mich an, bevor er auf mich zukam und sich direkt vor uns aufbaute. Caden wollte schon nach vorn, doch ich schob ihn zurück und stellte mich zwischen die beiden. Dieser Mann machte mich so unfassbar wütend. Die ganze Zeit hatte ich daran geglaubt, was Liam über ihn erzählte. Was für ein erfolgreicher Mann er war. Was für ein toller Vater. Bullshit. Dieser Kerl war ein schwulenhassender Wichser, dem ich nur zu gern meine Faust ins Gesicht schlagen wollte. Beinahe erschrak ich über meine eigenen Gedanken. Doch sein erneuter Blick zu Caden, der mit so viel Abscheu getränkt war, brachte das Fass bei mir zum überlaufen. Ich holte aus und schlug ihn. Und verdammt, tat das weh. *Warum hat Caden nie gesagt, wie weh das tut?*

«Fuck», hörte ich ihn hinter mir sagen, bevor er mich zurückriss und sich vor mir aufbaute. Dieser Harry starrte mich an, fassungslos und gleichzeitig unglaublich wütend.

«Wenn du ihn anrührst, bring ich dich um», zischte Caden, während er mit einer Hand hinter sich griff und mich so daran hinderte, meinen Platz zu verlassen.

«Okay, es reicht!» Staton schob eine Hand zwischen die beiden und nickte zur Terrassentür. Ihr zwei geht frische Luft schnappen. Cole, du gehst mit. Und wir unterhalten uns.»

Ohne einen weiteren Blick zu Liams Vater griff ich nach Cadens Arm und zog ihn mit mir nach draußen. Cole folgte uns und schritt den Garten ab, während ich Caden hinter die Wand zog.

KAPITEL 7
CADEN

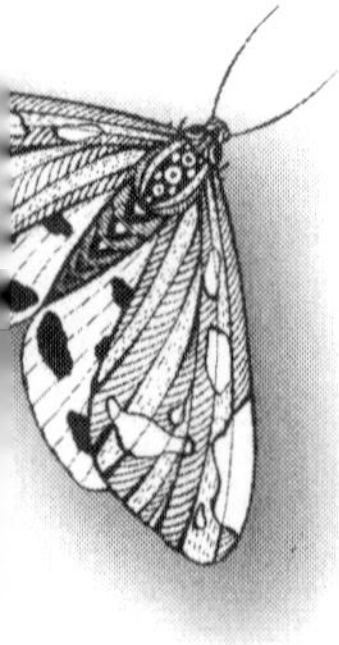

2 TAGE BIS ZUR BEERDIGUNG …

Meine Hände zitterten so sehr, dass ich es nicht schaffte, mir eine Kippe anzuzünden.

«Warte, ich mach schon», sagte Luca leise, nahm mir das Feuerzeug aus der Hand und ließ es klicken.

Tief inhalierte ich das Nikotin und hoffte, es würde mich beruhigen.

Harry wiederzusehen, war wie ein Schlag mitten ins Gesicht.

Es kostete mich mehr als alles, was ich zu geben hatte, die Erinnerungen an früher zu verdrängen. An ihn, wie er über mir stand und ausholte. Wie seine Hand auf meine Haut traf, seine Faust auf mein Gesicht …

«Cady», drang Lucas Stimme zu mir durch und ich spürte seine Hand, die sich in meine schob. Ich erwiderte den Druck, den er darauf ausübte und bat ihn stumm, noch fester zu drücken.

Er verstand es. Weil er Luca war und immer verstand.

«Bleib bei mir», flüsterte er, woraufhin ich nickte. Ich versuchte es. Traumaland durfte nicht die Kontrolle bekommen. Nicht jetzt und nicht vor ihm. Aber es wäre so leicht, den Schmerz zuzulassen und abzudriften. Woanders zu sein, nur nicht hier.

«Erzähl mir was. Was siehst du, Cady?»

Ich kann nicht. Bitte zwing mich nicht, hier zu bleiben.

«Die rote Wand», krächzte ich und schluckte schwer. «Cole. Bäume. Müll. Dich.»

«Caden!» Seine Stimme hallte durch das ansonsten leere Haus und brachte meinen Körper dazu, in eine Starre zu verfallen.

Nein, bitte geh wieder. Geh und komm nie mehr wieder!

«Was hörst du?», fragte Luca weiter, aber ich wollte nichts mehr hören.

«Kann nicht ...» Ich wollte meine Hand wegziehen, doch er hielt sie nur noch fester.

«Was hörst du, Caden. Sag es mir.»

Erneut zog ich an meiner Kippe, während ich spürte, wie ich nach und nach immer tiefer in dunkelschwarz versank.

«Mein Herz. Es schlägt ... schnell.» Ich erkannte meine eigene Stimme kaum wieder. Doch Luca bohrte weiter. *Hör auf, es reicht! Ich kann nicht!*

«Was noch?»

Ich ließ seine Hand los und fuhr mir über das Gesicht. Unruhig begann ich, auf der schmalen Terrasse auf und ab zu wandern.

«Autos und ... einen Hund.»

Es ist zu eng hier. Ich kann nicht atmen!

Die Kippe fiel zu Boden, als ich mir die Jacke von den Schultern riss und nur im T-Shirt die Terrasse verließ und durch den Garten schritt. Ich brauchte Bewegung.

«Caden! Komm her, verflucht nochmal! Oder muss ich dich erst holen?»

Ich wollte gehen, weil ich wusste, wenn ich es nicht tat, wurde es nur noch schlimmer. Aber ich konnte nicht. Meine Beine bewegten sich keinen Zentimeter, obwohl seine Stimme immer näher kam.

Die Tür zum Badezimmer wurde aufgestoßen und da stand er. Der Knoten seiner roten Krawatte hatte sich gelöst, das weiße Hemd war zerknittert. Ich roch den Alkohol, in seinem Atem. Der Gestank brannte in meiner Nase und trieb mir beinahe die Tränen in die Augen.

«Die Schule hat angerufen!», bellte er und schlug mit der Hand gegen die Tür. «Du warst nicht da. Weder heute, noch gestern! Was denkst du, wofür ich die bezahle?!»

Seine Spucke traf auf mein Gesicht und ich musste dem Drang widerstehen, sie abzuwischen.

«Ich geh da nicht mehr hin», krächzte ich. «Es ist schrecklich dort. »

Seine Finger krallten sich in mein Haar, rissen meinen Kopf herum und dann war da nur noch Schmerz.

Mein Gesicht prallte gegen den Spiegel, Scherben bohrten sich in meine Wange und Stirn, als mir warme Flüssigkeit die Sicht raubte.

«Du. Gehst. Dort. Hin!» Mit jedem Wort schlug er meinen Kopf erneut gegen den bereits zerbrochenen Spiegel. «Hast. Du. Mich. Verstanden?!»

Irgendwie schaffte ich es, meinen Kopf auf und ab zu bewegen. Mir wurde schwindelig und meine Beinen gaben nach. Er ließ von mir ab und ich sank auf die Knie. Ein Handtuch landete vor mir und seine polierten Schuhe verschwanden aus meinem Blickfeld.

«Sieh zu, dass du hier sauber machst, bevor Liam nach Hause kommt. Und wisch dir die Scheiße aus dem Gesicht.»

Er verschwand und ließ mich verletzt zurück.

Sobald die Tür hinter ihm ins Schloss fiel, konnte ich die Tränen der Scham und Wut nicht länger zurückhalten. Ich schaffte es, mich am Waschbecken hochzuziehen, doch der Junge, der mir aus dem zerbrochenen Spiegel entgegenblickte, war mir fremd.

Meine Finger legten sich um eine große Scherbe, sie schnitt mir in die Hand, aber ich konnte nur an eines denken. Es wäre so verdammt leicht, das alles zu beenden.

«Caden … hey, Caden!»

Blinzelnd sah ich auf, mir war nicht aufgefallen, dass ich stehengeblieben war. Luca stand vor mir und sah mich an. Weit genug entfernt und trotzdem nah.

«Was spürst du?», fragte er, doch ich wusste es nicht.

«Nichts.» *Und dennoch viel zu viel.*

Er gab sich nicht damit zufrieden. Natürlich nicht.

«Regen», presste ich hervor und ballte meine Hände zu Fäusten. «Auf meiner Haut. Mein Herz … es rast. So schnell. Mein T-Shirt, es ist zu eng.»

«Dann zieh es aus», sagte er und kam auf mich zu. «Gib es mir.»

Er streckte seine Hand aus und wartete. Darauf, dass ich ihm mein Shirt gab. Als ich nicht reagierte, kam er auf mich zu und als ich nickte, griff er nach dem Saum und zog es mir über den Kopf.

Der kalte Regen traf auf meine nackte Haut und das drückende Gefühl der Enge ließ etwas nach. Nur ein bisschen, aber genug, um nicht zu ersticken.

«Nochmal. Was siehst du?», fragte er erneut, zündete zwei Kippen an und reichte mir eine.

Meine Augen flogen über die Umgebung, ich blinzelte zu oft, um irgendetwas davon wahrzunehmen.

«Dich. Cole. Regen und … Dich.»

Ein kleines Lächeln stahl sich auf seine Lippen, bevor er nach dem fragte, was ich hörte.

«Ich kann nicht», versuchte ich es, doch er ließ mich nicht damit durchkommen. Hätte er es getan, wäre ich gefallen. Doch manchmal war Fallen so viel leichter, als stehen zu bleiben.

«Dich und Cole. Den Hund und Regen.»

Er zog es durch und mich gleich mit. So schaffte er es tatsächlich, die Dunkelheit zu verdrängen. Für den Moment.

Dennoch blieben wir im Garten, fanden einen kleinen Schuppen, in dem Farbe und Holz gelagert wurden und anscheinend auch jede Menge leerer Alkoholflaschen. Als Luca diese sah, griff er sofort nach meinem Arm und zog mich zurück in den Garten.

«Was? Hast du echt Angst, dass ich an vergammelten Flaschen nuckle?»

Er lachte auf und schüttelte den Kopf. «Natürlich nicht. Aber ich, denn meine Hand tut immer noch verdammt weh.»

Ich konnte nicht anders und musste lachen. Luca hatte Harry geschlagen. Einfach so und es war großartig. Natürlich tat es mir leid, dass er sich verletzt hatte. Aber … es war großartig.

«Hast du überhaupt schon mal jemanden geschlagen?», fragte ich, nahm ihm mein Shirt aus der Hand und führte ihn zurück zum Haus. Vielleicht hatten ja wir ja irgendwo etwas Eis.

«Ähm … ja?»

«War das eine Frage, Richkid?»

Jetzt war er es, der lachte.

«Nein! Also ja, hab ich. Aber nicht so. Nicht mit der Faust

und … verdammt. Warum hast du nie gesagt, dass es so weh tut?»

Einen Augenblick musterte ich ihn, weil ich dachte er scherzt. Doch das tat er nicht. Stattdessen sah er mich abwartend an. Da konnte ich nicht mehr und prustete los. Ob es an der Situation lag, oder weil gerade alles zu viel war, war mir egal.

«Lachst du mich aus? Kann ja nicht jeder so ein knallharter Typ sein, wie du.»

Das brachte mich nur noch mehr zum Lachen. «Ich fass es nicht. Wen hast du denn geschlagen? Deine Schwester, als du fünf warst?»

Sein verlegener Gesichtsausdruck war mir Antwort genug. «Du», zischte er und verengte die Augen.

«Was denn? Ist doch süß. Glaub mir, ich bin kein gutes Vorbild, was das angeht.»

«Süß? Caden Whittaker findet mich süß.»

«Ich …» *Was?*

Luca verschränkte die Arme vor der Brust und musterte mich. Wissend, als hätte ich etwas zu Großes von mir preisgegeben. «Ach, halt doch die Klappe. Komm, wir kühlen deine Hand.»

Harry war weg, als wir ins Wohnzimmer kamen und darüber war ich mehr als erleichtert. Ich wollte ihn nicht sehen. Nicht jetzt und nie wieder.

Unten fiel die Haustür ins Schloss und Harrys Faust verharrte in der Luft.

Sein Finger legte sich über seine Lippen und er bedeutete mir stumm, dass wenn ich auch nur einen Laut von mir gab, er mir noch viel mehr weh tun würde, als er es bis jetzt getan hatte.

«Dad?», erklang Liams Stimme von unten. In diesem Moment hatte ich zwei Möglichkeiten. Schweigen und es weiter über mich ergehen lassen, oder schreien. Ich entschied mich für Letzteres, ohne zu wissen, wie sehr ich es bereuen würde.

Sein Name hatte noch nicht ganz meinen Mund verlassen, da schlug er schon auf mich ein. Seine Faust traf meinen Kehlkopf und ließ mich um Luft ringen.

Ich sackte zu Boden, wo er solange auf mich eintrat, bis kein Laut mehr über meine geschundenen Lippen drang.

«Wirst du in Zukunft das machen, was ich dir sage?», zischte er und trat erneut nach mir.

Ich schaffte es, meine Hand zu heben und ihm den Mittelfinger zu zeigen.

Stumm lachte er auf, bevor sein Schuh sich auf meine Hand drückte und sie am Boden festhielt.

«Nein», versuchte ich es, doch es war bereits zu spät. Er drückte zu, es knackte und meine Hand brach.

Der Schmerz ließ mich aufkeuchen und für einen Moment wurde mir schwarz vor Augen.

Rückwärts ging er bis zur Tür und mit einem letzten Blick auf mich, wandte er sich ab und verließ mein Zimmer.

KAPITEL 8
LUCA

1 TAG BIS ZUR BEERDIGUNG

Ein leises Wimmern und Stöhnen weckte mich. Ich presste mir beide Hände auf die Augen, weil ich zu müde war, um aufzustehen.

Noch einmal erklang dieser Laut und diesmal wurde mir klar, wo ich mich befand und wer diese Geräusche von sich gab. «Caden?»

Ich tastete nach ihm, doch fand nur ein leeres, kaltes Laken. *Verdammt, wo ist er?*

Es musste noch mitten in der Nacht sein, denn es war stockdunkel im Zimmer.

Ich fand mein Handy auf dem Nachttisch und schaltete die Taschenlampe ein.

«Caden?», fragte ich erneut. Er antwortete nicht, stattdessen fand ich ihn zusammengekauert in einer Ecke am Boden. *Verdammter Mist.*

Ich rutschte aus dem Bett und ließ mich auf dem kalten Holz nieder. Ich wollte ihn nicht erschrecken, nichts tun, was das alles für ihn noch schlimmer machen würde.

«Cady», flüsterte ich und streckte meine Hand aus. Als er zurückzuckte, ließ ich diese wieder sinken. Sein leerer Blick machte mir Angst. Mit den Augen scannte ich seinen Körper und suchte ihn nach Verletzungen ab, konnte aber zum Glück keine finden.

«Was ist passiert?», fragte ich vorsichtig.

«Nichts. Geh. Schlaf weiter.»

«Ich werde nicht weiter schlafen, wenn es dir schlecht geht.»

Er zuckte mit den Schultern, zog die Knie an und bettete seine Stirn darauf.

«Caden, bitte. Rede mit mir.»

«Nein, geh weg.» Seine gedämpfte Stimme drang nur leise zu mir durch und ich musste mich anstrengen, um ihn zu verstehen. Ich blieb sitzen. Wenn er dachte, ich würde ihn allein lassen, hatte er sich getäuscht.

«Cady ...»

«Nein! Verdammt, Richkid! Geh weg! Hau ab und lass mich in Ruhe!» Mit der Faust schlug er gegen die Wand, während sein eisiger Blick mich festnagelte. Aber ich kannte das schon, es machte mir keine Angst und würde mich erst recht nicht dazu bringen, zu gehen.

«Rede mit mir, wenn ... es so ist», bat ich, doch er lachte bloß.

«Wenn es so ist? Du meinst, wenn die Dunkelheit kommt und mich in den Arsch fickt? Nein. Ich will nicht reden.»

Frustriert fuhr ich mir mit den Händen über das Gesicht. Caden sah mich an, kalt und abweisend. Aber ich wollte nicht zurück an diesen Punkt. Nicht schon wieder. Wir waren gerade dabei, das mit uns auf die Reihe zu bekommen. Das würde ich nicht einfach aufgeben.

«Dann halt nicht», gab ich zurück und stand auf. Ich spürte seinen Blick in meinem Rücken, als ich mich anzog und das Zimmer verließ.

«Ja! Hau bloß ab! Geh und komm nicht wieder!», schrie er mir hinterher, als ich die Tür schloss und auf den Flur trat. Einen Moment lehnte ich mich an die Wand und schloss meine Augen. Ich verstand seine Wut und auch, dass er sie an mir ausließ. Aber diesmal nicht. Er wollte es dunkel? Bitte, das konnte er haben.

Ich stieß mich von der Wand ab, lief die Treppe herunter und direkt auf die Terrassentür zu.

«Wo willst du hin?», fragte Staton, der auf dem Sofa saß. Cole schlief auf einem Feldbett, welches in der Ecke stand.

«Zu dem Schuppen, ich muss was holen.»

«Warte, ich komm mit», sagte er und erhob sich. Er musterte mich skeptisch, fragte aber nicht weiter nach. Jetzt hoffte ich nur, dass ich fand, wonach ich suchte.

Keine fünfzehn Minuten später stieß ich die Tür zu unserem Zimmer auf. Caden saß noch genauso dort, wie ich ihn zurückgelassen hatte und sah nun zu mir auf.

Mit dem Fuß trat ich die Tür zu, stellte den Eimer auf dem Boden ab und krempelte die Ärmel hoch. Ich spürte seinen Blick auf mir, als ich den angetrockneten Deckel abzog und die Rolle in die schwarze Farbe tauchte.

«Was soll das werden?» Caden klang kühl, distanziert und nicht wie er selbst. Also ignorierte ich ihn und presste die Rolle gegen die Wand.

Eine angespannte Stille erfüllte den Raum, während ich die erste Wand in einem tiefen Schwarz strich.

«Verdammt, Richkid. Was machst du da?», schnauzte Caden mich nun an und stand auf.

Schweigend wandte ich mich der zweiten Wand zu und spürte bei jeder Bewegung seine Blicke.

«Luca!», schrie er nun und ich hielt inne. «Was machst du da?!»

Ich fuhr zu ihm herum, holte aus und bespritzte ihn mit der Farbe.

«Du willst Dunkelheit?!», schrie ich zurück und tauchte abermals die Rolle in die schwarze Farbe. «Hier hast du deine beschissene Dunkelheit!»

Mit voller Wucht knallte ich die Rolle an die Wand, sodass Farbe auf meine Kleidung und mein Gesicht traf.

«Bist du jetzt zufrieden, Caden?! Ist es dir jetzt dunkelschwarz genug?!» Nun war ich es, der immer lauter wurde, während es hinter meinen Lidern zu brennen begann. «Du willst nicht reden und stattdessen in Dunkelschwarz festhängen? Bitte! Ich helfe dir dabei!»

Ich ließ meine Wut an der Wand aus. Es war mir egal, wie es später aussehen würde und ich hatte nichts anderes. Obwohl ich es für ihn tat, war ich es, dem es half.

Ein Geräusch hinter mir ließ mich innehalten. Langsam drehte ich mich um, sah dass Caden … *lachte*? Was? Nein, das konnte nicht sein.

«Cady?», fragte ich vorsichtig, was ihn noch mehr zum Lachen brachte und dann … umarmte er mich. So gut er es eben konnte.

Seine Hände legten sich an meine Taille und er bettete seine Stirn an meiner Brust, während seine Schultern durch sein leises Lachen bebten.

Ich ließ die Farbrolle auf den Boden fallen und legte zögerlich meine Arme um ihn.

«Du hast die Wand schwarz gestrichen», sagte er leise, woraufhin ich nickte.

«Ja, hab ich.»

«Danke», gab er flüsternd zurück und vergrub sein Gesicht an meinem Hals. Nur seine Hände und sein Gesicht berührten mich und dennoch war das hier ein Fortschritt.

Ich vergrub meine Nase in seinem Haar und schloss die Augen. «Immer, Cady.»

KAPITEL 9
CADEN

1 TAG BIS ZUR BEERDIGUNG

Wir lagen im Bett und während Luca irgendwann eingeschlafen war, starrte ich auf die schwarzen Wände.

Er hat tatsächlich die verdammten Wände schwarz gestrichen.

Er hatte sie gestrichen, für mich. Damit es mir besser ging.

Morgen ist die Beerdigung, dachte ich, als allmählich die Sonne aufging. Allein bei dem Gedanken daran wurde mir übel und hinter meinen Schläfen begann es zu pochen. Ein dumpfer Schmerz zog sich durch meinen Kopf und wollte einfach nicht verschwinden.

Harry würde wiederkommen, spätestens am nächsten Tag. Aber wie ich ihn kannte, würde er es sich nicht nehmen lassen und heute schon hier auftauchen.

Jeder Gedanke an ihn legte sich wie ein Gewicht auf meine Brust und machte mir das Atmen schwer. Ich wollte ihn nicht sehen und

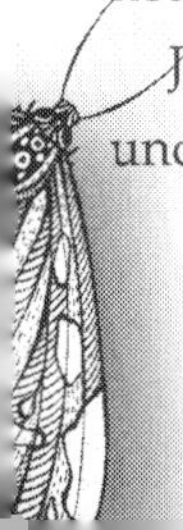

noch viel weniger wollte ich mit ihm reden. Er sollte verschwinden.

Morgen. Danach und direkt. Am besten für immer.

Wenn meine Freiheit von ihm abhing, würde ich zurück in den Knast gehen. Harry hasste mich und für mich zu bürgen, war mit Sicherheit das Letzte, was auf seiner Liste stand.

Aber ich brauchte jemanden. Auch wenn ich volljährig war, wurde meine Entlassung nicht so gehandhabt. Ich war unter einundzwanzig, als ich nach Rikers kam. Jetzt brauchte ich einen Babysitter für die restliche Zeit, die ich noch auf Bewährung war, ansonsten musste ich zurück.

Ich könnte Luca fragen, aber das würde ich ihm niemals zumuten. Er hatte Mary, da würde ich ihm mit Sicherheit nicht noch eine Last aufbürden.

Ach Fuck, ich bin sowas vom am Arsch.

«Was ist los?», murrte Luca und drückte seine Lippen an meine Schläfe.

Alles. Zu viel. »Gar nichts. Schlaf weiter, Babe.»

Seine Finger strichen durch mein Haar und für einen Augenblick schaffte ich es, all die negativen Gedanken beiseite zu schieben.

«Soll ich dich ablenken?», fragte er leise und brachte mich zum Schmunzeln.

«Womit? Willst du mir einen blasen, während du kaum die Augen offen halten kannst?»

Mit einem Ruck drehte er sich auf die Seite, seine Hände links und rechts neben meinem Kopf in die Kissen gestützt.

«Dafür muss ich meine Augen nicht öffnen. Den Weg dahin finde ich auch so.»

Er strich über meine Lippen, bevor er eine Spur aus Küssen bis zu meinem Schlüsselbein zog. *Ach, scheiß drauf.*

Ich spürte seinen heißen Atem über meine Brust streichen, seine Zunge, die von meinem Bauchnabel zum Bund meiner Shorts fuhr und dann seine Zähne, die mir den lästigen Stoff herunterzogen.

«Fuck.» Fluchend ließ ich meinen Kopf zurückfallen, während seine Zunge über meine Eier leckte.

Er stand drauf, mich um den Verstand zu bringen und meine Grenzen bis zum Äußersten zu reizen. Ich nicht.

Am liebsten würde ich meine Hände in sein Haar krallen und meinen Schwanz in diesen perfekten Mund rammen.

Aber ich hielt mich zurück, weil es hier nicht nur um mich ging.

Er stöhnte auf und ich sah, wie er seinen eigenen Schwanz aus seiner Hose befreite und begann, sich zu reiben.

Als seine Lippen mich umschlossen, konnte ich mich nicht länger zurückhalten.

Er stöhnte auf, als ich mich weit in ihn schob und fing an, sich selbst zu wichsen.

Und verdammt, ihm dabei zuzusehen war so fucking heiß. Ich stand drauf. So sehr.

Meine Finger fanden sein Haar, ich beugte mich ihm entgegen und endlich erlaubte er es mir, seinen Mund zu ficken. Hart und schnell. Genau richtig.

Er brauchte nicht lang und als er kam, folgte ich ihm.

Ein letztes Mal fuhr seine Zunge über meinen Schwanz, leckte darüber, bevor er sich wieder über mich beugte und seine Lippen auf meine presste.

«Du hast das Bett eingesaut», brachte ich grinsend hervor.

«Hab ich nicht. Hab deine Hose getroffen.»

Lachend trat ich mir diese von den Beinen und schubste ihn von mir weg. «Arsch.»

«Nein, Hose.»

«Scheiße, halt die Klappe», erwiderte ich immer noch lachend, sprang über ihn und griff wahllos nach einer der Jogginghosen auf dem Boden.

«Das ist meine», sagte er, stand ebenfalls auf und zog eine andere aus seiner Tasche.

Grinsend zuckte ich die Schultern und öffnete das Fenster. Ich wollte mir gerade eine Kippe anstecken, da legte er seine Finger auf meine Hand.

«Glaubst du wirklich, es ist schlau, hier jetzt zu rauchen? Ich habe keine Ahnung, was für Farbe das ist. Ich bin zu jung um zu sterben.»

Seufzend ließ ich meine Hand sinken und ging rückwärts zur Tür. «Du bist zu heiß, um zu sterben.»

Luca verdrehte zwar die Augen, konnte das Zucken seiner Mundwinkel aber nicht ganz verbergen.

«Lass uns einfach nach draußen gehen.» Er griff nach meiner Hand und zog mich die Treppe herunter.

«Hast du was gegen Komplimente?», fragte ich und griff nach seinem Arsch.

Ich sah, wie er rot wurde, was ich noch viel heißer fand.

«Halt die Klappe, Knastboy.»

Lachend griff ich in seinen Nacken, woraufhin er stehen blieb.

Grinsend beugte ich mich vor, biss erst in seine Unterlippe und presste schließlich meinen Mund auf seinen.

Ich stieß meine Zunge in seinen Mund, schmeckte ihn auf meinen Lippen und fuck.

Ich wollte mehr von ihm, am liebsten immer.

«Caden? Kommst du mal?», fragte Pierce und lehnte sich in den Türrahmen. Luca und ich lagen auf dem Bett und schauten irgendwelche Videos auf seinem Handy.

«Wozu?», wollte ich wissen, ohne den Blick von dem kleinen Bildschirm zu nehmen.

«Scheiße nochmal, beweg deinen Arsch aus dem Bett und komm runter. Jetzt.» Damit knallte er die Tür zu und wir hörten, wie er nach unten stapfte.

Wir sahen uns an und prusteten gleichzeitig los.

«Was hat den denn gebissen?», fragte Luca und erhob sich schwerfällig.

«Los, bring es hinter dich.»

Ich wollte es nicht hinter mich bringen, weil ich schon ahnte, worum es ging. Harry und meine weitere Zukunft, die dann wahrscheinlich im Knast stattfand.

«Caden! Verflucht, schwing deinen Arsch hierher!», brüllte Pierce abermals, nur diesmal von unten. Alles klar, da hatte ja jemand besonders gute Laune.

«Hilf mir auf», sagte ich seufzend und streckte Luca meine Hände entgegen.

Kopfschüttelnd zog er mich auf die Füße, gab mir einen kurzen Kuss und wartete, bis ich mir einen Hoodie übergezogen hatte.

«Vergiss es», murmelte ich, als ich Pierce mit einem Stapel Papiere am Tisch sitzen sah.

«Komm schon. Ich bin hier. Bringen wir es hinter uns», hauchte Luca und schob mich in die Küche.

Mit einer Handbewegung deutete Pierce auf einen der Stühle, doch ich verschränkte die Arme vor der Brust und lehnte mich an den Tresen.

«Cole hat einen Anwalt gefunden, der sich mit dir treffen will», setzte er an und deutete auf die Zettel.

Ich habe einen Anwalt, hätte ich beinahe geschrien. Aber dann fiel mir ein, dass es nicht so war. Ich hatte keinen Anwalt mehr und auch keinen Bruder.

«Muss das wirklich jetzt sein?», fragte Luca wütend. «Hat das nicht noch Zeit?»

Pierce stand auf und sah uns an. Er verzog das Gesicht und ich fragte mich, ob er damit Mitgefühl oder Ablehnung ausdrücken wollte.

Es sah eher so aus, als wäre ihm übel.

«Es muss jetzt sein. Es geht um Cadens Bewährungsauflagen. In einer Stunde ist der Termin.» Pierce sah auf seine Uhr, raffte die Zettel zusammen und schob sie in eine Akte. Dass er einfach so meine Papiere las, schien ihn nicht zu stören.

«Was ist mit den Anwälten aus Liams Kanzlei?», wollte Luca wissen und ich war froh, dass er für mich sprach. Das alles war zu viel. Ich wollte wieder nach oben rennen, die Tür zu knallen und warten, bis es vorbei war. Das alles hier.

«Keine gute Idee. Liam war auf Strafrecht spezialisiert. Die anderen haben ihre Fachgebiete in anderen Bereichen. Wir wollen Caden da rausholen und nicht zurück in den Knast bringen.»

Verdammt, ich will hier raus.

Ich drückte Lucas Hand, woraufhin er mir einen kurzen Blick zuwarf.

«Wann fahren wir?», fragte er und Pierce gab uns zwanzig Minuten. Ohne ein weiteres Wort ließ ich Luca los, drehte mich um und rannte die Treppe hoch zurück nach oben.

Obwohl ich es hier hasste, war dieses kleine dreckige Zimmer der einzige sichere Ort, den ich noch hatte.

Es dauerte nicht lange, bis Luca mir folgte und die Tür hinter uns schloss.

«Okay?», fragte er leise und ich schüttelte den Kopf. Nein, es war nicht okay. Aber ich war noch hier, mehr konnte ich ihm für den Moment nicht geben.

Exakt zwanzig Minuten später saßen wir mit Cole und Staton im Wagen und fuhren keine Ahnung wohin, damit ich mich mit dem Anwalt treffen konnte.

Lewis und Brian, die anderen Bodyguards aus Pierce' Firma folgten uns, da die Cops heute Morgen zu einem Einsatz abgezogen wurden.

Der Wagen hielt am Rande des Washington Parks und Cole stieg aus.

«Na los, geh schon», sagte Staton und nickte zu Cole. «Er begleitet dich.»

Ich sah zu Luca, doch dieser zuckte nur mit den Schultern. Also stieg ich aus und ging zu Cole.

«Sollten wir uns nicht in einer Kanzlei oder so treffen? Was ist das für ein Anwalt, der sich mit uns im Wald trifft?»

Cole öffnete gerade den Mund um zu antworten, da erklang eine freundliche Stimme hinter uns.

«Das ist eine berechtigte Frage», sagte er und als ich mich umdrehte, sah ich, zu wem diese gehörte. Ein Mann mit grauem Haar und einem Schnurrbart kam auf uns zu. Er trug ein dunkelgrünes Jackett und hatte ein Fernglas um den Hals gehängt. Als er meinen Blick bemerkte, lachte er.

«Ich beobachte Vögel und da es mit ihrem Fall eilt, dachte ich, warum treffen wir uns nicht einfach hier? Ist doch auch viel schöner, als in der Kanzlei.»

Ich beobachtete ihn dabei, wie er das Fernglas abnahm und sich dann auf einer Holzbank niederließ. Mit einer Hand klopfte er neben sich und gab dann Cole zu verstehen, dass er sich entfernen könne.

Mit den Händen in den Taschen ließ ich mich auf die Bank fallen und rutschte so weit es ging zum Rand.

«Ich hab mir Ihren Fall angesehen, Mr. Whittaker.»

«Caden», fiel ich ihm ins Wort. «Nur Caden.»

Er lächelte und nickte schließlich. «Okay, Caden. Ich bin Harvey Holmes, von Holmes & Holmes und habe mich in Ihre Akte eingelesen und könnte aufgrund der Umstände auf eine Erlassung der Bewährungsauflagen plädieren.» *Holmes & Holmes? Harvey? Fuck. Ich bin geliefert.*

«Das heißt?», fragte ich und zog die Hände aus den Taschen.

Harvey Holmes zündete sich eine Zigarre an und lehnte sich auf der Bank zurück.

«Das bedeutet, dass Sie weiterhin auf Bewährung sind, aber die Auflagen wegfallen. Keinen Vormund mehr und auch keine Pflichttermine. Aufgrund Ihrer aktuellen Lage, wird es ja schwierig sein, diese einzuhalten.»

Ja, was er nicht sagt.

«Was ist, wenn es nicht klappt?», wollte ich wissen und zündete mir eine Kippe an. Ob das unhöflich war? Fuck ja. Ob es mir egal war? Und wie.

Mein Puls raste und meine Hände zitterten. Die ganze Situation und der Gedanke daran, was morgen sein würde, war einfach zu viel.

«Dann überlegen wir uns eine andere Strategie. Haben Sie jemanden, der für Sie als Vormund einspringen würde?»

Mein Blick glitt zum Auto, in dem Luca und Staton saßen. Sie unterhielten sich, doch Luca sah immer wieder zu mir. Dadurch fühlte ich mich etwas weniger verloren.

«Nein», sagte ich dennoch, weil ich es ihm niemals aufbürden würde. Eher würde ich zurück in den Knast gehen.

«Doch», erklang plötzlich Coles Stimme hinter uns. «Er hat jemanden.»

«Ach ja? Wen?» Ich sah zu ihm auf, doch er verdrehte nur die Augen.

«Mich. Wen sonst?» Er strich sich das lange Haar aus dem Gesicht und schob die Hände in die Taschen.

«Dich? Muss ich dich dann auch Daddy nennen?», spottete ich, weil ich nicht glauben konnte, dass er es ernst meinte. Warum sollte er? Wir kannten uns kaum.

«Halt die Klappe, kleiner Whittaker. Ich würde es machen.» Der letzte Satz war an den Anwalt gerichtet, der lächelnd nickte. «Perfekt. Schicken Sie mir bitte Ihre Personalien. Ich würde alles soweit fertig machen und in den nächsten Tagen auf Sie zukommen. Gleichzeitig mache ich einen Termin zu einer Anhörung. Dann bringen wir diese Sache hinter uns und geben Ihnen ein Stück Freiheit zurück.»

Harvey Holmes erhob sich, setzte sich eine Schirmmütze auf und nickte uns noch einmal zu, bevor er mit seiner Zigarre und dem Fernglas aus unserem Blickfeld verschwand.

«Du musst das nicht machen», sagte ich, als Cole sich neben mich auf die Bank setzte.

«Ich mach das nicht aus Schuldgefühlen, falls du das denkst.»

Genau das dachte ich. Er hatte zugelassen, dass auf mich geschossen wurde, jetzt hatte er ein schlechtes Gewissen.

«Warum sonst?»

Er zuckte die Schultern und boxte mir gegen die Schulter.

«Ich mag dich irgendwie. Und ich will nicht, dass du zurück in den Knast musst. Du hast genug Scheiße durch, oder? Irgendwann reicht es. Deswegen habe ich auf Harvey bestanden. ich kenne ihn schon sehr lange und vertraue ihm»

Seine Worte verschlugen mir die Sprache. Es fühlte sich seltsam an. Unbekannt aber irgendwie okay.

«Ich hab übrigens ein bisschen was herausgefunden, aber nicht viel und wahrscheinlich weißt du das meiste schon. Über Tobey und die Nummer, die du mir gegeben hast.»

Sofort wurde ich hellhörig und setzte mich aufrechter hin. Seit das mit Liam passiert war, hatte ich Ace weder gesehen noch gesprochen. Ich hatte keine Ahnung, ob er damit etwas zu tun hatte. Aber es war mir auch egal. Er hatte gewusst, dass so etwas geschehen würde und nichts dagegen unternommen. Er hatte zugelassen, dass jemand meinen Bruder umgebracht hatte. Was ihn ebenfalls zum Mörder machte.

Da ich nichts sagte, fuhr Cole fort. Ich kannte Tobeys Geschichte, er hatte sie mir im Knast erzählt. Zumindest einen Teil davon.

«Dein Freund saß wegen Diebstahl, aber das weißt du sicherlich. Sein Bruder starb, kurz bevor er einsitzen musste. Er hatte ein paar Freunde, einen Job. Seine Familie ist nicht reich, lebt bis heute in Queens in New York. Er hatte öfters Ärger, aber nie besonders große Dinger.

In den letzten Wochen vor seinem Tod hatte er vermehrt Briefe an seine Schwester geschrieben. Sie lebt ebenfalls in Queens. Weißt du was darüber?»

Tobey hatte tatsächlich sehr viele Briefe geschrieben, bevor er starb. Jeden Abend, wenn ich mich recht erinnerte.

«Seine Schwester war schwanger. Sie war sich nicht sicher, ob sie das alles schaffen würde und hat sich Sorgen gemacht», sagte ich und legte den Kopf in den Nacken. Das alles war nichts Neues. Verdammt, so würde wir nie rausfinden, wer hinter all dem steckte oder wie wir an Calvins Bruder ran kommen würden.

«Über diesen Ace habe ich so gut wie nichts gefunden. Weder seinen Nachnamen, noch sonst irgendetwas. Ich habe seine Nummer und falls er jemanden anruft, sehen wir es.

Möglicherweise haben wir so die Chance, ihn uns zu schnappen und zu befragen.»

Müde fuhr ich mir mit beiden Händen über das Gesicht. Ich wollte nur noch zurück und den morgigen Tag hinter mich bringen.

«Du solltest ihn die Tage anrufen. Diesen Ace und dich mit ihm treffen. Wir begleiten dich und kommen so an ihn heran.»

Innerlich lachte ich auf. Ace war nicht so naiv und wahrscheinlich zehnmal besser ausgebildet als einer von Pierce' Leuten.

Dennoch sagte ich zu, weil ich keine Kraft hatte, darüber zu diskutieren.

«Alles klar. Danke Mann», sagte ich leise, stand auf und ging zurück zum Wagen.

Luca reichte mir seine Hand, sobald ich neben ihm auf der Rückbank saß und dankbar ergriff ich diese.

Nur noch morgen, dann wird es besser. Wenn morgen geschafft ist, muss es besser werden.

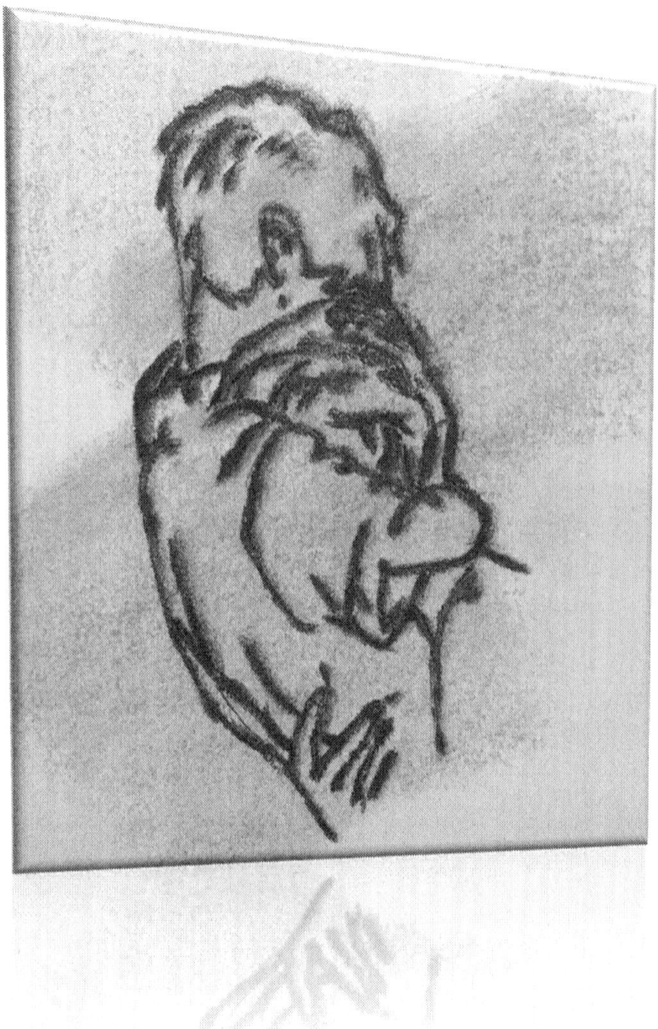

KAPITEL 10

LUCA

TAG DER BEERDIGUNG

Meine Finger legten sich um den Türgriff, aber ich wollte sie nicht öffnen. Nicht, wenn ich wusste, dass Caden dort drin zusammenbrach.

Wir hatten noch zwei Stunden, keine halbe, wenn man die Fahrt mit einrechnete, die wir zu dem Friedhof brauchen würden. Es war Stoßzeit und wir würden ewig durch die überfüllte Stadt brauchen.

Ein letztes Mal atmete ich tief durch, wischte mir die Hände an der schwarzen Anzughose ab und betrat das Zimmer.

Caden war da, bevor ich ihn kommen sah. Ohne Vorwarnung legte er seine Stirn an meine Schulter und seine Hände an meine Taille. *Verdammt Cady.*

Ich spürte, dass er weinte. Legte nur schweigend meine Hände an seine Oberarme und wartete.

Worauf? Das wusste ich selbst nicht.

Wir standen eine ganze Weile so da, schweigend und unbewegt.

Irgendwann löste er sich wortlos von mir, wischte sich mit dem Ärmel über das Gesicht und verließ das Zimmer.

Ich folgte ihm und erst jetzt sah ich, dass auch er einen schwarzen Anzug trug. Im Gegensatz zu mir aber mit seinen schwarzen Boots, die in krassem Kontrast zu dem edlen Stoff standen.

Die obersten Knöpfe seines Hemdes standen offen und die Ärmel von Jackett und Hemd hatte er bis zu den Ellenbogen hochgeschoben. Er sah rebellisch aus. Wie das Hemd ihm über die Hose fiel und trotzdem stand es ihm unglaublich gut. Es war Caden und Liam hätte gewollt, dass er genauso zu seiner Beerdigung erschien.

So wie er nun einmal war.

Pierce und seine Leute warteten unten. Neben Pierce, Staton und Cole waren auch Brian und Lewis da. Sie alle trugen ebenfalls schwarze Anzüge und ich sah, dass sie bewaffnet waren. Obwohl es das nicht sollte, erleichterte es mich in diesem Moment.

Die Beerdigung würde das perfekte Ziel sein. Liam war stadtbekannt und es würde dort voll werden.

Eigentlich wollten wir es im kleinen Kreis halten, aber irgendjemand hatte es öffentlich gemacht und jetzt kam wahrscheinlich der halbe Loop.

Liam war gut darin gewesen, geschäftliche Kontakte zu pflegen, immer nach dem Motto, man wusste nie, wann man es einmal gebrauchen konnte.

Caden drängte sich an den Männern vorbei und ging direkt zu einem der Wagen. Cole folgte ihm, weil Caden noch immer sein Schützling war und ich vermutete, auch der Einzige, bei dem er es zulassen würde.

«Luca», sagte Pierce, als ich gerade an der Tür war. «Sorg dafür, dass er keinen Mist baut.»

«Seid nicht ihr dafür zuständig?», erwiderte ich kühl und verließ das Haus, ohne ihn noch einmal anzusehen.

Caden hatte heute andere Sorgen als Pierce. Die sollten ihren Job machen und ich meinen.

Für Caden da zu sein, ohne selbst zusammenzubrechen. Mich vor ihn zu stellen, um ihn zu stützen, wenn er es denn wollte.

Den ganzen Weg über, sprach Caden kein Wort. Und auch als wir auf dem Parkplatz hielten, schwieg er.

Wir konnten bereits die anderen Trauergäste sehen. Ich erkannte die anderen Anwälte aus Liams Kanzlei, seine Sekretärin und noch weitere Angestellte. Aber auch andere Geschäftspartner und die Menschen, die ihn in seiner Wohnung unterstützt hatten, waren da.

«Bereit?», fragte ich leise, woraufhin er die Arme vor der Brust verschränkte und den Kopf schüttelte.

Als die Gäste sich in Bewegung setzten und Cole zum dritten Mal an die Scheibe klopfte, wurde es mir klar.

«Du hast nicht vor, hin zu gehen, oder?»

Er schluckte und ich sah, wie er den Kiefer zusammen presste.

«Ich kann nicht. Nicht jetzt. Später.» Seine Stimme war kratzig, als hätte er sie lange nicht benutzt.

«Ist okay, Cady. Wir gehen, wenn du bereit dazu bist.»

Mit der Hand ließ ich das Fenster herunter und sah zu Cole. Kurz schüttelte ich den Kopf, was er sofort verstand.

Mir fielen Cadens Finger auf, die sich gewaltsam in den Stoff seines Jacketts bohrten. Vorsichtig streckte ich meine Hand aus und legte sie darauf. Sein Blick zuckte zu mir und es dauerte eine Weile, bis er seine Finger löste und zwischen meine schob.

So warteten wir, verharrten und starrten. Gemeinsam, uns gegenseitig haltend.

Vom Wagen aus sahen wir dabei zu, wie die Trauergemeinde den Sarg über den grünen Platz begleitete und ich konnte nicht glauben, dass Liam darin lag. Ich wollte es nicht glauben.

Stattdessen wollte ich nach Hause fahren, in seine Wohnung und ich wollte, dass er dort war und auf uns wartete.

Aber das würde nicht passieren. So lief das Leben nicht.

Das hier war Realität. Bittere, harte, unumstößliche Realität und ich hasste es.

KAPITEL 11
CADEN

TAG DER BEERDIGUNG

Die Übelkeit kam ohne Vorwarnung. Ich sah, wie sie den Sarg zum Grab trugen, riss die Tür auf und sprang hinaus.

Ich schaffte es bis zum nächsten Baum, bevor ich mir die Seele aus dem Leib kotzte.

Ich spürte die raue Rinde unter meiner Hand, mit der ich mich abstützte und lehnte meine Stirn daneben.

Immer wieder zog sich mein Magen schmerzhaft zusammen, selbst dann noch, als nichts mehr da war, was ich hätte auskotzen können.

Mein Handy klingelte und als ich seinen Namen darauf las, tat mein Herz einen aufgeregten Hüpfer. Ich wollte wütend auf ihn sein, nein, ich war noch immer wütend auf ihn. Dennoch hatte ich die Hoffnung nie ganz aufgegeben, dass er mich doch irgendwann zu sich holen würde.

Spätestens dann, wenn er erfuhr, dass ich nicht nach Hause zurückgekehrt war.

Seit Liams Auszug war jetzt über ein Jahr vergangen. Über ein Jahr, in dem ich auf der Straße lebte und um mein Leben kämpfte.

So viele Nächte in fremden Wohnungen, auf Parkbänken und hinter Müllcontainern, damit die Cops mich nicht fanden.

Die Wut auf Liam war mit der Zeit teilweise verraucht und hatte einem schmerzhaften Vermissen Platz gemacht.

Ich vermisste ihn, weil er mein Bruder war. Ich liebte ihn und hoffte seitdem jeden Tag, dass er anrufen würde und mich bei sich aufnahm. Dass er mir eine Chance auf ein normales Leben geben würde. .

«Ja?», fragte ich und konnte das Zittern in meiner Stimme nicht verbergen.

«Caden? Ich bin es, Liam.»

Verdammt, er war es wirklich. Würde sich jetzt alles ändern? War nun der Zeitpunkt gekommen, in dem alles besser werden würde?

«Hey.»

Ich hörte, wie er tief durchatmete und zündete mir eine Kippe an. Meine Hände zitterten so sehr, dass ich drei Versuche brauchte, bis ich es endlich schaffte.

«Können wir uns treffen? Ich bin in New York.»

Ein tiefer Zug, ein kurzer Moment, um meinen rasenden Puls zu beruhigen, bevor ich antworten konnte.

«Okay.»

Liam schien darauf zu warten, dass ich noch etwas sagte, doch ich schwieg. Selbst wenn ich wollen würde, ich konnte nicht.

«Wo bist du?», fragte er und ich hörte ein Auto in seiner Nähe, dann eine Tür, welche geöffnet und wieder geschlossen wurde.

«Im Central Park. Ich … ich kann dir meinen Standort schicken.»

Dafür würde zwar etwas von dem wenigen Guthaben draufgehen, welches ich noch auf der Karte hatte und was für den Rest des Monats reichen musste, aber scheiß drauf. Liam war hier und er wollte mich sehen.

«Okay, ich kann in ein paar Minuten da sein.»

Die Verbindung wurde unterbrochen und ich beeilte mich, mit bebenden Fingern meinen Standort zu erfragen und an ihn weiterzuleiten.

Tatsächlich brauchte er siebzehn Minuten und zweiunddreißig Sekunden, bis ich ihn auf dem Weg zwischen den Bäumen entdeckte.

Bevor ich auf ihn zuging, sah ich mich um. Wenn andere wie ich in der Nähe waren, ließ ich mein Zeug nicht eine Sekunde aus den Augen. Mehr als einmal hatte man mir meine Sachen, den Schlafsack oder die Isomatte geklaut. Es hatte ewig gedauert, bis ich neuen Kram zusammenhatte.

Meine Hände vergrub ich tief in den Taschen meiner dicken Jacke, als Liam immer näher kam und ich ihm ein paar Schritte entgegen ging. Trotz der Kälte schwitzte ich und noch immer spürte ich das unstetige Wummern in meiner Brust.

Auch Liam wirkte nervös, als er vor mir stehen blieb und mich musterte. «Hallo Caden.»

«Hey», erwiderte ich ebenso einsilbig.

Es war so viel Zeit vergangen, dass wir uns fremd geworden waren. Unsere Leben unterschieden sich wahrscheinlich so sehr voneinander, dass es für Außenstehende wirken musste, als würde einer der Privilegierten sich dazu herablassen, mit einem wie mir zu reden.

«Was machst du hier?», fragte er nun und nickte zu meiner Tasche.

Was dachte er denn, was ich hier machte?

«Ich lebe hier.»

Er sah sich um, suchte irgendetwas, doch schien es nicht zu finden.

«Wo hier? In einer Wohnung am Central Park?»

War er blind? Dachte er ernsthaft, ich würde immer mit einem zu großen Rucksack, an dem ein Schlafsack und eine Isomatte hingen, meine warme Wohnung verlassen?

«Nein, hier. Im Central Park. Oder in der Stadt, je nachdem wo die Cops uns pennen lassen.»

Für einen Augenblick schienen ihm alle Gesichtszüge zu entgleisen und er brauchte einen Moment, um sich wieder zu fangen.

«Was meinst du damit, hier oder in der Stadt? Wer ist uns?»

Mit einem Nicken deutete ich auf meine Sachen, ging darauf zu und ließ mich neben der Bank auf meinem Rucksack nieder. Liam folgte mir und setzte sich schließlich auf das feuchte Holz.

«Das, was ich sage. Ich bin obdachlos, Liam. Das hier», ich zeigte auf die Sachen, auf denen ich hockte, «ist alles, was ich besitze. Die Straße ist meine Wohnung. Ich lebe hier, genauso wie keine Ahnung wie viele andere. Die Cops sind streng, mal mehr mal weniger. Wenn sie gut drauf sind, können wir hier bleiben, solange wir keinen Dreck machen. Wenn nicht, müssen wir in die Stadt und … irgendwo dort pennen.»

Er starrte mich an, als hätte ich ihm gerade offenbart, dass ich eigentlich Harry Potter heiße und ab jetzt in Hogwarts lebte.

Mit den Augen fuhr er über mein Gesicht, das dringend mal wieder eine Rasur nötig hätte. Aber die Rasierer waren teurer geworden, also konnte ich sie mir erst in ein paar Tagen leisten.

Meine Haare würde ich schneiden, wenn ich das nächste Mal bei einem meiner Kumpels unterkam. Er hatte so eine Rasiermaschiene und hin und wieder half er mir aus. Ein Friseurbesuch war undenkbar, wenn ich nicht verhungern wollte.

Ich war arm, ärmer als arm. Wenn man nichts hatte, lernte man das Wenige zu schätzen. Irgendwann hatte ich verstanden, dass wenn ich jeden Tag ein paar Pennys zur Seite legte, manchmal sogar einen Dollar, konnte ich mir am Ende des Monats einen Burger leisten.

Je nachdem, wie viel Mitleid die Touristen hatten, auch schon vorher. Manche waren sogar so spendabel und ließen einen Kaffee oder was zu essen springen. Einer hatte mich sogar zum Essen eingeladen. Aber das waren Ausnahmen, es gab zu viele Menschen, die nichts hatten und auch nichts bekamen.

«Warum gehst du nicht nach Hause? Dad hat nie erwähnt, dass du nicht da bist.»

Ich lachte auf, fassungslos und schockiert.

«Du weißt warum. Ich hab es dir gesagt. Ich kann nicht dorthin zurück, Liam. Als ich ging, war es wie ein Befreiungsschlag. Ich hatte Angst vor ihm, jeden verfluchten Tag.»

Schnaubend stand Liam auf und fuhr sich mit der Hand durch die Haare. Abwechselnd sah er zu mir und in den Central Park. Die ersten Flocken fielen vom Himmel, das würde eine kalte Nacht werden.

«Und hier hast du keine Angst? Mitten auf der Straße wie ein … nein, Caden. Das kann doch nicht dein Ernst sein. Du schläfst lieber auf der Straße, als in einem warmen Haus? Mit Essen und einem Bett? Du bist noch nicht einmal volljährig, Herrgott nochmal!»

«Hier wurde ich in der ganzen Zeit weniger geschlagen, als in einer Woche Zuhause! Denkst du, es gefällt mir hier? Jeden Abend Angst haben zu müssen, im Schlaf zu erfrieren oder ausgeraubt zu werden? Nein, Liam! Nichts daran gefällt mir! Aber ich hatte keine Wahl, wenn ich irgendwie überleben wollte!»

Der Blick, den er mir zuwarf, sagte alles, was ich wissen musste und zerstörte mehr, als ich für möglich gehalten hätte.

Er war nicht hier, um mir zu helfen und er glaubte mir noch immer nicht. Ich hätte nicht hoffen dürfen. Dieses Gefühl gar nicht erst zulassen sollen. Doch das hatte ich und nun war es zu spät.

«Du solltest gehen», sagte ich heiser und schob mir eine Kippe zwischen die Lippen. «Jetzt.»

«Was? Nein! Steh auf, ich bring dich hier weg!»

«Und wohin?!», brüllte ich und sprang auf. «Wo genau willst du mich hinbringen?! Zu deinem Dad, damit er mich weiter verprügeln kann? Oder mit zu dir in deine schicke Studentenbude?»

Er überlegte und während er das tat, drehte sich das Karussell in meinem Kopf immer schneller. Irgendwann wurde mir schwindelig und ich musste dem Drang widerstehen, mir die Hände auf die Ohren zu pressen.

«Du … ich … du weißt, dass das nicht geht. Aber ich kann dich zurück bringen zu …»

«Geh einfach! Los! Verschwinde und komm nie wieder! Du würdest mich lieber bei ihm lassen, wo er mich verletzt, als mich mit zu dir zu nehmen?! Wenn ich dir so wenig bedeute, dann hau ab!»

Liam entfernte sich ein paar Schritte von mir, als ich immer weiter auf ihn zuging. Was dachte er, dass ich ihn schlagen würde? Meinen eigenen Bruder?

«Hör auf damit! Lass die verdammten Lügen, Caden. Was soll das? Bist du eifersüchtig?»

Jetzt schubste ich ihn doch, mit voller Wucht gegen die Brust. Er taumelte zurück und starrte mich an.

«Verschwinde. Na los, geh endlich! Du bist für mich gestorben, Liam! Hörst du? Gestorben! Du existierst nicht mehr in meiner Welt! Ich hasse dich! Fuck, ich hasse dich so sehr!»

Ohne mich noch einmal anzusehen, drehte er sich um und ging. Ich sah ihm nach, wie er aus dem Central Park und damit auch aus meinem Leben verschwand. Liam war fort und ich hatte niemanden mehr.

Ein beißender Gestank stieg mir in die Nase und riss mich aus dem Flashback.

Tränen schossen mir in die Augen, während ich das Gefühl hatte, dass meine Nase von innen heraus verätzte.

Fuck.

Der Nebel in meinem Kopf lichtete sich langsam und ich stellte fest, dass ich am Boden hockte. Warum hockte ich auf dem Boden?

Wo bin ich?

Durch einen Schleier aus Tränen, der durch das Brennen in meiner Nase einfach nicht versiegen wollte, erkannte ich einen

Mann. Er hielt etwas in der Hand und starrte mich an. Blass und keuchend saß er da, während sein Blick wie festgefroren auf mir lag.

Der Schmerz machte mich wütend, brachte mich dazu aufzuspringen und auf ihn loszugehen.

«Was soll der Scheiß?», brüllte ich und schubste ihn.

Wieder schubste ich ihn, diesmal härter. Ich verlor die Kontrolle, er das Gleichgewicht.

Ich sah, wie er fiel und sprang von ihm weg.

Schockiert und fassungslos starrte ich ihn an, während ich nicht glauben konnte, was ich getan hatte.

KAPITEL 12
LUCA

TAG DER BEERDIGUNG

Caden starrte mich an, erschrocken und verwirrt. Noch immer war er blass, seine Brust hob sich zu schnell, während Schweiß ihm auf der Stirn stand.

Ich hatte mir nicht anders zu helfen gewusst, als diesen letzten Ausweg.

Ihm das Ammoniakfläschchen unter die Nase zu halten, hatte mich mehr Überwindung gekostet, als ich es je vermutet hätte.

«Caden, ich bin es», sagte ich leise und rappelte mich auf. «Wir sind auf dem Friedhof.»

Unruhig zuckte sein Blick erst über mich, dann zu der Trauergemeinde, die sich mittlerweile nach und nach auflöste und in verschiedenste Wagen stieg. Sie würden alle in eine Bar fahren und dort auf Liam anstoßen. Sie, nicht wir.

Kopfschüttelnd wich Caden zurück und presste sich eine Hand auf die Nase.

«Was ist passiert?», krächzte er und ließ sich gegen den Baum sinken.

«Flashback», sagte ich nur und schob die Hände in meine Taschen.

«Verdammt, mach das nie wieder.» Er sah mich an, mit noch immer tränenden Augen.

«Tut mir leid», erwiderte ich und zuckte hilflos mit den Schultern.

Er ließ sich an dem Baum zu Boden rutschen und ich zündete uns zwei Zigaretten an. Nachdem ich ihm eine davon gereicht hatte, setzte ich mich dazu.

Wir saßen dort, sahen zu, wie die schwarze Menge sich auflöste und schließlich auch der letzte Gast verschwand.

Erst dann stand ich auf und reichte Caden meine Hand. Er ließ sich von mir hochziehen, hielt meine Hand aber weiterhin fest.

«Willst du hin?», fragte ich, während ich es selbst nicht wusste.

Wollte ich das? Dorthin und sehen, wie das Grab meines besten Freundes aussah?

Anstatt zu antworten, lief er los und zog mich hinter sich her.

Er rannte fast zu dem Grab, in dem der dunkelbraune Sarg lag.

Wahrscheinlich, weil er dort sein wollte, bevor er es sich anders überlegen konnte.

Ein paar Meter davon entfernt blieb er stehen und ließ meine Hand los.

Ich sah ihm dabei zu, wie er langsam auf das Grab zuging und plötzlich stoppte.

Als er sich zu mir umdrehte, zitterte er und ich erschrak, als ich sah, wie blass er war.

«Ich will das nicht», presste er hervor und schüttelte den Kopf. «Weg … ich muss hier weg.»

Verdammt, dachte ich und griff nach seiner Hand. Sie war eiskalt und ich bereute es, ihn überhaupt hierher gebracht zu haben.

Es war zu viel. Das alles hier war viel zu viel.

«Komm mit. Wir gehen und du kommst zurück, wenn du so weit bist.»

Ich zog ihn über den Friedhof zurück zum Wagen, da tauchte plötzlich Pierce vor uns auf.

«Was ist passiert?», fragte er und kam auf uns zu.

Ich nickte zu Caden. »Wir kommen ein anderes Mal wieder. Nicht heute.»

Pierce musterte uns und sah sich anschließend auf dem mittlerweile leeren Friedhof um.

«Okay, dann lasst uns von hier verschwinden.» Er wandte sich ab und wir folgten ihm zum Wagen. Mir fiel auf, dass Staton und Cole uns folgten. Ich hatte nicht einmal bemerkt, dass sie uns zu dem Grab begleitet hatten.

Ich war so in Gedanken, dass ich nicht sah, wie Pierce stoppte und direkt in ihn hinein rannte.

«Was ...», setzte ich an, doch da sah ich die beiden Typen, welche an unserem Wagen lehnten.

Caden hob den Kopf und dann ging auf einmal alles ganz schnell. Er griff an meine Jacke und schubste mich mit voller Wucht direkt in Statons Arme.

«Lauft!», schrie er und wollte mir folgen. Doch da wurde er auch schon zurückgerissen und hatte ein Messer an der Kehle.

«Verdammte Scheiße», fluchte Staton, zog mich hinter sich und entsicherte seine Waffe.

«Das sind die Typen, die auf uns geschossen haben», zischte Cole und hob ebenfalls seine Pistole.

Aber mir war egal, was es mit den beiden Typen auf sich hatte. Mein Blick klebte an Caden, der mich mit der Klinge an seinem Hals anstarrte.

Seine Lippen formten lautlos *«Lauf»*, während Pierce ihn noch näher zu sich heran zog.

«Pierce, was soll der Scheiß?!», brüllte Staton. «Lass ihn los!»

Pierce. Es war die ganze Zeit über Pierce.

Jetzt verstand ich, wie die Typen immer wieder in Liams Wohnung eindringen konnten und jedes neue Sicherheitssystem überwanden.

Er hatte ihnen geholfen, während er so tat, als wäre er unser Freund.

«Schaff ihn hier weg», flüsterte Cole und deutete auf mich.

Nein, wollte ich schreien, doch kein Wort kam über meine Lippen.

Die Angst in Cadens Augen hielt mich gefangen und ließ jedes Wort, welches sich an die Oberfläche drängen wollte, verstummen.

«Bis heute frage ich mich, wie ihr zwei Idioten es geschafft habt, diesen Job zu bekommen.» Pierce sah zu Cole und Staton, lachte auf, während er Caden rückwärts mit sich zog, immer näher zu den beiden Typen hin.

«Lass mich los, du mieser Wichser!» Caden rammte Pierce seinen Ellenbogen in die Rippen und schaffte es so, sich zu befreien. Doch Pierce war schneller, holte auf und traf mit dem Messer sein Bein. Caden schrie auf und ging in die Knie.

Ich sah das Blut, welches durch seine Finger rann und seine Hände, die er auf die Wunde presste, rot färbte.

Einer der Typen griff in sein Haar und zog grob seinen Kopf zurück, sodass Caden nach hinten auf den Boden stürzte.

Ein Schuss durchschnitt die Luft und ließ mich zusammenzucken.

Staton griff nach meinen Arm und zerrte mich hinter einen Baum.

«Beweg dich nicht», zischte er und sah zu Cole, der sich hinter einem Grabstein Deckung gesucht hatte.

«Was wollt ihr?», rief Cole, woraufhin Pierce nur auflachte.

«Ich habe bereits das, was ich will.»

Trotz Statons Warnung, sah ich vorsichtig um den Baum herum.

Ein weiterer Kerl stieg aus dem Wagen, sein Gesicht war von einer großen Sonnenbrille verborgen und er hatte die Kapuze seines Sweatshirts tief in die Stirn gezogen.

Caden versuchte gerade aufzustehen, da durchdrang ein Summen die Luft und er sackte regungslos in sich zusammen.

«Nein!», rief ich und sprang nach vorn. Doch Staton zog mich zurück, gerade rechtzeitig, um nicht von der nächsten Kugel getroffen zu werden.

«Wir müssen sie aufhalten!»

«Was glaubst du, was ich hier tue?», schrie Cole zurück und schoss. Auch Staton schoss, hielt aber irgendwann inne.

«Feuer einstellen!», brüllte er zu Cole herüber. «Caden ist zu nah dran. Sie nehmen ihn als Schutzschild!»

Ich hörte Türen zuschlagen und wollte gerade nachsehen, als erneut Kugeln von hinten auf uns abgefeuert wurden.

«Sie kommen von der anderen Seite! Zurück zum Wagen! Jetzt sofort!»

Staton griff nach meinem Arm und zog mich hinter sich her.

«Kopf unten behalten!»

So rannten wir über den Friedhof, während Kugeln an uns vorbei flogen und ich hilflos dabei zusehen musste, wie Pierce Caden in einen Wagen lud und davon fuhr.

Unsere Verfolger kesselten uns ein und jagten uns über den Friedhof.

«Da lang!» Cole zeigte auf einen kleinen Gang zwischen den beiden Gebäuden. Wir folgten ihm, liefen einen Bogen und kamen schließlich wieder auf dem Parkplatz raus.

«Los, ins Auto!», brüllte Staton, ich riss die Tür auf und sprang hinein. Die beiden folgten mir, Cole startete den Wagen und gab Gas.

«Was ist mit Caden?!» Wir konnten doch nicht ohne Caden fahren. Das ging nicht.

«Sie sind weg und wir haben keine Ahnung wohin. Wir müssen hier weg, bevor die Typen ihren Wagen erreichen und uns einholen. Tot nutzen wir Caden gar nichts. Aber erstmal müssen wir die da loswerden!»

Cole lenkte den Wagen um die nächste Kurve und ich wurde gegen die Tür gedrückt.

«Wir müssen das Auto wechseln», sagte Staton und deutete auf ein Parkhaus. «Pierce hat überall GPS eingebaut. Los, rein da und so weit nach oben wie möglich.»

Cole raste das Parkhaus hinauf, Etage um Etage, bis wir schließlich am vorletzten Deck ankamen. Dort parkte er zwischen zwei anderen Wagen und wir stiegen aus.

«Den da!» Ich zeigte auf ein Familienauto mit verdunkelten Scheiben und Staton nickte.

«Gute Wahl, Luc.»

Schneller als ich es je geschafft hätte, öffnete Staton die Tür, fummelte unter dem Lenkrad herum, woraufhin der Motor ansprang.

Kurz darauf verließen wir das Parkhaus.

«Verdammt, runter mit euch», befahl Cole und drosselte das Tempo.

Im gefühlten Schneckentempo fuhren wir eine ganze Weile durch die Stadt, bis wir auf den Highway kamen und er endlich den Fuß von der Bremse nahm und Gas gab.

Wir fuhren stundenlang, wechselten immer wieder die Spur und wendeten, um in die entgegengesetzte Richtung zu fahren.

Ich konnte nur an Caden denken, während die Welt um uns herum verschwamm und wir auch dann noch fuhren, als die Sonne schon längst untergegangen war.

KAPITEL 13
CADEN

TAG DER BEERDIGUNG

Schmerz riss mich aus der Dunkelheit, vernebelte mir die Sicht und ließ mich aufschreien. Ich wollte zurückweichen, doch ich konnte mich nicht bewegen. Meine Arme waren über meinem Kopf gefesselt und eine fremde Hand presste sich auf meinen nackten Bauch. Blind hob ich mein Bein und trat zu. Jemand keuchte auf und stolperte zurück. Schneller als ich reagieren konnte, landete eine Faust in meinem Gesicht und der Schlag riss meinen Kopf herum.

«Musste das sein?», fragte jemand rau und endlich nahm ich meine Umgebung wahr. *Diese Stimme …*

«Ace? Scheiße, wo bin ich?», krächzte ich und wich so weit vor ihm zurück, wie es meine Fesseln zuließen.

«Das ist unwichtig. Halt still, ich stecke dir jetzt eine Nadel ins Bein.»

Noch bevor ich die Chance hatte hinzusehen, schoss ein erneuter Schmerz durch meinen Körper und ich musste meine Zähne zusammenbeißen, um nicht erneut aufzuschreien. *Fuck. Wo zur Hölle bin ich hier?*

Das Brennen nahm mir die Möglichkeit, klar zu denken und mich zu orientieren. Was war passiert?

Ein erneuter Stich und diesmal schaffte ich es nicht, ruhig zu bleiben. Ich schrie auf und versuchte erneut, nach ihm zu treten. «Verdammt, sei still», knurrte Ace und stopfte mir gleich darauf ein Tuch in den Mund. Der Würgereiz trieb mir die Tränen in die Augen. Hektisch atmete ich durch die Nase aus und ein, doch der Würgereiz blieb.

«Wenn du jetzt kotzt, wirst du daran ersticken», warnte Ace nur und sah zu mir auf. «Atme ruhig, dann wird es besser.»

Ich tat es, weil ich keine Wahl hatte. Mein Brustkorb hob sich schnell und mein Herz raste. Es kostete mich meine ganze Konzentration, das Gefühl in meinem Hals zu veratmen und mich nicht zu übergeben.

Ace trug blaue Handschuhe, solche, wie sie in Krankenhäusern benutzt wurden, und war ansonsten ganz in Schwarz gekleidet.

Ich schaute nach unten und hätte beinahe doch die Beherrschung verloren, als ich sah, wie er mit einer gebogenen Nadel meine Haut zusammennähte.

Er hat mich abgestochen, fiel es mir wieder ein. Auf der Beerdigung. Dieser miese Wichser.

Ich stöhnte auf, als sich der bittere Geschmack von Galle auf meiner Zunge ausbreitete.

«Wirst du schreien?», fragte Ace und ich schüttelte den Kopf. Er zog den Stoff aus meinem Mund, woraufhin ich hektisch nach Luft schnappte.

«Luca?», krächzte ich und stöhnte auf, als er erneut zustach. *Heilige gefickte Mutter.*

«Dem geht's gut. Es ging immer nur um dich.»

Er schob sich die Kapuze herunter und durchbohrte mich mit seinen eisblauen Augen.

«Fuck, hör auf damit», keuchte ich und wollte mich zusammenkrümmen, doch er presste abermals seine Hand auf meine Brust und schüttelte den Kopf. «Noch zwei, dann bist du fertig.»

Fertig? Womit zur Hölle?

Tatsächlich hörte er nach zwei weiteren Stichen mit der Qual auf und begann, die Wunde zu reinigen und zu verbinden. «Warum bin ich hier?»

«Das tut nichts zur Sache. Ich mache dich jetzt los, damit du dich anziehen kannst. Baust du Mist, erschieße ich erst dich und anschließend deinen kleinen Fuckboy Saterfield.»

Ich beobachtete, wie er eine Waffe aus seinem hinteren Hosenbund zog und diese entsicherte.

«Keine Spielchen, Caden», knurrte er und presste das kühle Metall an meine Wange. Mein Herzschlag beschleunigte sich, doch ich bemühte mich, es vor ihm zu verbergen. Angst zu zeigen war noch nie eine gute Idee gewesen und daran würde ich mich auch jetzt halten. Ich hatte genug Scheiße durch und nichts zu verlieren. *Außer Luca. Fuck. Luca.*

«Nimm das Ding aus meinem Gesicht, das hat vorhin noch in deinem Arsch gesteckt.»

Ich sah, wie seine Mundwinkel zuckten, als er mir den Lauf noch fester in die Wange drückte.

«Du stehst doch auf Ärsche, also dürfte dich das nicht besonders stören.»

«Fick dich.»

Er lachte auf, rau und dunkel. Als er sich vorbeugte um meine Fesseln durchzuschneiden, stieg mir sein Geruch nach Waschmittel und Wald in die Nase. Es passte so gar nicht zu der

Situation, in der wir uns gerade befanden. Sein Shirt streifte meine Wange und sobald meine Hände frei waren, kroch ich vor ihm zurück und griff nach den Klamotten, die neben mir auf dem Boden lagen. Es waren nicht meine, doch sie waren wärmer als die Boxershorts, die ich trug.

«Wo sind meine Sachen?», wollte ich wissen, als ich meine eingeschlafenen Arme in den Stoff zwang.

«Weg. Wir mussten sicher sein, dass du keine Waffen bei dir trägst. Wir haben dich nicht angefasst, scheiß dir nicht gleich in die Hose», fügte er hinzu, als er meinen Blick bemerkte.

Mit zitternden Händen streifte ich mir die grauen Sachen über und nahm auch hier den Geruch nach Waschmittel an ihnen wahr.

Allein die Vorstellung davon, wie Fremde mich ausgezogen hatten, brachte mich dazu, mich in einer Ecke zu übergeben.

Ich hörte ihn hinter mir aufstöhnen, als wäre meine Reaktion auf diese Situation irgendwie lästig.

Mit beiden Händen stützte ich mich am Gitter ab, während ich mich solange erbrach, bis nicht einmal mehr Galle übrig war und das Brennen in meinem Hals schmerzte.

«Bist du fertig?», fragte er, als ich mich keuchend mit dem Rücken gegen die Gitterstäbe lehnte. «Komm hier rüber, leg deine Hände zurück ans Gitter.»

«Und was, wenn nicht?»

Mit zwei großen Schritten war er bei mir, seine schlanken Finger legten sich um meinen Hals und pressten mich gegen das kalte Metall.

«Wenn nicht, werde ich dir weh tun. Eigentlich wollte ich mir das für später aufheben, aber ich habe kein Problem damit, jetzt schon ein bisschen Spaß zu haben.»

Ich wollte ausholen und ihm meine Faust ins Gesicht rammen, da erklang ein Surren und der Schmerz, der darauf folgte, zwang mich in die Knie.

Er riss meinen Arm nach oben und schnürte meine Hand an dem Gitter fest. Der Kabelbinder schnitt mir in die Haut und mein Arm schmerzte von der verdrehten Haltung.

«Versuche nie wieder mich anzugreifen, sonst erwartet dich mehr als nur ein bisschen Strom.» Er trat von mir zurück, hob die Sachen vom Boden auf und packte sie in eine Tüte.

«Wo willst du hin?»

«Glaub mir, du wirst dir noch wünschen, mich nicht zu sehen.»

«Ace!», rief ich, als er aus der Gittertür trat und diese hinter sich zuzog.

«Was?», fragte er leise und blieb stehen.

Ich versuchte, mich aufrechter hinzusetzen, doch ich hatte den Schock des Tasers noch nicht ganz überwunden.

«Wer bist du?»

«Ich kann deine Rettung oder dein Untergang sein. Such dir was aus.» Damit zog er die Gittertür hinter sich zu und wandte sich ab.

Und dann war ich allein. Seine Schritte verhallten im Gang und ich musste die Panik zurückdrängen, die sich in mir ausbreiten wollte. Immer weiter streckte sie ihre Fühler aus und versuchte Halt zu finden, um mich anschließend in den Wahnsinn zu treiben. Nein, Panik war das Allerletzte, das ich jetzt gebrauchen konnte.

Ich ließ meinen Blick durch den Raum schweifen und stellte fest, dass ich in einem Kellerabteil war. Durch die Gittertür erkannte ich weitere und sie glichen dem Keller in Liams Wohnhaus, nur dass diese hier alt und heruntergekommen waren. Es gab nur zwei Betonwände, die gegenüber und die daneben. Die anderen bestanden aus kalten Metallstäben. An einem davon war ich festgebunden und dieser gab den Blick auf einen weiteren Raum wie diesen hier frei. Die anderen Stäbe bildeten die Tür, die auf den Gang führte. Es könnte ein leerstehendes Wohngebäude sein. Eine einsame Glühbirne baumelte von der Decke, während auf dem Gang eine Neonröhre surrte. Ich setzte mich aufrechter hin und musste mir dabei meine freie Hand auf den Oberschenkel pressen, um den Schmerz, der mir dabei durch die Eingeweide schoss, zu ertragen. Auch mein Kopf tat weh und mein Gesicht brannte. *Fuck!*

Es war eiskalt, der Boden und die Wände feucht und es roch nach Schimmel. Ich presste meine Lider zusammen und lehnte meinen Kopf an die Gitter. Er hatte gesagt, er würde Luca erschießen, wenn ich nicht mitmachte. Das bedeutete, er lebte noch. So musste es einfach sein. Luca durfte nichts geschehen, dafür würde ich alles tun.

«Hallo?», rief ich, doch bekam natürlich keine Antwort. Luca lebte, doch ich hatte keine Ahnung, wo er war. Hier oder zu Hause? Hatten sie ihn auch bekommen oder konnten sie abhauen? Pierce kannte alle sicheren Verstecke und wusste alles über jeden von uns. Das war scheiße. Das war so richtig scheiße.

Ich hätte es kommen sehen müssen. Das irgendetwas mit ihm nicht stimmte. Mit ihm und seiner Gruppe von Möchtegern-Bodyguards.

«Ey!», brüllte ich erneut, weil ich wollte, dass Ace zurückkam. «Ey, Eisauge, komm wieder her! Na los, jetzt mach schon! Komm her, du mieser Penner!»

Doch egal wie laut ich schrie, er kam nicht. Ich war allein in dieser kalten Hölle.

KAPITEL 14
LUCA

TAG 1

Es war bereits nach Mitternacht, als Cole auf einen Waldweg abbog und nach einer weiteren Viertelstunde auf einem versteckten Parkplatz hielt.

Staton holte unsere Taschen aus dem Wagen und ich folgte ihnen schweigend die steinige Auffahrt hinauf.

«Hier müssten wir erst einmal sicher sein», sagte Cole, während er die Tür aufschloss.

Ich ließ meinen Blick an der hölzernen Fassade hinaufwandern, wo sich bereits die Farbe löste und einer der Fensterläden lose in den Angeln hing.

Wir betraten das kleine Haus und ich stellte fest, dass es innen genauso heruntergekommen war, wie außen.

Der Holzboden war staubig und zerkratzt, das Untergeschoss bestand aus nur einem Raum, in dem ein kleiner runder Teppich in der Mitte lag. Die Wände waren ebenfalls aus Holz, es gab zwei kleine Fenster zur Vorderseite raus und ein großes nach hinten.

Dieses gab den Blick auf den Wald frei. Es gab eine kleine Küchenzeile mit einer Theke, an der zwei Stühle standen und ein Ecksofa mit einem kleinen Tisch.

An einer Wand führte eine schmale Holztreppe nach oben und ich vermutete, dass sich dort das Schlafzimmer befand.

Neben der Haustür gab es nur eine weitere Tür, diese stand offen und zeigte ein kleines Bad mit Dusche.

Es würde eng werden zu dritt, aber das war mir egal. Wir brauchten einen sicheren Ort, an dem wir überlegen konnten, wie es weitergehen würde.

Pierce hatte Caden und noch immer hatte ich keine Ahnung, was sie von ihm wollten.

«Was ist das hier?», erkundigte sich Staton und ließ unsere Taschen neben der Tür zu Boden fallen.

Cole war gerade dabei, die Terrassentür zu öffnen, drehte sich nun aber zu uns um.

«Sagen wir einfach, das hier ist meine Lebensversicherung. Wenn ich so einen Job mache wie diesen, wollte ich eine Rückversicherung. Einen Ort, an dem mich niemand findet und von dem keiner etwas weiß.»

Staton ließ sich auf das Sofa fallen und wirbelte Staub auf, der im Schein der kleinen Deckenlampe funkelte.

«Pierce weiß nichts davon?», hackte er nach, woraufhin Cole den Kopf schüttelte.

«Niemand weiß hiervon. Das Ding existiert offiziell gar nicht. Der Wald gehört jemandem, den ich kenne, also brauche ich keine Angst haben, dass hier irgendwer sucht.»

Auch wenn ich mich am liebsten in einem Zimmer einsperren und die ganze Nacht heulen würde, riss ich mich zusammen und half Cole dabei, ein Feuer in dem schmalen Kamin zu entzünden.

Er holte zwei Futons aus einem Wandschrank und breitete diese vor dem Kamin aus.

Staton reichte er ein Kissen und eine Decke, die mindestens genauso muffig rochen wie unser Kram.

«Was machen wir jetzt?», fragte ich und ließ mich auf dem harten Stoff nieder.

Staton lachte freudlos auf. Er stützte die Ellenbogen auf die Knie und vergrub das Gesicht in den Händen.

«Ich weiß es nicht», gab er zu und seufzte. «Ich hätte das nie von ihm gedacht. Niemals.»

«Ich auch nicht», warf Cole ein. «Das Problem ist, er kennt zu viele Cops. Wenn wir zu ihnen gehen, wird er es erfahren.»

Verdammt, das ist wahr.

«Und was machen wir stattdessen?»

Staton schnaubte, stand auf und begann in den Schränken zu wühlen.

«Hast du nicht mal Alkohol in diesem Haus?», zischte er und knallte die Schranktür zu.

Cole deutete auf einen der Unterschränke, an dem Staton sich sofort zu schaffen machte.

Irgendwann fand er, wonach er suchte, und kam mit einer Flasche Whiskey zurück.

«Ich hab eine andere Idee. Caden hat mir eine Nummer gegeben, von einem der Typen, die ...»

«Moment, was? Er hatte die Nummer von einem der Kerle?», fuhr ich dazwischen und starrte ihn fassungslos an.

Cole mied meinen Blick, was mir Antwort genug war. Caden hatte mich belogen. Wie lange verheimlichte er das schon vor mir?

«Nicht», holte Cole mich aus meinen Gedanken und schüttelte den Kopf. «Er wollte dich beschützen, nur deswegen hat er nichts gesagt.»

Ja, na klar.

«Sehen wir ja, was das gebracht hat», murmelte ich und stand auf.

Ich lehnte mich in den Türrahmen, zündete mir eine Zigarette an und starrte in den Wald.

«Wer war es?», fragte ich, ohne Cole anzusehen.

Dieser seufzte und es dauerte eine Weile, bis er antwortete.

«Sein Name ist Ace. Mehr weiß ich eigentlich nicht von ihm. Er war bei der Army und hatte den Auftrag, Caden zu … er sollte ihn umbringen.»

«Was?!», schrie ich und fuhr zu ihm herum.

«Und du hast es nicht für nötig gehalten, dass jemanden zu erzählen? Verdammt, Cole!» Nun war es Staton, der schrie. Cole ignorierte uns beiden, holte stattdessen sein Handy heraus und hielt es sich ans Ohr.

«Ach, fuck», fluchte er, als niemand abnahm. Doch kurz darauf summte sein Handy, er hatte eine Nachricht bekommen.

Sofort war ich bei ihm, um zu sehen, ob dieser Ace geschrieben hatte.

Wer ist da?, stand da.

«Na los, schreib zurück», drängte ich, weil mich ein plötzliches Hochgefühl durchflutete. Wir hatten einen Anhaltspunkt, jemanden, der wusste, wo Caden war und den wir vielleicht dafür benutzen konnten, um Caden da rauszuholen.

Cole.

Dieser Ace ließ sich so viel Zeit zum Antworten, dass ich mir eine neue Zigarette anstecken musste, um irgendetwas zu tun zu haben.

Er hat dir meine Nummer gegeben, dieser kleine Drecksack.

Cole seufzte genervt und tippte mit schnellen Fingern eine Antwort.

Das hat er. Wo ist Caden?

Es dauerte eine Weile, bis sein Handy erneut summte und eine Nachricht darauf erschien.

Wo ist unwichtig. Wie lange er noch hier ist, ist die Frage.

«Scheiße», zischte Staton. «Frag ihn, was die wollen. Geld? Irgendwas Anderes? Wir brauchen Zeit, wenn wir Lösegeld besorgen müssen.»

Was wollt ihr von ihm?, schrieb Cole. Wir alle waren angespannt, dieser Ace war unsere einzige Verbindung zu Caden.

Wieder dauerte es eine Weile, bis er zurückschrieb. Als würde er uns absichtlich damit an unsere nervlichen Grenzen bringen wollen.

Wir sollten uns treffen. In zwei Tagen. Adresse folgt. Wehe ihr legt mich rein, dann ist er tot.

Zwei Tage waren zu lang. Viel zu lang. Ich wollte Caden jetzt zurück.

«Ich will wissen, ob es ihm gut geht», sagte ich und deutete auf das Handy.

Gib uns was, damit wir wissen, dass er noch lebt, forderte Cole, doch es kam keine Antwort mehr.

«Verdammt, schreib ihm nochmal. Los!», forderte ich und wollte ihm das Telefon aus der Hand reißen. Staton griff nach meinem Arm und zog mich von Cole weg.

«Hör auf», sagte er leise und führte mich zum Sofa. Erschöpft ließ ich mich darauf sinken und vergrub das Gesicht in den Händen.

«Das gibt es nicht. Das kann doch alles nicht wahr sein. Was ist aus meinem Leben geworden, Staton?»

Mein Leben sollte so nicht aussehen. Ich sollte mit Caden zusammen sein, meine Schwester besuchen dürfen und mit meinem besten Freund reden können. Alles war doch irgendwie dabei, sich zum Guten zu wenden. Caden und ich waren auf dem Weg dahin, endlich zusammen zu sein, er hatte es sogar geschafft, Nähe zuzulassen. Ich hatte einen neuen Job und … Nein. Nein, ich wollte das hier nicht. Nicht so.

Ich werde Caden dort raus holen, um jeden verfluchten Preis.

In einer halben Stunde, an dem kleinen Supermarkt Ecke 13. Ich spreche nur mit Cadens Fuckboy. Allein. Keine Tricks, oder ihr werdet es bereuen.

«Niemals», sagte Staton sofort und schüttelte heftig den Kopf. «Die haben schon Caden, ich werde nicht noch jemanden an die verlieren.»

Cole lehnte es nicht sofort ab und schien ernsthaft darüber nachzudenken. Ich würde hingehen, mir war es egal, was die Beiden sagten. Es ging um Caden, da war alles andere unwichtig.

«Ich werde gehen. Ich bin kein Gefangener und kann tun und lassen, was ich will.»

Staton feuerte ein paar Flüche ab, bevor er schließlich auf mich zu kam und die Arme vor der breiten Brust verschränkte.

«Wir werden mitkommen, uns aber im Hintergrund halten. Wenn der Typ jedoch auf die Idee kommt, irgendeinen Scheiß abzuziehen, werde ich ihn höchstpersönlich erschießen.»

Damit kam ich klar. Solange sie sich raushielten, konnten sie von mir aus in irgendeinem Busch oder im Wagen hocken.

«Okay, dann sollten wir jetzt los.»

Keine Viertelstunde später kam ich am vereinbarten Treffpunkt an. Cole und Staton hatten den Wagen ein Stück entfernt geparkt, um nicht sofort aufzufallen, aber nah genug, um im Notfall eingreifen zu können.

Pünktlich stand ich bei den Einkaufswagen und hoffte, dieser Typ würde bald auftauchen.

«Saterfield», erklang plötzlich eine raue Stimme, woraufhin ich zusammenzuckte.

«Ace?», fragte ich und ging auf den Typen zu. Dieser zündete sich ganz entspannt eine Zigarette an und lehnte sich an genau die Stelle, an der ich kurz zuvor noch gestanden hatte.

«Offenbar.»

«Wo ist Caden?», wollte ich sofort wissen, doch er hob die Hand, um mich zum Schweigen zu bringen.

«Wir haben nicht viel Zeit und hier ist nicht der richtige Ort. Wenn mich jemand mit dir sieht, ist nicht nur dein kleiner Freund tot. Und wenn die mich umlegen, ist er verloren.»

Verloren? Oh Gott, bitte.

«Sag mir wenigstens, ob es ihm gut geht. Bitte.»

Ace verdrehte die Augen und nickte schließlich.

Erleichterung durchflutete mich und ich hatte das Gefühl, endlich wieder atmen zu können.

Die Angst um Caden war nicht weg, aber zu wissen, dass er lebte, war ein Anfang.

Ace hob den Blick, streckte den Arm aus und winkte in Richtung Staton und Cole. Auf meinen verdutzten Blick hin, lachte er rau auf.

«Habt ihr ernsthaft gedacht, ich wüsste nicht, dass die da sind? Scheiße, ihr müsst noch einiges lernen, wenn wir ihn da rausholen wollen.»

Wir? Moment mal, was?

«Du willst uns helfen?», fragte ich.

«Warum», setzte Staton hinterher, der sich mit Cole zu mir stellte.

Ace trat seine Zigarette auf dem Boden aus und stieß sich von dem Geländer ab.

«Ich hab meine Gründe. Also, ich melde mich bei euch. Schickt mir eure Adresse, dann besprechen wir alles weitere. Ach ja, wenn ihr versucht, mich von hinten anzugreifen, werdet ihr ihn nie wieder sehen. Ich bin seine einzige Chance, da lebend rauszukommen.»

Er verschwand um die nächste Ecke und keiner von uns hinderte ihn daran. Caden zu retten, war alles, was zählte.

KAPITEL 15
CADEN

TAG 2

Ich hatte keine Ahnung, wie viel Zeit vergangen war, seit Ace mich allein gelassen hatte. Irgendwann ging das Licht aus und ich saß im Dunkeln. Ich kannte dieses Gefühl bereits aus dem Gefängnis. Viel zu lange hatte ich dort im Loch gesessen und wäre daran beinahe zerbrochen.

Dieses Gefühl, wenn Zeit und Raum verschwimmen und zu einer unüberwindbaren Masse aus Angst und Wut werden, war kaum auszuhalten gewesen.

Durch die Dunkelheit liefen meine anderen Sinne auf Hochtouren und jedes noch so kleine Geräusch war plötzlich laut und bedrohlich. In dem Raum neben mir leckte ein Rohr und das Tropfen des Wassers brachte mich schon jetzt um den Verstand. *Tropf ... tropf ... tropf.*

Die ganze verfluchte Zeit!

Ich war nicht mehr allein in meiner Zelle. Irgendwann in den letzten Stunden hatte sich eine Maus oder Ratte hierher verirrt. So wie sich die tapsenden Schritte anhörten, tippte ich eher auf Letzteres. Einmal hatte sie meinen Fuß berührt und ich mich fast zu Tode erschrocken.

Mittlerweile brannte die Haut an meinen Handgelenken und meine Arme waren durch die erhöhte Haltung taub geworden.

Nicht zu wissen, wie es Luca ging, was diese Typen von mir wollten oder wie lange ich noch hier sein würde, war das Schlimmste.

Mir war egal, was sie mit mir taten, solange sie ihn in Ruhe ließen. Er hatte mit all dem nichts zu tun und war nur durch mich in die Schusslinie geraten. Bei dem Gedanken daran, dass einer von ihnen Luca zu nah kam, musste ich würgen. Er war gut und unschuldig und er hatte es nicht verdient. *Er hat mich nicht verdient.*

Ich hatte es von Anfang an gewusst, doch ich war ein egoistisches Arschloch, das nur an sich selbst dachte. Ich hätte mich von ihm fernhalten sollen, stattdessen habe ich zugelassen, dass wir ...

Das Licht sprang an und ich musste meine Lider zusammenkneifen, um das Brennen auf meiner Netzhaut zu verdrängen.

Schwere Schritte auf dem Gang zwangen mich dazu, meine Augen wieder zu öffnen und gegen das Licht anzublinzeln.

Es war der Schütze, der mir in dem Hinterhof die Schusswunde verpasst hatte. Seine Schlüssel klimperten, als er die Gittertür öffnete und schließlich eintrat. Hinter ihm erkannte ich Ace, der sich mit den Händen in den Taschen in den Türrahmen lehnte. Er wirkte gelangweilt, wie er auf seinem Kaugummi kaute und mich träge musterte.

Der andere Typ kam auf mich zu, grub seine Hände in mein Haar und riss meinen Kopf zurück.

«Wir werden jetzt ein paar hübsche Bilder von dir machen. Als Erinnerung für deinen Loverboy.» Sein widerliches Grinsen entblößte eine Reihe gelber Zähne und ich wollte mich am liebsten übergeben.

«Er soll sich doch an dich erinnern, wenn du in irgendeinem Graben verrottest.»

«Was? Nein!», schrie ich und versuchte, mich aus seinem Griff zu befreien.

«Was? Soll mich das beeindrucken?», säuselte er und verstärkte seinen Griff.

«Fick dich», presste ich hervor und spuckte ihm mitten ins Gesicht. Der Schlag, der darauf folgte, war hart. Mein Kopf wurde zur Seite geschleudert und ich schmeckte Blut. Hustend wollte ich mich aufrichten, doch da traf mich auch schon der nächste Schlag. Keuchend hing ich an meinen noch immer festgebundenen Armen an den Gittern, während mir Blut über das Kinn lief und auf meine Kleidung tropfte.

«Verdammt, was wollt ihr von mir?»

«Von dir? Gar nichts, du bist nur Mittel zum Zweck. Du bist die Rache für Calvin.»

«Calvin war ein Wichser», zischte ich und spuckte Blut auf den Boden.

Der Typ lachte auf, bevor er mir mit seinem schweren Stiefel auf die Wunde an meinem Oberschenkel trat.

«Du solltest lieber dein vorlautes Maul halten, bevor der Boss dich hört. Er hat es nicht gern, wenn man so von seinem Bruder spricht.»

Ich hatte keine verdammte Ahnung, wer zum Teufel sein Boss war. Es war mir auch egal, ich wollte nur hier raus.

«Kannst du dich vielleicht mal ein bisschen beeilen, Shotgun? Ich hatte nicht vor, den ganzen Tag hier herumzustehen», kam es von Ace, der noch immer in der Tür lehnte. *Shotgun? Was für ein beschissener Name.*

Shotgun schien es ziemlich gegen den Strich zu gehen, dass Ace so mit ihm sprach. Sein Auge zuckte nervös und ich konnte sehen, wie sein Kiefer mahlte.

«Malone ... halt die Fresse.»

Bumm.

Shotgun sah den Tritt nicht kommen, den Ace ihm verpasste. Plötzlich landete er auf dem Rücken und ein schwarzer Stiefel drückte sich auf seinen Hals. Ace beugte sich zu ihm herunter, während Shotgun um Luft rang.

Heilige Scheiße dachte ich, als Ace eine Knarre aus seinem Hosenbund zog und sie ihm in den Rachen schob. Mit dem Daumen entsicherte er diese und das Klicken ließ Shotgun zusammenzucken.

«Du brichst die oberste Regel und denkst, dass ich dich damit einfach so durchkommen lasse? Jetzt muss ich euch beide töten.»

Moment, was?

Automatisch presste ich mich mit dem Rücken noch näher an die Gitterstäbe, während die Kälte sich durch den Stoff des dünnen Hoodies fraß.

Der Kabelbinder schnitt mir die Handgelenke auf, doch mein rasendes Herz lenkte mich davon ab.

Fuck, ich hatte verdammt viel Scheiße durch, aber das hier? Ich wollte einfach nur zurück in dieses Drecksloch und dort mit Luca im Bett liegen. Ich wollte zu Ahmet arbeiten gehen und sogar ein Gespräch mit der Psychotante würde ich jetzt vorziehen. Alles war besser als das hier.

«Ace ... warte», krächzte der Kerl am Boden und griff mit beiden Händen um den Stiefel, der sich noch immer auf seinen Kehlkopf drückte. «Tut ... mir ... leid.»

Schnaubend zog er sein Bein zurück und dann ertönte ein Knall, gefolgt von einem schmerzerfüllten Schrei. Auch ich schrie auf, als das Geräusch mir beinahe das Trommelfell zerfetzte.

Ace würdigte den Mann keines weiteren Blickes, während dieser sich auf dem Boden krümmte. Stattdessen verdrehte er die Augen, als würde die ganze Szenerie ihn unglaublich abfucken.

«Er ist empfindlich, denk dir nichts dabei», meinte Ace gelassen und ließ sein Kaugummi knallen. Bei dem Geräusch zuckte Shotgun zusammen, was Ace ein Grinsen entlockte.

Seine Schreie hallten von den Wänden wider und ich hoffte, dass irgendjemand sie hören würde und die Cops rief. Zum ersten Mal in meinem Leben wünschte ich mir, dass die Cops kamen und meinen Arsch aus dieser Scheiße zogen.

«Wenn du nicht die Klappe hältst, werde ich dir dein verdammtes Maul stopfen», zischte Ace, griff nach einem Tuch und hielt es ihm vor das Gesicht.

«Du hast mich angeschossen!», konterte Shotgun und versuchte, sich aufzurichten. Ace griff nach seinem anderen Arm und zog ihn auf die Füße. Er nahm das Tuch und wickelte es stattdessen um die Wunde an seinem Arm.

«Du hast die Regel gebrochen, das hier war deine erste Verwarnung. Noch ein Ding und die nächste Kugel trifft deinen Schädel.»

Er gab den Typen frei und drehte sich zu mir. Als ich zu ihm aufsah, zwang ich mich, meine Emotionen hinter einer gleichgültigen Fassade zu verbergen. Eine Maske aufsetzen konnte ich gut, darin hatte ich Erfahrung.

«Verschwinde Shotgun, ich mach den Rest hier allein», sagte Ace drohend, woraufhin sich Shotgun mühsam zur Tür schleppte.

«Wie geht's deinen Armen?», fragte Ace, beugte sich vor und schnitt die Fesseln durch. Schlaff fielen meine Arme herunter und ich war froh, als endlich wieder Blut hineinfließen konnte.

Ace verschloss die Tür, ließ sich an der Wand gegenüber zu Boden rutschen und streckte lässig die Beine aus. Seine Waffe legte er neben sich, als bestünde nicht einmal die Chance, dass ich sie ihm entreißen könnte. *Okay, die besteht auch nicht. Ich spüre meine Arme kaum.*

Er zündete sich eine Kippe an und warf mir dann die Schachtel und das Feuerzeug zu. Als meine Arme schmerzhaft wieder zum Leben erwacht waren, nahm ich mir eine und zündete sie an. Falls sie vergiftet waren, bitte. Schlimmer konnte es kaum werden. Aber trotz allem, was hier falsch lief, traute ich Ace das nicht zu. Er war brutal und ein schlechter Mensch, aber er war nicht so hinterlistig, mich zu vergiften. Wenn er mich umbrachte, dann nicht auf diese Art. Gift war etwas für Leute, die sich nicht die Hände schmutzig machen wollten. Er wirkte eher wie das komplette Gegenteil. Je schmutziger, desto besser.

«Was findest du nur an dem Kerl?», fragte er irgendwann in die drückende Stille hinein. Ich sah an die Decke und zuckte die Schultern. Ich brauchte ihn nicht zu fragen, über wen er sprach. Lucas Gesicht tauchte vor meinen Augen auf und sein Bild versetzte mir einen schmerzhaften Stich. Schnell schüttelte ich die Gedanken ab und zwang mich, Ace stechenden Blick zu erwidern.

«Er ist viel zu gut für dich», sagte er nun und blies eine Wolke Rauch aus. «Damit meine ich nicht, dass du zu schlecht bist, sondern er ist so ... *gut.* Widerlich höflich, abartig nett und ... wäh», er schüttelte sich, als würde ihm die Vorstellung tatsächlich anwidern. »Keine Ahnung, was du an dem findest.»

Ich sagte nichts, doch als unsere Blicke sich erneut trafen, zuckten seine Mundwinkel.

«Du willst mir nicht antworten?», fragte er mit seiner rauen Stimme, die so gar nicht zu diesen Augen passte. «Macht nichts. Es reicht, wenn du zuhörst.»

Nein! Ich wollte es nicht hören. Nichts von all dem wollte ich hören. Am liebsten hätte ich mir die Hände auf die Ohren gepresst und mich wie ein kleines Kind vor und zurück gewiegt.

«Ich habe ihn kennengelernt, deinen kleinen Fuckboy. Du hättest ihm wirklich von uns erzählen sollen. So wusste er gar nicht, wer ich war.»

«Was?», rief ich und richtete mich auf. Nein, das konnte nicht stimmen. *Das darf nicht wahr sein!*

«Ja, wir haben uns getroffen. Aber keine Angst, er schien kein Interesse an mir zu haben.» *Oh, fick dich einfach.*

«Luca hat mit all dem nichts zu tun. Ihr habt mich. Ich bin hier, was wollt ihr noch? Ihr könnt machen was ihr wollt, aber lasst Luca in Ruhe.»

Ace sah interessiert zu mir herüber, legte den Kopf leicht schräg und nickte schließlich. «Du magst den Kerl wirklich. Hatte ich auch mal.»

Ich lehnte meinen Kopf an das Gitter und sah wieder zur Decke. Ich würde nicht auf seine Spielchen eingehen und ihm dadurch genau das geben, worauf er anscheinend hoffte. Ich wollte ihn ignorieren, doch seine nächsten Worte rissen mir den Boden unter den Füßen weg und ich fiel. Immer schneller und tiefer dem Wahnsinn entgegen.

«Tobey. Er war mein, bis er wegen dir getötet wurde.»

Nein! Nein, nein, nein!

KAPITEL 16

LUCA

TAG 3

Warten.

Warten war zu meiner persönlichen Hölle geworden.

Wir warteten darauf, dass Ace sich meldete.

Auch wenn Staton und Cole dagegen waren, ich wollte mich noch einmal mit ihm treffen. Auch wenn das hieß, dass wir ihm sagen mussten, wo wir uns befanden.

«Verdammt, Luc. Konzentrier dich, sonst hat das alles hier keinen Zweck.»

«Ich versuche es ja», zischte ich, funkelte Staton an und hob erneut das schwere Metall.

Er tippte sich an den Gehörschutz, woraufhin ich meinen wieder aufsetzte.

Waffen gehörten immer schon zu den Dingen, die ich verabscheute. Wenn es nach mir ginge, gehörten sie komplett verboten.

Aber es ging nun einmal nicht nach mir und wir befanden uns in einer Ausnahmesituation. Keiner von uns wusste, ob oder wann diese Typen zurückkommen würden. Pierce war technisch weitaus besser ausgerüstet als wir momentan und Staton und Cole hatten darauf bestanden, dass ich mich verteidigen konnte, wenn es zum Äußersten kam.

Allerdings lief es anders als geplant. Bei jedem Schuss, den ich abfeuerte, zuckte ich zusammen oder schloss meine Augen. Ich wollte das nicht, konnte es aber auch nicht verhindern.

Bis zu diesem Tag hatte ich weder eine Waffe in der Hand gehalten noch auch nur daran gedacht, das jemals tun zu müssen.

«Lass deine verdammten Augen offen, oder willst du dich selbst erschießen? Das gibt es doch nicht!», brüllte Staton und riss sich das rote Plastik von den Ohren.

«Ich will das nicht!», schrie ich zurück und hätte am liebsten die Waffe auf den Boden geworfen. «Ich hasse es! Das alles hier! Es kotzt mich so dermaßen an, dass wir hier nur rumsitzen können, während Caden sonst was durchstehen muss! Wir sollten ihn suchen oder Ace anrufen oder zur Polizei gehen! Wir sollten irgendetwas machen, nur nicht irgendwo im Nirgendwo stehen und auf ein paar billige Dosen schießen wie im wilden Westen. Was sind wir? Cowboys, die neuen Ritter der Tafelrunde oder Jesus persönlich? Ich will das alles nicht!»

Cole kam zu mir, nahm mir die Waffe aus der Hand und sicherte diese. Erschöpft ließ ich mich gegen die Wand auf den Boden sinken und vergrub meine Finger im Haar.

«Ich glaube nicht, dass Jesus oder die Ritter der Tafelrunde so cool waren wie wir. Mal abgesehen davon, dass Jesus mit

Sicherheit keine Pistole brauchte. Ich mein, der Kerl konnte über Wasser gehen und sich Wein machen, wann immer er wollte.»

Ich starrte Cole an, bevor ich zu lachen anfing. Mit dem Fuß trat ich nach ihm und nahm dankbar die Zigarette, die er mir reichte.

«Ich wette, er ist dein Vorbild. Zumindest, was die Frisur angeht», warf Staton ein und nun lachten wir alle. Es hatte sich so viel Stress in mir angestaut, dass ich mit jedem Tag mehr das Gefühl hatte, zu implodieren.

Coles Handy ließ uns schlagartig verstummen und sofort waren wir wieder voll da.

Morgen Nacht. Uhrzeit und weitere Anweisungen folgen. Haltet euch bereit, ich werde nicht viel Zeit haben.

Bum, bum, bum.

Mein eigener Herzschlag donnerte in meinen Ohren, während ich mit zitternden Fingern nach dem Handy griff und die Nachricht noch einmal las. Und noch einmal. Und schließlich ein weiteres Mal, bis Cole es mir aus der Hand nahm und in seine Tasche steckte.

«Bist du sicher, dass du ihm sagen willst, wo wir wohnen?», fragte Staton und verschränkte die Arme vor der Brust.

«Wir haben keine andere Wahl, oder?», gab ich zurück und stand auf.

«Okay, dennoch werde ich ein paar Anrufe machen und wir werden einen Plan B entwickeln. Falls wir schnell weg müssen oder so. Ihr beide fahrt einkaufen. Ich habe eine Liste mit Dingen, die wir im Notfall gebrauchen können.»

Alles in meinem Kopf drehte sich. Ich war nicht gemacht für diese Welt und dennoch befand ich mich mittendrin.

«Ich hab kein gutes Gefühl dabei, hier einfach so durch den Laden zu spazieren», flüsterte ich, woraufhin Staton nickte.

Abermals zog ich den Zettel aus meiner Tasche und sah nach, was uns noch fehlte.

«Jetzt verstehe ich, warum Cole uns in zwei Läden geschickt hat», sagte Staton, als er ein Seil und Klebeband in den Wagen lud.

Im Auto waren bereits zwei Kanister Benzin, Bleiche, Munition, zwei Messer, Taschenlampen und keine Ahnung was noch alles. Wenn uns die Cops anhalten würden, kassierten die uns ein. Definitiv.

Wir könnten wahrscheinlich locker eine Bombe damit bauen oder jemanden verschwinden lassen.

Was Cole mit dem ganzen Zeug vorhatte, wussten wir nicht. Er sagte, haben ist besser als brauchen. Ich würde es weder haben noch gebrauchen wollen.

Wir hatten bereits unsere Taschen zusammengepackt, für den Fall, dass wir weg mussten.

Durch Pierce Verrat hatten wir technisch gesehen kaum noch Möglichkeiten. Er hatte jeden Laptop und jedes Handy der beiden auf dem Schirm und sie mussten beides zurücklassen.

Cole wollte einen neuen Laptop besorgen, möglicherweise hatten wir so die Chance, Cadens oder Ace′ Handy zu orten und so herauszufinden, wo sie sich befanden.

«Okay, wir haben alles. Lass uns von hier verschwinden, bevor wir noch Schwierigkeiten bekommen.»

Gemeinsam zahlten wir unsere Einkäufe und verließen den Laden.

Noch ein paar Stunden, dann würden wir herausfinden, auf wessen Seite Ace stand und hoffentlich auch, wie es Caden ging.

Ich wollte ihn nur einmal sehen. Für einen Moment seine Stimme hören und mir sicher sein, dass er es schaffen würde.

Cady, verdammt. Ich liebe dich.

KAPITEL 17

CADEN

TAG 4

Ich verlor das Gefühl für Raum und Zeit. Es könnten Stunden, aber auch Tage sein, die ich jetzt hier in diesem dreckigen Verlies saß. Ich wusste es nicht. Ace war nach unserem Gespräch verschwunden und nur einmal war ein Kerl gekommen, um mir eine Flasche Wasser und ein Stück Brot durch die Gitter zu werfen.

Als jetzt die Lampe über mir und auch die auf dem Flur zum Leben erwachten, hatte ich für einen Moment das Gefühl, zu erblinden.

Ich hörte Schritte, es war mehr als eine Person, vielleicht zwei?

Auf jeden Fall war dieser Shotgun dabei. Seine schweren Schritte und das Schlurfen seiner Schuhe auf dem Beton hatten sich in meinem Gedächtnis festgesetzt. Der andere könnte Ace sein. Seine Schritte waren leiser. Er war darauf trainiert, nur dann Lärm zu machen, wenn er es wollte.

Meine Augen hatten sich gerade an das Licht gewöhnt, da hörte ich bereits den Schlüssel in der Tür.

«Warum nennen die Leute dich eigentlich Zombie?», fragte Ace, als er eintrat. Shotgun folgte ihm, zusammen mit einem weiteren Mann. Mein Blick fiel auf die Zeitung und die Kamera, welche der Fremde in der Hand hielt.

«Ignorier Smoke einfach», sagte Ace und ging vor mir in die Knie. Seine Hand schloss sich um mein Kinn und er zwang mich so, ihn anzusehen. Seine beinahe durchsichtigen Augen bohrten sich in meine, als unsere Blicke sich für einen Moment trafen. Ich wollte zurückweichen, doch die Gitter hinter mir ließen es nicht zu. Mein Puls beschleunigte sich und ich zwang mich, ruhig zu atmen. Panik war wirklich das Letzte, was ich in so einer Situation gebrauchen konnte.

«Du siehst zu gesund aus», stellte er fest, griff neben sich und ehe ich reagieren konnte, hatte er mein Gesicht mit Dreck beschmiert.

«Er soll bluten, hat der Boss gesagt.»

Ace′ Griff um meinen Kiefer verstärkte sich bei Shotguns Worten und für einen Moment glaubte ich, so etwas wie Schmerz auf seinem Gesicht zu sehen. Doch der Augenblick war so schnell verflogen, dass ich es mir wahrscheinlich nur eingebildet hatte.

«Wenn du mitmachst, wird es weniger schlimm», sagte Ace so leise, dass nur ich ihn hören konnte.

Er gab mir nicht die Chance, seine Worte zu verarbeiten, da traf mich auch schon seine Faust mitten ins Gesicht.

«Fuck, was sollte das?» Ein metallischer Geschmack breitete sich in meinem Mund aus und legte sich auf meine Zunge. Es war widerlich.

Ace erhob sich mit einem letzten Blick zu mir und lehnte sich an die Wand gegenüber.

«Macht das Foto», wies er die beiden an, die sich gleich darauf in Bewegung setzten.

«Halt das», befahl Smoke, als er mir eine Zeitung in die Hand drückte.

«Du kannst mich mal», zischte ich und rappelte mich so gut es ging wieder auf.

Sein Fuß traf meinen Magen und ich krümmte mich zusammen. Der nächste Schlag traf erneut mein Gesicht und brannte auf meiner geschundenen Haut. Ich lachte auf und zeigte ihm so gut es ging den Mittelfinger. Erneut traf sein schwerer Stiefel meinen Körper und riss die Wunde an meinem Bein wieder auf, woraufhin ich Ace seufzen hörte.

«Musste das sein? Die Naht war wirklich gut.»

«Scheiß auf die Naht, soll er doch verrecken», fluchte Shotgun und begann, mit seiner Waffe vor meinem Gesicht herum zu wedeln.

Ein Klicken ließ ihn innehalten und auch Smoke drehte sich zu Ace um. Dieser richtete seine eigene Waffe auf Shotguns Kopf, immer noch lässig gegen die Wand gelehnt.

«Wenn er stirbt, bevor unser Auftrag abgeschlossen ist, sterben wir alle. Wenn du unbedingt sterben willst, kann ich das erledigen. Schnell und schmerzlos, du musst nur ein Wort sagen. Ansonsten machst du jetzt einfach deinen verdammten Job. Haben wir uns verstanden?»

Ich konnte sein Gesicht nicht sehen, doch er nickte und steckte die Waffe zurück in seinen Hosenbund.

Ich spürte, wie das Blut den Stoff meiner Hose tränkte und es auf meiner Haut warm wurde.

Smoke legte die Zeitung auf meinen Schoß und dieses Mal wehrte ich mich nicht. Er grinste, als er die Kamera hochhielt und ein Bild schoss. Anschließend machte er noch ein Bild mit seinem Handy und wandte sich dann an Ace. «Wir haben alles.»

«Dann schickt es dem Boss und verschwindet. Ich mach hier sauber.»

Die beiden warfen sich einen kurzen Blick zu, bevor sie durch die Tür verschwanden. Ace ging auch, kam aber kurz darauf mit einem silbernen Koffer zurück.

Er kam auf mich zu und hockte sich hin.

«Fuck, mach mich los», fluchte ich, doch er ignorierte es. Seelenruhig öffnete er den Koffer und begann, darin herum zu wühlen.

«Ich muss die Wunde versorgen», sagte er und deutete mit dem Kinn zu meinem Bein.

Er legte ein Tuch auf den Boden und breitete ein paar Sachen darauf aus. Unter anderem die Horrornadel vom letzten Mal. Oder zumindest eine, die der verdammt ähnlich sah. Ich versuchte zurückzuweichen, doch er griff nach meinem Oberschenkel und hielt mich davon ab. Seine Berührung brannte sich durch den Stoff meiner Hose, direkt in meine Haut. Ich spürte den Knoten um meine Brust, wie er sich zusammenzog und drohte, mir den Atem zu rauben.

Traumaland war so nah und doch so unendlich weit entfernt. Ich wünschte mir, dass die Plexiglasscheibe kam und mich betäuben würde. Sie sollte mir jeglichen Schmerz nehmen und mich innerlich umbringen. Wenn ich schon nicht sterben konnte, dann wollte ich wenigstens nichts mehr fühlen müssen.

«Entspann dich verdammt, ich will nicht an deinen Arsch, sondern deine Wunde versorgen.»

Seine Mundwinkel zuckten, als er meinen Hosenbund griff und mir den Stoff herunterzog.

«Obwohl …», sagte er und ließ seinen Blick über meine schwarze Boxershorts schweifen.

«Vergiss es. Wenn du mich anfasst, bringe ich dich um.»

Leise lachend schüttelte er den Kopf. «Halt still jetzt.»

Ohne es zu wollen, zuckte ich zusammen, als er sich an meiner Wunde zu schaffen machte.

«Es wird gleich weh tun, hier.» Er hielt mir eine Mullbinde hin und bedeutete mir, darauf zu beißen. Ich starrte ihn nur wütend an, bis er schließlich seufzte.

«Wenn die Kerle deine Schreie hören, werden sie sich heute Nacht darauf einen runterholen. Willst du das? Die Wichsvorlage für diese Schweine sein?«

Allein bei dem Gedanken daran wurde mir übel und Bilder aus dem Knast drohten, sich an die Oberfläche zu kämpfen. Ich schluckte schwer, biss aber schließlich darauf. Ohne Vorwarnung kippte er eine braune Flüssigkeit über mein Bein und ich schrie auf. Ein Brennen fraß sich in meine Haut und es fühlte sich an, als würde es durch meine Eingeweide wüten.

«Um auf das Umbringen zurückzukommen», setzte Ace an und wischte über die Wunde. Schweiß bildete sich auf meiner Stirn, mein Atem ging keuchend und ich konnte das Adrenalin beinahe durch meine Adern rauschen hören.

«Ich gebe dir mein Wort, dich nicht anzufassen. Nicht auf diese Weise.»

Die Nadel durchbohrte meine Haut und meine Zähne gruben sich in den Stoff in meinem Mund. *Heilige Scheiße, ich will ohnmächtig werden!*

«Aber irgendwann, darauf gebe ich dir auch mein Wort, werde ich derjenige sein, der über dein Leben und deinen Tod bestimmt. Du warst Tobey wichtig, das ist der einzige Grund, warum du noch lebst.»

Schweißperlen rannen mir über das Gesicht und meinen Nacken hinunter. Ich schnaufte mehr, als dass ich atmete, doch ich versuchte, mich auf Ace zu konzentrieren. Ich brauchte etwas Reales, um mich von dem Schmerz abzulenken.

«Man glaubt gar nicht wie verdammt weh es tut, wenn man ohne Betäubung genäht wird», sagte Ace, während er irgendetwas mit seinen Händen und dem Faden machte.

«Bei meinem ersten Mal, es war ebenfalls eine Stichwunde, bin ich ohnmächtig geworden. Doch ab da wusste ich, was auf mich zukommt und mit jedem Mal wurde es leichter.» *Mit jedem Mal? Verdammt, wie oft muss man denn ohne Betäubung genäht werden?*

Noch ein weiterer, grauenhafter Stich und dann nahm er mir den Stoff aus dem Mund.

«Das wars.« Er klebte ein Pflaster auf die Wunde und begann damit, einen Verband um mein Bein zu wickeln.

«Wie lange muss ich noch hier sein?»

Ace richtete sich auf und holte einen weißen Tupfer aus seinem Koffer. Ich folgte seiner Hand und biss die Zähne zusammen, als er ihn auf meine blutende Lippe drückte.

«Das kommt ganz darauf an, was der Boss sich für dich vorstellt.«

Ace tupfte über die Wunde und seine Berührungen waren erstaunlich sanft für jemanden, der ohne mit der Wimper zu zucken einen anderen Menschen angeschossen hatte.

«Was er sich vorstellt?», presste ich zwischen zusammengebissenen Zähnen hervor und atmete erleichtert aus, als Ace seine Hand endlich von mir zurückzog.

Die nächsten Minuten beobachtete ich ihn dabei, wie er die Sachen zusammenräumte und in eine Mülltüte stopfte.

Schließlich stand er auf, stellte eine neue Flasche Wasser und trockenes Brot auf den Boden und wandte sich ab.

«Was meinst du damit, was er sich vorstellt?«, fragte ich erneut, als er bereits an der Tür war.

«Keine Ahnung. Er hat dir deinen Bruder genommen, man sollte meinen, das würde reichen. Aber reicht es wirklich, um dir den Schmerz zuzufügen, den er erlebt hat? Oder muss er dir noch mehr nehmen, als nur deinen Bruder?»

Er öffnete die Tür, ohne mich noch einmal anzusehen.

«Ace!», rief ich, als er gerade die Tür passierte. Er hielt inne, drehte sich aber nicht noch einmal zu mir um.

«Ich … bitte. Nicht Luca. Bringt mich um, foltert mich, es ist mir egal. Ich halte das aus, aber nicht Luca. Bitte.»

«Nichts hiervon liegt in meiner Hand, Caden. Ich bin nur derjenige, der Befehle befolgt.»

Er schloss die Tür und wandte sich zum Gehen.

«Tobey war mein Freund», sagte ich gerade so laut, dass er mich noch hören konnte.

Ace erstarrte für einen kurzen Augenblick und ich wusste, ich hatte ihn gefunden. Seinen Schwachpunkt.

KAPITEL 18

LUCA

TAG 5

Unruhig lief ich im Zimmer auf und ab, während mein Blick immer wieder auf die Uhr an meinem Handgelenk fiel.

Noch drei Minuten.

Der Motor eines Motorrads erklang vor dem Haus und sofort waren Staton und Cole an der Tür.

«Los, in die Ecke mit dir», zischte Staton und entsicherte seine Waffe.

Mit jedem Atemzug spürte ich mein Herz stärker gegen meinen Brustkorb donnern.

Für einen Moment erlaubte ich mir, die Augen zu schließen und meinen Kopf an die Wand zu lehnen. *Bitte, lass ihn auf unserer Seite stehen. Wir müssen Caden finden.*

Es klopfte um exakt zweiundzwanzig Uhr dreiundzwanzig, genau vier Mal an die Tür. Genau wie er angekündigt hatte. Cole riss die Tür auf und gab Staton Deckung, während dieser nach Ace griff, sich draußen umsah, bevor er ihn ins Haus zog.

«Ich bin bewaffnet», sagte Ace, ohne danach gefragt worden zu sein. «Schusswaffe am Hosenbund, Messer am rechten Knöchel. Schlagring in der linken Hosentasche. Ich behalte meine Hände so, dass ihr sie sehen könnt, werde meine Waffen aber nicht abgeben.

Ich bin nicht hier, um euch zu töten. Würde ich das wollen, hättet ihr bereits eine Kugel zwischen den Augen.»

Cole schnaubte abfällig, kommentierte Ace´ übersteigerte Selbstsicherheit aber nicht weiter.

Staton hielt seine Waffe weiterhin auf Ace gerichtet, während dieser sich auf das kleine Sofa fallen ließ und die Füße lässig auf dem Tisch ablegte.

«Ja, setzt dich ruhig», meinte Cole und lehnte sich an die Wand. Staton gab ihm Deckung und ich war mir sicher, dass er schießen würde, sollte Ace auch nur die geringsten Anstalten machen, nach seiner Waffe zu greifen.

«Wo ist Caden?», fragte ich direkt und verschränkte die Arme vor der Brust.

«Er ist bei uns», gab Ace zurück, während sein eisiger Blick über mich hinwegglitt.

«Das ist uns bewusst. Wir wollen ihn zurück», mischte Cole sich ein und machte einen Schritt auf ihn zu.

Es überraschte mich nicht, dass selbst Coles bullige Gestalt ihn nicht sonderlich beeindruckte.

«Deswegen bin ich hier. Wir haben nicht mehr viel Zeit, wenn ihr ihn nicht in seinen Einzelteilen in eurem Briefkasten vorfinden wollt. Pierce hat ganze Arbeit geleistet, als er den Ort und das Versteck ausgesucht hat. Ich kann euch helfen, ihn da raus zu holen.»

Pierce, dieser miese Schweinehund. Das wird er bereuen. Vielleicht nicht heute oder morgen, aber irgendwann, da wird er dafür bezahlen.

«Was willst du dafür?», mischte Staton sich ein und zog fragend eine Augenbraue hoch.

Ace lachte auf und lehnte sich noch weiter auf dem Sofa zurück.

«Warum denkst du, dass ich etwas dafür will? Vielleicht bin ich einfach ein netter Mensch, der nur helfen will.»

Ja klar, wer´s glaubt.

Schnaubend schüttelte ich den Kopf und wandte mich ab. Ich konnte ihn nicht länger ansehen, ohne mich auf ihn zu stürzen.

Mit zitternden Fingern öffnete ich die Terassentür und zündete mir eine Zigarette an. Ace blickte über seine Schulter zu mir, stand auf und steckte sich selbst ebenfalls eine an. Mich wunderte es, dass er anscheinend so viel Anstand besaß, nicht einfach auf dem Sofa zu rauchen.

«Euren Schutz», sagte er irgendwann und nahm einen weiteren tiefen Zug.

«Was?»

Wozu sollte Ace Schutz brauchen? War er nicht einer von den Bösen?

«Wenn ich euch helfe, werden sie mich umbringen wollen. Und darauf hab ich keinen Bock. Also wenn ich euch helfe, bin ich einer von euch. Bis auch der letzte dieser Schweinehunde tot unter der Erde liegt.»

Ich sah zu Staton und Cole, die sich leise miteinander unterhielten. Staton sah alles andere als glücklich aus, während Cole mit dem Kinn zu Ace nickte.

Ich konnte es verstehen. Ace zu vertrauen wäre unglaublich riskant. Wir kannten ihn nicht und er könnte uns in eine Falle locken und dann problemlos abschlachten. Woher sollten wir wissen, dass wir ihm vertrauen konnten?

«Warum?», wollte ich wissen und hielt seinem bohrenden Blick stand. *Verdammt diese Augen waren gruselig.*

«Ich hab meine Gründe. Gute Gründe, warum ich nicht will, dass er stirbt »

«Ach ja?», mischte Staton sich ein und kam auf uns zu. «Und was für mysteriöse Gründe sollen das sein?»

Zu meiner Überraschung sah Ace nun zu mir. Ein dunkler Schatten huschte über sein Gesicht, bevor er sich mit einer Hand darüber fuhr.

«Tobey», antworte er leise.

«Tobey?», hakte ich nach und dann dämmerte es mir. *Oh, verdammter Mist.*

«Deswegen wolltest du Caden umbringen? Weil du dachtest, es wäre seine Schuld, oder?»

Ace lachte auf und warf seine Zigarette nach draußen. Ein leichter Nieselregen hatte eingesetzt und legte sich auf meine Kleidung, weil ich noch immer in der weit geöffneten Tür stand.

«Er hatte nichts damit zu tun, Tobey und er waren Freunde. Fuck, Tobey würde mir den Arsch aufreißen, wenn ich zulassen würde, dass diese Wichser ihm etwas antun. Er hat mir von ihm erzählt. Mir geschrieben, wie sehr er ihn an seinen kleinen Bruder erinnert und dass er nicht zulassen würde, dass ihm im Knast etwas passiert. Ich habe ihm gesagt, er soll sich da raushalten und einfach seine Zeit absitzen. Doch er wollte das nicht hören und hat sich eingemischt. Der Plan war, erst deinen kleinen Fuckboy und anschließend alle anderen dafür bluten zu lassen. Ich werde jeden, der etwas damit zu tun hatte, umbringen. Niemand, der ihm in irgendeiner Weise geschadet hat, wird lebend aus dieser Sache raus kommen.»

Cole holte vier Dosen Cola aus dem Kühlschrank und reichte jedem von uns eine davon. Nur Staton lehnte ab, weil er noch immer die Waffe auf Ace gerichtet hielt.

«Warum arbeitest du für die?», wollte Cole wissen und öffnete seine Dose.

«Weil ich nur so die Chance hatte, alles über diesen Tag zu erfahren. Ich habe herausgefunden, wer Calvins Bruder ist und musste mir einen Weg suchen, um an ihn heran zu kommen. Wenn du in den Kreisen verkehrst, in denen ich zuhause bin hast du zwei Möglichkeiten. Entweder du wirst besser als alle anderen und überlebst, oder du stirbst.

Ich bin gut. Im Kämpfen, im Beschützen und im Schießen.

So kam ich zu Pierce und nun kenne ich die Geschichte aus erster Hand. Einige von seinen Leuten waren mit Tobes im Knast und waren dabei. Sie haben …»

Ace schüttelte den Kopf und zog sein Handy aus der Tasche. Als er es mir entgegen hielt, schnappte ich nach Luft.

Cady …

Ich hatte nie gewusst, wie er sich fühlte, wenn der Knoten sich um seine Brust legte und drohte, ihn zu ersticken. Jetzt wusste ich es. Ich spürte es, wie er sich mit jedem Wimpernschlag immer fester zuzog und ich keine Luft mehr bekam.

Erneut sah ich mir das Bild an, wusste, dass ich es nie wieder vergessen würde.

Cady, wie er gefesselt auf dem Boden saß. Sein Bein blutete und auch sein Gesicht war blutverschmiert.

Auf dem Schoß hatte er eine Zeitung vom heutigen Tag.

«Wir holen ihn da raus. Heute. Jetzt», verlangte ich. Doch als Ace den Kopf schüttelte, setzte etwas in mir aus. Ich griff nach seinem Kragen und presste ihn gegen die Wand. Dass es ihn nicht zu beeindrucken schien oder einfach vollkommen egal war, steigerte meine Wut und Verzweiflung nur noch mehr.

«Wir holen ihn raus und zwar heute», zischte ich und donnerte meine Hände gegen seine Schultern.

Cole griff nach meinem Shirt und zerrte mich von ihm weg.

«Lass den Scheiß, Luc.»

«Nein! Verdammt, Caden sitzt da und ist verletzt. Er muss denken, wir hätten ihn längst aufgegeben!» Erst als ich es aussprach, wusste ich, dass es eine meiner größten Ängste war. Der Gedanke, dass Caden denken könnte, ich würde nicht alles dafür tun, um ihn da raus zu holen.

«Wenn wir heute gehen, sterben wir alle. Gib mir noch ein paar Tage. Ich lass mir was einfallen, wie wir die Wachen ablenken.»

Warum stellte sich diese Frage überhaupt? War er nicht so ein super Underdog?

«Bring sie doch einfach um. Scheint dich ja sonst auch nicht gestört zu haben.»

Jetzt war es Ace, dessen Hand sich um meine Kehle legte, während er mich gegen die Terrassentür drückte.

«Hast du schon mal jemanden umgebracht? Weißt du, wie es sich anfühlt, ein Menschenleben auszulöschen? Egal wer es war, diese Schuld wird dich für immer begleiten. Also nein, ich werde nicht da reingehen und wahllos Menschen in den Kopf schießen, die mit Tobeys Tod nichts zu tun hatten. Ich will meine ganz persönliche Rache und Caden da rausholen. Weil Tobey es so gewollt hätte. Das ist der einzige Grund.» Damit ließ er mich los und automatisch legten sich meine Finger auf die Stelle, an der kurz zuvor noch seine Hand gelegen hatte.

Er hatte nicht so stark gedrückt, dass es Spuren hinterlassen würde. Anders war der Ausdruck in seinem Gesicht. Dieser kurze Moment, in dem er es zuließ, dass ich den Schmerz hinter seiner eiskalten Fassade und den stechenden Augen sehen konnte, der hatte Spuren hinterlassen.

Ace mag ein mieser Wichser sein, aber er litt. Worunter, keine Ahnung. Doch in ihm war mindestens genauso eine tiefe Dunkelheit, wie sie auch in Caden zu finden war.

Er wollte gerade noch etwas sagen, da vibrierte sein Handy.

Ich sah ihm dabei zu, wie er es aus der Tasche zog und plötzlich blass wurde. Sein Blick huschte zu mir, bevor er sich abrupt umdrehte und zur Tür ging.

«Ich muss gehen. Bleibt hier, sie wissen nichts von diesem Ort.»

Nein, da stimmt was nicht. Irgendetwas ist passiert und ich will wissen, was es war.

«Ace! Was ist passiert?!», rief ich und rannte ihm hinterher.

Er ignorierte mich, stieg stattdessen auf ein schwarzes Motorrad und setzte sich einen ebenfalls schwarzen Helm auf.

Nein, er würde jetzt nicht einfach abhauen!

Ich griff nach seinem Arm und zwang ihn so, mich anzusehen.

«Lass mich los, oder ich jage dir eine Kugel in die Hand», zischte er und startete den Motor.

«Was ist mit Caden? Lebt er noch? », fragte ich verzweifelt, als er sich von mir losriss.

«Noch. Also lass mich in Ruhe, damit es auch so bleibt.»

Der Motor heulte auf und er gab Gas. Schotter wirbelte auf, während die Lichter seines Motorrades zwischen den Bäumen verschwanden.

Noch … noch … noch.

Wenn ihm etwas passiert … nein. Das darf nicht sein.

KAPITEL 19
CADEN

TAG 5

Ich wusste, dass sie kamen, noch bevor das Licht anging.

Ob sie wussten, wie laut sie sich bewegten? Wie sehr ihre Schritte über den Gang hallten und diese dumpfen Geräusche hinterließen, immer wenn ihre schweren Stiefel den Boden berührten.

Je näher sie kamen, desto lauter wurden ihre Stimmen. Ich konnte ihren schweren Atem hören und das Klimpern des Schlüssels in einer Hand.

Diese Schritte waren nicht neu, schon einmal waren sie hier in meiner Zelle gewesen und hatten das Foto für Luca gemacht.

Ich brauchte nicht den Kopf zu heben, um zu wissen, dass sie da waren. Mit einem Knirschen wurde die Tür aufgerissen und Shotgun kam auf mich zu, seine Waffe direkt auf meinen Kopf gerichtet. Er schnitt die Fessel los und zerrte mich grob auf die

Füße. Ich hatte Schwierigkeiten mich auf den Beinen zu halten, nachdem ich zu lange auf dem Boden gehockt hatte wie ein Tier.

«Was wollt ihr?», keuchte ich und versuchte, mich gegen ihn zu wehren. Doch das kühle Metall, das er mir an den Hals presste, ließ mich innehalten. Dieser Kerl war zu allem fähig und niemand war hier, um ihn aufzuhalten.

Als er mich aus der Zelle zerrte, sah ich Smoke auf dem Gang stehen. Ich suchte nach Ace, doch konnte ihn nirgends entdecken. Auch wenn er wahrscheinlich noch schlimmer war als die beiden, war er der Einzige, der mir das Gefühl gab, mich nicht direkt umbringen zu wollen.

Shotgun zerrte mich in einen weiteren Gang und ich versuchte, mir den Weg einzuprägen, suchte nach einer Lichtquelle, die mir einen Hinweis auf den Ausgang gab, doch ich fand nichts. Stattdessen hatte ich das Gefühl, immer tiefer in die Gewölbe des Kellers gebracht zu werden. Seine riesige Pranke zerquetschte mir den Arm und sein beißender Gestank nach Knoblauch und Zwiebeln stieg mir in die Nase. Das alles mischte sich mit seinem nach Bier stinkenden Atem. Eine Welle der Übelkeit überrollte mich und ich musste würgen.

«Wenn du kotzt, erlebst du was», knurrte Shotgun und zerrte mich weiter über den Flur.

«Mach die Tür auf Smoke», befahl er, als wir vor einer Holztür stehen blieben, die mich augenblicklich zurückweichen ließ.

«Sollten wir nicht warten?», zischte Smoke, doch Shotgun gab einen knurrenden Laut von sich und richtete die Waffe für einen Moment auf ihn.

»Du wirst jetzt diese verdammte Tür öffnen, oder ich ballere dir eine Kugel in deinen verdammten Schädel!»

Widerwillig gab Smoke nach, zog einen Schlüssel hervor und löste die Kette.

Die Tür öffnete sich mit einem lauten Scharren und ein weiterer fensterloser Raum breitete sich vor uns aus. Auch hier baumelte eine einsame Glühbirne von der Decke, doch die war es nicht, die mein Herz aus dem Takt brachte. Automatisch versuchte ich zurückzuweichen, doch Shotgun hatte bereits damit gerechnet und seinen Griff verstärkt.

Mein Blick jagte durch den Raum und mit jedem Detail nahm meine Angst zu. In der Mitte stand eine Metallliege, eine Werkbank stand in einer der Ecken und ich erkannte eine Menge Werkzeug, ein paar Stromkabel und eine Batterie. Shotgun schob mich zu der Liege und dieses Mal wehrte ich mich. Ich würde mich lieber erschießen lassen als mich darauf zu legen.

«Verdammt, hör auf dich zu wehren!», schrie Shotgun und rammte mir den Lauf seiner Waffe ins Gesicht.

Für einen Moment wurde die Welt um mich herum dunkel, während ich zur Seite taumelte. Warme Flüssigkeit rann meine Wange herunter und ganz automatisch tastete ich mit den Fingern danach.

Shotgun gab mir keine Chance zu reagieren, als er nach mir griff und mich mit dem Rücken auf die Liege warf. Ein breiter Gurt wurde über meinen Bauch gespannt, genauso wie an meine Hand- und Fußgelenke. Ich warf mich in das harte Leder, aber er hatte die Fesseln zu fest geschnürt.

Trotz der Kälte begann ich zu schwitzen, während immer wieder Bilder aus dem Gefängnis vor meinen Augen aufblitzen.

Plötzlich sah ich Calvins Gesicht, wie er mich ansah,

kurz bevor …

«Mach ein Video für den Boss», knurrte Shotgun und setzte sich eine schwarze Maske auf.

«Shot … ich …», stammelte Smoke, doch er kam nicht weit.

«Jetzt mach schon!»

Ich sah noch wie Smoke nach seinem Handy griff, bevor mir etwas über den Kopf gezogen wurde und die Welt in Dunkelheit tauchte.

Ohne es zu wollen, verfiel ich in Panik. Shotguns keuchender Atem drang an mein Ohr, ich hörte, wie etwas in Wasser getaucht wurde und dann brach die Hölle los.

Das Tuch auf meinem Gesicht wurde schwer, als es sich mit Wasser vollsog.

Ich wollte die Luft anhalten, doch ich konnte es nicht. Automatisch atmete ich ein, dadurch saugte sich das Tuch nur noch fester auf mein Gesicht. Wasser lief mir die Nase hoch und ich wusste, ich ertrank.

Ich spürte, wie meine Lunge sich zusammenzog, bekam keine Luft mehr.

Immer wieder warf ich mich in die Fesseln, wollte schreien, holte erneut Luft, wodurch sich das Tuch nur noch fester auf meinen Mund und Nase legte. Es gab keine Chance, mich zu befreien und die Panik raubte mir jegliche Möglichkeit, klar zu denken.

Als ich kaum noch Kraft hatte zu kämpfen, wurde das Tuch von meinem Gesicht gerissen.

Tränen rannen mir über die Wangen, als ich mich hustend gegen die Fesseln krümmte.

«Nein, bitte … hört auf», krächzte ich, doch da war auch schon das Tuch zurück. Obwohl ich wusste, was mich erwartete, reagierte mein Körper mit der gleichen Todesangst wie zuvor. Ich schaffte es nicht, die Luft anzuhalten und als ich zu schreien begann, saugte sich das Tuch immer fester. Es raubte mir den Sauerstoff, Wasser lief mir in den Rachen und drang in meine Lunge. Ich ertrank, war von mehr Panik als Wasser geflutet und wusste, dass ich hier unten sterben würde. Vielleicht nicht heute, vielleicht nicht jetzt. Aber eines Tages würde ich hier unten sterben.

Ich bäumte mich auf, hörte nichts mehr außer meinen eigenen verzweifelten Versuchen, Luft zu bekommen. Meine Lunge brannte, mein Hals fühlte sich wund an und in meinen Ohren begann es zu rauschen.

Ich ersticke.

Ich ertrinke.

Ich sterbe.

Das Tuch wurde mir erneut vom Gesicht gerissen, doch ich konnte nicht aufhören zu husten. Ich würgte Wasser durch meine wunde Kehle und rang verzweifelt um Luft.

«Bitte», flehte ich. «Bitte … nicht.» Meine Stimme versagte, doch die Tränen liefen weiter.

«Shot«, erklang Smokes Stimme, doch da wurde es schon wieder dunkel.

Nein, wollte ich schreien, bevor ich erneut gezwungen wurde zu ertrinken.

Dieses Mal ließ er sich mehr Zeit, das Rauschen in meinen Ohren übertönte mittlerweile meine eigenen verzweifelten Versuche zu überleben.

«Shot!», drang Smokes Stimme dumpf durch den Nebel aus Erschöpfung und Sterben, bevor das Tuch von meinem Gesicht gezogen wurde.

Jeder verzweifelte Versuch zu atmen, löste einen erneuten Hustenanfall aus.

Verschwommen nahm ich wahr, wie Shotgun erneut auf mich zukam, als plötzlich die Tür aufgerissen wurde und Ace darin auftauchte. Ich versuchte hustend den Kopf zu heben, als ich sah, wie Smoke zusammenzuckte und Shotgun in seiner Bewegung erstarrte.

Ace sah zu mir, sein Blick glitt über meinen gefesselten Körper und dann zu Shotgun, der noch immer das Tuch in der Hand hielt.

«Ace? Was ...» *Bumm.*

Shotgun sackte leblos in sich zusammen und landete mit einem dumpfen Aufschlag auf dem Boden. *Heilige ... Fuck!*

Brennende Galle stieg meine Kehle hinauf, als ich mich übergab. Ich versuchte mich zur Seite zu drehen, doch Ace war schon da. Er löste das Leder, hielt meinen Kopf, damit ich nicht erstickte, während ich mich und den Tisch vollkotzte.

«Okay?», fragte er, als ich erschöpft zurück sank und ihn ansah.

Schwach nickte ich, woraufhin er meine restlichen Fesseln löste und sich meinen Arm um die Schultern legte.

Mit der anderen Hand wischte ich mir schwach über den Mund, während mein Blick auf den am Boden liegenden Mann gerichtete war. Er hatte ihm in den Kopf geschossen, einfach so.

Als würde es nichts bedeuten.

«Nicht», sagte er leise, griff an mein Kinn und drehte mein Gesicht von Shotgun weg. «Nicht, sonst wirst du sie nicht mehr los.» *Die Bilder im Kopf ...*

Ich zog meinen Kopf zurück und hätte er mich nicht gehalten, wäre ich zusammengebrochen. Meine Beine trugen mich nicht länger, mein Brustkorb brannte und meine Sicht verschwamm.

«Ruf Grey an und seht zu, dass ihr hier sauber macht», befahl Ace, als er mich an Smoke vorbei auf den Flur schleppte.

Ich schaffte es bis um die nächste Ecke, bevor ich erschöpft zusammenbrach.

«Wenn du willst, dass ich dich trage, hättest du nur etwas sagen müssen.» Der Boden unter mir verschwand, als Ace mich über seine Schulter legte und zurück zu meiner Zelle trug.

Er setzte mich auf den kalten Boden, wo ich zur Seite kippte.

Ace Füße verschwanden aus meinem Blickfeld und es dauerte eine Weile, bevor er wieder darin auftauchte. Ich konnte nicht erkennen, was er tat, konnte mich nicht wehren, als seine Hände an mein Shirt griffen und es mir über den Kopf zogen.

Nur verschwommen nahm ich wahr, wie er seine eigene Sweatjacke auszog um sie mir zu geben.

«Verdammt, kannst du vielleicht mal mithelfen?», stöhnte er, als er meine Arme in den Stoff zwängte und es schließlich schaffte, den Reißverschluss zu schließen.

«Komm, leg dich da drauf», sagte er, zog mich hoch und dann wurde es weich unter mir. Eine kratzige Decke wurde über mir ausgebreitet und ich hörte noch seine leise Stimme, bevor die Welt um mich herum im Dunkeln versank und ich fiel.

KAPITEL 20

LUCA

TAG 5

«Verdammt, wo bleibt er?» Ich wischte mir die schweißnassen Hände an der Jeans ab, während ich weiter in den Wald starrte und hoffte, endlich das Licht von Ace′ Motorrad zu sehen.

«Er wird kommen», meinte Cole, doch auch er sah die ganze Zeit zu den in der Dunkelheit liegenden Bäumen.

Ace hatte sich am frühen Morgen gemeldet, dass wir uns noch einmal treffen mussten. Da er erst vor ein paar Stunden so überstürzt aufgebrochen war, wussten wir, dass etwas passiert sein musste.

«Da!», rief Staton und deutete auf den schmalen Weg.

Beide entsicherten ihre Waffen, bis Ace vor uns stehen blieb und seinen Helm abzog.

Als er Staton mit der Waffe sah, verdrehte er bloß die Augen, ging an ihm und vorbei direkt in die kleine Hütte hinein.

«Was ist mit Caden?», überfiel ich ihn, noch bevor er die Chance hatte, sich zu setzen.

Ace fuhr sich mit den Händen über das Gesicht und ließ sich auf das Sofa fallen. Er sah erschöpft aus. Die schwarzen Haare fielen ihm wirr in die Stirn, während dunkle Schatten unter seinen hellen Augen lagen.

«Es gab einen Zwischenfall.»

«Was ist passiert? Was ist mit Caden?»

Wortlos zog Ace sein Handy aus der Tasche, tippte darauf herum und reichte es mir.

Staton und Cole kamen zu mir und dann drückte ich auf Play.

Das Telefon fiel mir aus der Hand, ich taumelte zurück, bis ich mit dem Rücken gegen die Wand stieß und rutschte daran herunter. Ich brauchte das Video nicht noch einmal zu sehen, denn ich würde diese Bilder nie wieder vergessen.

Caden, festgeschnallt auf einem Tisch. Wie ihm ein Tuch auf das Gesicht gedrückt wurde und dann … seine Schreie.

«Lebt er noch?», fragte ich mit leerer Stimme, als Ace sich neben mich setzte. Das Video ging nur ein paar Sekunden und hörte mittendrin auf.

«Ob er noch lebt?!», brüllte ich, woraufhin Ace mich ansah. Ohne darüber nachzudenken, stürzte ich mich auf ihn und schlug ihm meine Faust ins Gesicht. Er kippte zur Seite, ich setzte mich auf ihn und schlug ihn erneut. Heiße Tränen rannen mir über die Wangen, während ich Caden in meinem Kopf schreien hörte.

«Bist du jetzt zufrieden?! Das ist alles deine Schuld! Verdammt! Wie konntest du es zulassen, dass Pierce ihn mitnimmt?! Jetzt willst du ihn retten? Warum hast du nicht von Anfang an etwas dagegen unternommen?!»

Seine Faust traf mich an der Wange und die Wucht des Schlages ließ mich keuchen. Er stieß mich von sich herunter und ging ebenfalls auf mich los.

«Was hätte ich denn tun sollen?», schrie er zurück. «Wäre ich nicht eingeschritten, hätten die ihn heute umgebracht! Ich konnte nichts tun, weil sie mich dann auch abgeschlachtet hätten! Dann wäre er jetzt allein dort drin. Willst du das? Ich kann´ gehen, du musst es nur sagen, Fuckboy!»

«Natürlich nicht! Aber … ich hasse das alles!»

Seine Faust traf meine Nieren, während ich auf sein Gesicht zielte. Inzwischen liefen die Tränen ungehindert über meine Wangen, während wir uns schlugen, um mit der Situation klar zu kommen.

«Luca, es reicht», erklang Statons Stimme nach einer Weile hinter mir und zwei breite Arme legten sich von hinten um meine Brust. Er zog mich von Ace herunter, doch ließ mich nicht los.

«Wenn er stirbt», schrie ich, «dann bring ich dich um!»

Cole schaffte es gerade noch, Ace davon abzuhalten, sich erneut auf mich zu stürzen.

«Okay, das reicht!» Staton zog mich mit sich nach draußen, während Cole Ace zum Sofa brachte.

«Rauch eine, komm runter und dann machen wir einen Plan. Wir holen ihn da raus.» Staton reichte mir eine Zigarette und ich nahm einen tiefen Zug.

So sehr ich es auch versuchte, ich bekam diese Bilder nicht aus meinen Gedanken. Immer und immer wieder sah ich Caden auf dieser Liege, wie er qualvoll gefoltert wurde, während ich hier festsaß und nichts tun konnte, um ihm zu helfen.

«Wann, Staton? Wann verflucht, holen wir ihn endlich aus dieser Gott verdammten Hölle?!», rief ich verzweifelt.

«Morgen», erklang plötzlich Ace Stimme hinter uns, woraufhin ich zu ihm herumfuhr.

Er lehnte in der Tür, ebenfalls eine Zigarette in der Hand und pustete Rauch aus.

«Warum nicht jetzt?» Ich wollte nicht noch länger warten. Er musste dort weg, bevor es zu spät war. Allein der Gedanke daran, was er dort durchmachen musste …

«Weil sie morgen nicht da sein werden.»

«Ach ja? Woher willst du das wissen?» Es juckte mich in den Fingern, abermals auf ihn loszugehen.

Auch wenn er uns half, vertraute ich ihm nicht. Dass wir auf ihn angewiesen waren, machte mich rasend und nicht zu wissen, ob er wirklich auf unserer Seite stand, war kaum auszuhalten.

Doch wir hatten keine Wahl, Pierce kannte zu viele Cops, denen konnten wir nicht mehr trauen.

«Weil wir dafür sorgen werden. Die suchen nach euch und morgen werden sie euch finden. Zumindest werden die glauben, dass sie euch gefunden haben.»

Ich verstand kein Wort, als Ace uns in der nächsten Stunden in seinen Plan einweihte.

«Das wird nicht einfach», stellte Staton fest, als Ace geendet hatte und sein besorgter Gesichtsausdruck bereitete wiederum mir Sorgen.

Ace nickte, zuckte aber gleich darauf mit den Schultern.

«Wir haben keine andere Wahl. So oder gar nicht.»

«Okay, ziehen wir es durch», sagte Staton und erhob sich.

«Ich werde dann mal ein paar Anrufe machen», teilte Cole uns mit, durchquerte die Hütte und verschwand aus der Haustür.

Der Plan gefiel mir nicht, doch er war alles was wir hatten. Es musste klappen. Wir würden Caden da rausholen und dann würden wir Chicago verlassen. Ein für alle Mal.

Ich würde ein neues Pflegeheim für Mary finden und wir verschwänden endgültig aus dieser gottverdammten Stadt.

KAPITEL 21
CADEN

TAG 6

«Haltet ihn fest!», brüllte Calvin, als meine Beine unter mir nachgaben. «Er soll sehen, was geschieht, wenn sie nicht nach unseren Regeln spielen.»

Ich wollte es nicht sehen, doch es war wie ein Zwang. Ich konnte meinen Blick nicht von Calvin abwenden, wie er Tobey immer und immer wieder unter Wasser drückte.

«Nein! Hört auf! Nehmt eure dreckigen Hände von ihm!», schrie ich, als Tobey nach Luft schnappte.

Sein Körper war bereits zu schwach, um sich gegen Calvins bullige Gestalt und seine Kraft zu wehren. Zu viele Schläge, zu viele Minuten, in denen er immer wieder fast ertrank. Keuchend rang er um Atem, als Calvin seinen Kopf aus dem Waschbecken zog und sackte dann regungslos in sich zusammen. Calvin beugte sich über ihn, holte seinen Schwanz heraus und pisste ihm mitten ins Gesicht. In diesem Moment schwor ich mir, ihn für all das, was er Tobey angetan hatte, büßen zu lassen. Ich war noch keine zwei Monate hier, doch mein Leben war schon jetzt die reinste Hölle.

Ich schaffte es, mich in genau dem Moment loszureißen, in dem ein Wärter um die Ecke kam. Erleichterung durchflutete mich, doch sie hielt nicht länger als ein paar Sekunden an. Er nahm das Bild in sich auf und ich dachte, er würde uns retten, doch er machte alles nur noch schlimmer.

«Das bedeutet einen Monat im Loch und zwar für euch alle!»

Was? Nein!

Jemand griff nach meinen Armen und legte mir Handschellen an. «Nein», versuchte ich es, doch niemand hörte mir zu.

Seine Kollegen kamen, schlugen uns und zerrten uns hinter sich her. An diesem Tag lernte ich, dass ich hier drin ganz und gar auf mich allein gestellt war.

«Nein! Lass mich los! Neeeiiin!» Ich versuchte, mich aus der Erinnerung zu kämpfen, doch irgendetwas hielt mich gefangen. Ich konnte meine Arme nicht bewegen, ein Gewicht

lag auf meiner Brust und schnürte mir die Luft ab. Ich hörte meine Schreie, ich spürte Hände und dann legten sich fremde Lippen auf meine. Der Geschmack von Zimtkaugummi drang in meinen Mund, die warmen Lippen fühlten sich weich und unglaublich falsch an. Ich schaffte es, die Augen zu öffnen, meinen Arm zu befreien und holte aus.

Ace stöhnte auf und ließ sich leise lachend auf den Hintern fallen. «Scheiße, das hab ich wohl verdient.»

Er sah mich an und ich wich noch weiter vor ihm zurück. Mein Körper schmerzte bei jeder Bewegung, meine Kehle fühlte sich wund an und in meinem Brustkorb brannte es.

Ich konnte ihn nur anstarren, während er sich die gerötete Wange rieb. «Ich wusste nicht, wie ich dich sonst da rausholen soll», setzte er an und zuckte die Schultern.

«Tu das nie wieder», presste ich heiser hervor. Allein der Gedanke, dass er mich berührt hatte, ließ meine Brust noch enger werden.

«Zu meiner Verteidigung, ich hatte keine andere Wahl. Ich wollte dich nicht da drin lassen. Träume sind scheiße. Eine Hölle, aus der man nicht entkommen kann.»

«Das hier ist schlimmer», erwiderte ich müde und ließ mich mit dem Rücken zurück an die Wand sinken. «Weil das hier echt ist. Ich will einfach nur hier raus, Ace.»

Einen Augenblick ruhten seine blauen Augen auf meinen, bevor er sich Kopfschüttelnd abwandte und aufstand. «Du solltest schlafen», sagte er kühl, während er sich die Jeans abklopfte.

«Lass mich gehen», versuchte ich es erneut und rappelte mich auf. Meine Beine fühlten sich an, als wären sie aus Gummi und vor meinen Augen drehte sich alles. Trotzdem wankte ich einen Schritt auf ihn zu, während ich mich mit den Händen am Gitter abstützte. «Du musst nur diese scheiß Tür aufmachen, den Rest schaffe ich allein.»

Er lachte auf und trat einen Schritt auf mich zu. Automatisch wich ich vor ihm zurück, bis sich mein Rücken an die Gitter drückte.

«Ich soll also diese Tür hier aufmachen?», fragte er und trat einen weiteren Schritt nach vorn. Mein Puls beschleunigte sich und der Knoten um meine Brust zog sich fester, als er ohne mich zu berühren, seine Hände links und rechts neben meinem Kopf um die Gitterstäbe legte.

«Was bekomme ich dafür?», fragte er rau und leckte sich über die Lippen. «Was ist dir deine Freiheit wert, Caden?»

«Wenn du denkst, dass ich mich dafür prostituiere, kannst du mich besser direkt umbringen», zischte ich.

Seine Mundwinkel zuckten, als er seine Hüfte nach vorn bewegte. Mein Körper spannte sich an, als ich seinen harten Schwanz an meinem Bauch spürte. *Fuck.*

«Es wäre keine Prostitution, wenn du es auch willst», sagte er rau. Ich hätte ihm gerne seine Selbstsicherheit aus dem Gesicht geprügelt, doch ich konnte mich kaum auf den Beinen halten. Er würde mich fertig machen, noch bevor ich einen Treffer erzielt hätte.

«Ich werde es nie wollen«, spie ich ihm entgegen und versuchte, mich von ihm wegzudrehen. Seine Lippen verzogen sich zu einem Grinsen, als er seine Hüfte bewegte und sein harter Schwanz sich zwischen unsere Körper presste.

Machte ihn das tatsächlich an oder war er bloß ein krankes Arschloch?

«Vielleicht nicht jetzt, aber wie schon gesagt, irgendwann wirst du es wollen.» Er stieß sich von dem Gitter ab und zuckte die Schultern. «Außerdem würdest du es in deinem Zustand nicht einmal bis zum Ausgang schaffen.»

Ich beobachtete ihn, wie er sich mir gegenüber auf den Boden sinken ließ und die Beine ausstreckte. Erschöpft rutschte ich an den Gittern herunter und ließ mich zur Seite fallen. *Ich glaube nicht, dass er mich jetzt gerade umbringen will und wenn doch, bitte. Solange es schnell geht.*

«Wie lange seid du und dein Fuckboy schon zusammen?», fragte er und ich blickte träge zu ihm auf.

«Wir sind nicht … es ist kompliziert.»

Er lachte leise und schüttelte den Kopf. «Es oder du?»

«Macht das einen Unterschied?», fragte ich und schloss die Augen. Ich wollte ihn nicht länger ansehen müssen und mir eingestehen, dass seine Nähe mich gleichermaßen beunruhigte wie auch beruhigte. Er erinnerte mich an Tobey, je besser ich ihn kennenlernte. Er benutzte die gleichen seltsamen Wörter, betonte manches auf genau dieselbe Weise und trotz seiner widerlichen Art, war er noch hier. Nicht allein hier unten zu sein, im Dunklen, war aushaltbar. Die Stille und die Dunkelheit machten mich fertig und ich konnte nicht verhindern, dass sich die Watte in meinem Kopf ausbreitete. Dieses Gefühl war schlimmer als Ace′ Anwesenheit.

«Keine Ahnung», sagte er jetzt leiser. «Ich bin nicht so der Beziehungsexperte.»

Jetzt war ich es, der auflachte. «Nicht? Ist ja kaum vorzustellen, dass sich nicht jeder um einen folternden Entführer reißt.»

Sein raues Lachen hallte durch die Kellerwände. Ich hörte, wie er aufstand und als ich die Augen öffnete, hielt er mir eine Flasche Wasser hin. «Du solltest etwas trinken», sagte er ungewohnt sanft und stellte diese vor mir ab, als ich keine Anstalten machte, sie ihm abzunehmen.

Ich wollte nicht, dass er plötzlich so tat, als wäre er nett. Denn er war es nicht, sonst wäre ich nicht hier.

Wäre er nett, würde er mich gehen lassen und mich nicht in diesem Loch gefangen halten.

Ich rappelte mich soweit auf, dass ich sitzen konnte und suchte seinen Blick. Er erwiderte ihn sofort, während er die Arme vor der Brust verschränkte.

«Frag», sagte er leise und stellte ein Bein an die Wand.

«Warum bin ich hier?»

«Weil du Calvin getötet hast.»

«Und was muss ich tun, damit ich hier raus komme?»

Ace zündete sich eine Kippe an und warf mir die Schachtel zu. Ich nahm das Feuerzeug und zündete mir ebenfalls eine an. Der Rauch brannte in meiner Lunge und ich hätte mich vor Schmerzen beinahe übergeben. *Verdammt.*

Trotzdem zog ich ein weiteres Mal daran, hustete, verkrampfte und versuchte, den stechenden Schmerz zu ignorieren.

«Der Boss muss sich entscheiden. Es liegt ganz bei ihm, wie.»

Ich griff nun doch nach dem Wasser und jeder Schluck schmerzte in meiner wunden Kehle.

«Entscheiden? Wofür?»

Ace seufzte und fuhr sich mit der Hand durch die wirren Haare. «Die Frage ist nicht wofür, sondern für wen. Deinen Bruder hat er dir schon genommen. Was trifft dich eher? Zu wissen, wie sehr dein Fuckboy leiden würde, wenn du auch die Biege machst, oder dein Leid, wenn er ihn umlegt.»

Meine Gedanken überschlugen sich, als ganz allmählich zu mir durchdrang, dass ich hier drin sterben würde.

«Sein Schmerz wäre schlimmer», krächzte ich. Niemand fühlte so wie Luca. Wenn ich starb, würde es ihn zerstören und das zu wissen, brachte mich beinahe um den Verstand.

Luca würde leiden, wenn sie mich umbrachten. Aber ich konnte nicht zulassen, dass sie ihm zu nahe kamen.

«Ich weiß, was du da treibst. Du denkst, Fuckboy und du, ihr seid nicht zusammen? Wach endlich auf, verflucht.»

«Luca. Sein verdammter Name ist Luca», zischte ich und zwang mich, an etwas anderes zu denken als an ihn. Ich durfte ihn nicht die ganze Zeit in meine Gedanken lassen, denn jedes Mal, wenn ich sein Gesicht vor meinen Augen sah, machte es alles nur noch schlimmer.

Anstatt ihn noch weiter anzusehen, rutschte ich zurück auf die dreckige Matratze und schloss meine Augen.

Ace ging nicht, stattdessen hörte ich, wie er sich wieder hinsetzte und blieb.

Seine Anwesenheit erlaubte es mir, für einen Moment loszulassen.

Er würde mich beschützen, zumindest in diesem Augenblick.

«Noch eine Stunde», sagte Ace irgendwann und holte mich aus einem leichten Dämmerschlaf. Ich rieb mir über die Augen und setzte mich auf. Er saß noch immer da, tippte auf seinem Telefon und sah immer wieder auf die Uhr.

«Was ist in einer Stunde?», wollte ich wissen und konnte nicht verhindern, dass mein Herz zu rasen begann.

«Deine letzte Chance», gab er zurück und erhob sich. Ich hörte Schritte auf dem Gang, die immer näher kamen, während Ace die Tür aufschloss.

KAPITEL 22

LUCA

DIE BEFREIUNG

«Bereit?», fragte Staton und sah mich von der Seite hinweg an.

Konnte man für sowas bereit sein? Ich vermutete eher nicht, zumindest war ich es nicht.

«Denk dran, rein und direkt wieder raus. Mach keinen Scheiß dort drin.» Staton bog mit dem Auto welches wir hier stehen lassen würden in die Tiefgarage ab und parkte auf einem von Liams, oder jetzt Cadens, Parkplätzen.

«Okay, lass uns gehen», sagte ich und stieß die Tür auf. Staton gab mir Deckung, während ich den Code für den Fahrstuhl eingab, der uns direkt ins Penthouse brachte.

«Denkst du wirklich, dass Pierce die Wohnung überwacht?», hakte ich nach, als wir den Fahrstuhl verließen und direkt in Liams Büro gingen.

Ich wollte mich hier nicht umsehen, nicht die Blutspuren auf dem Boden oder seine Tasche, die noch immer dort lag, wo er sie abgelegt hatte.

«Definitiv. Er wird nur darauf warten, dass wir hierher zurückkehren. Deswegen haben wir auch nicht allzu lange Zeit. Ace meinte, sie würden zwölf Minuten bis hierher brauchen.» Staton schaltete Liams Laptop ein und ich mein altes Handy. Pierce hatte es mir gegeben, deswegen vermutete ich, dass er es überwachen würde.

Während Staton in Liams Laptop nach der Akte von Pierce suchte, sah ich mich in Liams Büro um. Er hatte Regale voller Ordner und Akten, Bücher voller Paragraphen und eine unfassbar hässliche Buchstütze. Ich hatte nie verstanden, warum er sie einfach nicht hergeben konnte.

«Wie viel Zeit haben wir noch?», wollte Staton wissen und ich sah auf die Uhr.

«Fünf Minuten sind um. Du hast noch drei.»

«Scheiße.» Staton steckte einen USB-Stick ein, während ich zu der Tür ging, die ins Treppenhaus führte. Pierce konnte den Fahrstuhl überwachen und sollte nicht sehen, dass wir gingen.

«Zwei Minuten!», rief ich, als mein Blick auf die schwarze Treppe fiel, die zu Cadens Zimmer führte.

Ganz automatisch legten sich meine Finger um das kühle Metall und fast war es so, als wäre er hier. Oben auf dem Dach, wo er seine Beine über der Kante baumeln ließ und mich angrinste, sobald ich ihn bat, hinter die Absperrung zu kommen.

«Luca!», erklang Statons Stimme neben mir und ließ mich zusammenzucken. «Wir müssen los.»

Schweigend nickte ich und folgte ihm schließlich ins Treppenhaus. Die Kameras hatten tote Winkel und Staton kannte jeden davon.

Wir rannten die Stufen herunter und zogen noch einmal das Tempo an, als Staton verkündete, dass wir nur noch zwei Minuten hatten, um das Gebäude zu verlassen.

Ich riss die Tür auf, nach drei Minuten standen wir im Eingangsbereich des Wohnhauses und rannten zur Tür. Das Treppenhaus führte nicht bis in die Tiefgarage, dafür gab es eine gesonderte Treppe, damit niemand ungesehen zu den Wohnungen gelangen konnte.

«Verdammt, wir sind zu spät», fluchte ich keuchend, war kurz abgelenkt und dann stürzte ich.

«Scheiße», kam es von einer bekannten Stimme und ich brauchte einen Moment um zu erkennen, in wen ich da hineingerannt war.

Keith rappelte sich auf und streckte mir die Hand entgegen.

«Du bist Luca, oder?», fragte er, doch seine Stimme wurde von einem lauten Knall verschluckt.

«Runter!», brüllte Staton und riss uns zu Boden.

Die Kugel verfehlte uns nur knapp, ich hörte Reifen quietschen und das Hupen anderer Fahrzeuge.

«Da lang! Cole steht in der Seitenstraße dort!» Staton deutete auf die Kreuzung, zog uns hoch und dann liefen wir.

«Was ist hier los?», rief Keith, der erstaunlich ruhig dafür wirkte, dass soeben auf uns geschossen wurde.

«Lauft einfach! Silberner SUV, der Motor läuft!», brüllte Staton und der Schuss, den er abfeuerte, ließ meine Ohren klingeln.

Eine dunkle Limousine tauchte neben uns auf. «Vorsicht!», schrie ich und warf mich hinter ein parkendes Fahrzeug. Staton eröffnete das Feuer und bedeutete uns weiter zu rennen.

Schlitternd bogen wir um die schmale Ecke und da stand der Wagen. Der Motor lief und als wir in Sichtweite kamen, wurden die Türen aufgestoßen.

«Los, rein mit euch und Köpfe runter!», schrie Cole, griff nach seinem Gewehr und stieg aus.

Keith sprang auf die Rückbank, ich folgte ihm und zog die Tür hinter mir zu.

«Sind die hinter Caden her?», fragte er und sah über die Lehne nach draußen.

«Die sind hinter uns her, Caden haben sie bereits.»

Keiths Miene verdunkelte sich, er griff über die Lehne auf den Beifahrersitz und drückte meinen Kopf herunter.

«Was hast du vor?», fragte ich erschrocken, als er sich aus dem Fenster lehnte und die Waffe durchlud.

«Scheiße, was wird das?», hörte ich Cole fluchen und stimmte ihm in Gedanken zu. Hatte Keith völlig den Verstand verloren?

«Sieht aus, als könntet ihr Hilfe gebrauchen. Also, auf wen schießen wir und auf wen nicht?»

Keith kletterte zur Hälfte aus dem Fenster und setzte sich von innen auf den Rahmen.

«Der da, der rennt, als wäre der Teufel hinter ihm her, der gehört zu uns. Die anderen, in dem schwarzen Wagen, die müssen weg.»

Keith lachte auf und dann fiel der nächste Schuss.

«Verdammt, lauf schneller! Wir geben dir Deckung!», rief Cole, doch es war bereits zu spät.

Der nächste Schuss erwischte Staton am Arm und brachte ihn ins Straucheln.

«Das funktioniert so nicht», warf Keith ein. »Fahr los, wir sammeln ihn ein und verschwinden von hier!»

Cole schoss ein weiteres Mal, warf sich auf den Fahrersitz und gab Gas.

«Fuck!», fluchte Keith, als er beinahe das Gleichgewicht verloren hätte.

«Hiergeblieben!» Ich griff nach seinen Beinen und hielt ihn fest. Cole wendete den Wagen und gab erneut Gas.

«Runter!»

Wir gingen in Deckung, während Cole durch die schmale Straße raste.

Keith kam zurück in den Wagen und stieß die Tür auf, genau als Cole auf Statons Höhe war.

«Los, beeil dich», sagte Cole drängend und Keith zog die Tür zu.

Cole trat ein weiteres Mal das Pedal durch, schmetterte aus der Seitenstraße und fädelte sich in den laufenden Verkehr ein.

«Sind die hinter uns?», fragte er.

«Ja, drei Wagen weiter», gab ich zurück, als ich sie fand.

«Bieg da vorn links ab», wies Staton an, während er sich eine Hand auf den Arm presste.

Immer wieder sah ich aus dem Fenster, denn ich wollte wissen, wo der andere Wagen sich befand. Noch so einen Überraschungsangriff brauchten wir nun wirklich nicht.

«Hier, ruf diesen Ace an», bellte Cole und warf mir das Handy nach hinten.

KAPITEL 23

CADEN

DIE BEFREIUNG

«Ja?!»

Ich schreckte hoch, als ich Ace′ Stimme hörte.

Verschlafen blinzelte ich gegen das gedimmte Licht an und sah mich nach ihm um.

Er saß mir gegenüber, eine Kippe im Mund und ein Handy am Ohr.

Sein Blick zuckte kurz zu mir, bevor er fluchend aufstand und sich mit einer Hand durch die Haare fuhr.

«Fahrt Richtung Norden und dann in die Southside. … keine Fragen, einfach fahren. … Genau. Fahrt zu *Gregs Diner*, wir treffen uns dort.» Er legte auf, nahm einen weiteren Zug und warf mir schließlich seine Schachtel und ein Feuerzeug hin.

«Ich muss nochmal weg. Wenn du hier raus bist, solltest du darüber nachdenken, deinem Fuckboy eine Uhr zu schenken.»

Sein Name ist Luca, wollte ich sagen, aber ich ließ es. Ich hatte keine Ahnung, was Ace plante, doch es hatte etwas mit Luca zu tun.

«Hey», sagte ich, als er die Tür hinter sich schloss. «Ihm darf nichts passieren», bat ich leise, beinahe flehend.

Ace sah zu mir auf und legte den Kopf leicht schräg. Seine wachsamen Augen musterten mich, bevor er schließlich nickte.

«Pass lieber auf, dass dir in der Zwischenzeit nichts passiert.»

Ich lachte leise, bevor ich nach den Kippen griff und mir eine ansteckte.

Diesmal blieb das Licht an, warum er es nicht löschte, wusste ich nicht. Er hatte mir nichts gesagt, weder was er plante, noch was Luca mit dem Ganzen zu tun hatte.

Scheiße, Luca.

Ich liebte den Kerl und wenn die ganze Sache hier böse ausging, konnte ich es ihm nicht einmal sagen.

Erschöpft ließ ich mich zurück gegen die Gitter sinken und schloss meine Lider. Ich war unglaublich müde und jedes Geräusch ließ mich panisch die Augen aufreißen.

Die Zeit verging. Minuten, Stunden oder waren es sogar Tage? Keine Ahnung. Hier unten verlor ich jegliches Gefühl für Raum und Zeit.

Das fehlende Tageslicht brachte mich komplett durcheinander und nahm mir jegliche Struktur.

Es gab keine festen Rituale, nichts, woran ich mich hätte festhalten können. Ich saß fest, in meinem Dunst aus Eintönigkeit und dieser gottverdammten Zelle.

Schnelle Schritte auf dem Gang brachten mich dazu, mich aufrechter hinzusetzen. Es war nicht Ace, ihn erkannte ich bereits an seinem Gang. Diese Schritte waren anders, zielstrebig und sie klangen wütend. *Na super.*

Das flackernde Licht der Neonröhre beleuchtete den Gang nur spärlich und der Mann war schon fast an meiner Zelle, als ich erkannte, wer da zu mir kam.

Pierce.

Vor der Tür blieb er stehen und sah auf mich herab. Seine Mundwinkel verzogen sich zu einem spöttischen Grinsen, als er schließlich einen Schlüssel aus der Tasche zog und die Tür aufschloss.

«Caden», setzte er an und kam einen Schritt auf mich zu. «Hast du vor, mir Ärger zu machen, oder wirst du dich benehmen?»

Ich hatte vor, ihm das überhebliche Grinsen aus dem Gesicht zu wischen. Und zwar ein für alle Mal.

Wie er dort stand, in seinem Anzug, die grauen Haare saßen genauso perfekt wie immer.

Ich hasste ihn, mehr als gesund für uns beide war.

«Waren Sie das?», fragte ich gepresst.

«Du meinst, ob ich Liam getötet habe? Nein. Wenn du wissen willst, ob ich dabei geholfen habe, dann lautete die Antwort ja.»

Das Bild von meinem Bruder tauchte vor meinen Augen auf. Wie er blutend am Boden lag, sein Kopf auf meinem Schoß ruhend.

Liam war tot und Pierce war schuld daran.

«Warum?»

Pierce lachte auf und kam einen Schritt auf mich zu. Der Geruch seines Aftershaves stieg mir in die Nase, weil er selbst in so einer Situation viel zu viel davon nahm.

Seine Geste reichte aus, um mit dem Fuß nach ihm zu treten.

«Tz, tz, tz. Habe ich dich nicht gerade eben gefragt, ob du Ärger machen willst? Du hättest nur ein einziges Mal die richtige Entscheidung treffen müssen. Warum musst du immer so lästig sein?», fragte er augenrollend. «Das hier hätte leicht werden können, weißt du? Ich hätte dich umgebracht und damit wäre die

Sache zwischen uns erledigt gewesen. Aber nein, du musst ja wieder einmal zeigen, wie stark du bist.»

Seine Worte ließen irgendetwas in mir durchbrennen. Ein weiteres Mal versuchte ich ihn zu erwischen. «Du hast ihn umgebracht!», rief ich und spuckte ihm vor die Füße. «Er hat dir vertraut!»

Pierce lachte auf, eiskalt und leer. Und dann trat er mir ins Gesicht.

Schmerz durchzuckte meinen Schädel und für einen Moment wurde es dunkel.

Noch bevor ich es schaffte, meine Augen zu öffnen, trat er erneut nach mir. Sein Fuß traf meine Leber und ich kippte zur Seite. Blut lief mir über das Gesicht und mein Handgelenk herunter.

«Willst du noch mehr?», zischte Pierce und trat gleichzeitig ein weiteres Mal auf mich ein. «Wir zwei sind noch lange nicht fertig miteinander.»

Seine Hand schnellte nach vorne und mit einer einzigen Bewegung hatte er nach meiner Hand gegriffen und es knackte. Er hatte mir einen Finger gebrochen.

Ich unterdrückte einen Schrei und biss mir so stark auf die Zunge, dass ich Blut schmeckte.

«Smoke!», rief Pierce, woraufhin dieser in der Tür erschien. «Schaff ihn nach nebenan. Es gibt eine Planänderung.»

Große Hände griffen nach mir, zogen mich auf die Füße und schleiften mich über den Flur.

«Nein!» Nicht schon wieder dieser Raum, nicht noch einmal!

Ich wehrte mich gegen ihn, doch Pierce hatte ganze Arbeit geleistet.

«Hör auf, dich zu wehren. So wird es für dich nur schlimmer.» Smoke sprach so leise, dass nur ich ihn hörte. Dennoch waren seine Worte bedeutungslos. Selbst wenn ich gewollt hätte, wie sollte ich damit aufhören, um mein Leben zu kämpfen? Jetzt, wo ich gerade einen Grund gefunden hatte, es nicht zu beenden.

Smoke zerrte mich durch die Tür, doch anstatt mich an dem Tisch festzubinden, legte er Handschellen um meine Handgelenke. Ein Blick nach oben reichte aus, um mich zu übergeben.

«Musste das sein?» Pierce' genervte Stimme drang durch den Nebel aus Angst und Panik, der drohte, mich komplett zu verschlingen.

«Zieh ihn hoch», befahl er, wobei seine Augen aufleuchteten.

Smoke begann an der Kette zu ziehen, meine Arme wurden nach oben gerissen, bis nur noch meine Zehenspitzen den Boden berührten.

So fest ich konnte, biss ich die Zähne zusammen, um nicht zu schreien. Ich wollte ihm nicht die Genugtuung geben, gewonnen zu haben.

Pierce ging um mich herum und kam mit einem Wasserschlauch zurück. Doch auch das Wasser schaffte es nicht, das Rauschen in meinen Ohren zu übertönen.

«Du zwingst mich, hinter dir aufzuwischen. Sowas macht mich gar nicht glücklich, Caden.»

«Scheiße, es ist mir sowas von egal, ob du glücklich bist oder irgendwo elendig verreckst.»

Ein Schwall eiskaltes Wasser traf auf mein Gesicht und sofort setzte die Panik ein.

Mein Körper wollte fliehen, schmiss sich in die Handschellen, ohne, dass ich es hätte verhindern können.

«Hochziehen», erklang Pierce kalte Stimme, als der Wasserstrahl endlich versiegte.

Diesmal schaffte ich es nicht, meinen Schrei zu unterdrücken. Sobald meine Füße den Boden verließen, riss ein Schmerz an meinen Armen, der mir die Sinne vernebelte und den Verstand raubte.

«Ich werde dich jetzt nicht töten», stellte Pierce fest und ging um mich herum. «Noch nicht.»

Doch! Bitte, bring mich um!

«Warum?», brachte ich keuchend hervor.

Pierce Faust traf meinen Magen und ein erneuter Schmerz durchfuhr mich.

«Weil du meinen Bruder getötet hast! Du hast Calvin umgebracht und dafür wirst du leiden!»

Seinen Bruder? Calvin war Pierce′ Bruder? Niemals! Das war unmöglich, das konnte gar nicht sein …

«Wenn du schreist, bring ich dich um», drang eine Stimme in mein Ohr und ließ mich erstarren.

Panisch riss ich die Augen auf, doch da legte sich schon seine schwere Hand auf meinen Mund.

Calvins Gewicht drückte mich in die harte Matratze und nahm mir jegliche Möglichkeit zu fliehen.

Ich blickte hoch und sah direkt in seine hasserfüllten Augen.

«Heute ist der Tag gekommen, an dem du sterben wirst, Zombie. Aber vorher werden wir noch eine Menge Spaß miteinander haben.

Es brauchte keine zwei Sekunden, bis ich realisierte, was er damit meinte.

Doch da spürte ich auch schon seine Hand, die sich in meine Hose schob und diese herunterzog.

Nein, fuck! Bitte, töte mich vorher!

Ich schlug nach ihm, trat um mich und bäumte mich unter ihm auf. Aber er war größer, schwerer und stärker.

Mit einem Ruck wirbelte er mich herum und riss mir die Hose herunter. Ich spürte seinen harten Schwanz und mir wurde schlecht.

Sein keuchender Atem drang an mein Ohr und dann war da nur noch Schmerz. Alles umhüllender, dunkelschwarzer Schmerz, der mich von innen zerriss und meinen Körper von meinem Geist trennte. Er war da, auf mir, in mir, überall.

Ich schrie auf und er stach zu.

Die Klinge seines Messer durchschnitt die Haut an meinem Rücken so mühelos, als wäre das alles hier nicht real.

Doch das war es, der Schmerz und Calvins Gewicht waren der Beweis dafür.

Sein Stöhnen wurde lauter, seine Bewegungen schneller. Seine riesige Hand presste sich neben meinem Gesicht auf die Matratze und ich sah, wie seine Finger sich lockerten, die um den Griff der selbstgebauten Waffe lagen.

Tränen rannen mir über die Wangen und raubten mir die Sicht. Der Schmerz breitete sich aus, durchzog mich wie ein Lauffeuer, welches nicht versiegen wollte.

Mein Schreien wurde zu einem Wimmern, weil ich es nicht länger ertrug. Ihn, in mir. Die ganze Situation. Mein Leben.

Ohne noch einmal darüber nachzudenken, griff ich nach der Klinge und schnitt ihm dabei in die Hand.

Meine Finger klammerten sich an den Griff, als Calvin aufschrie und sich aus mir zurückzog.

Ich warf mich vom Bett und wich bis an die Wand zurück.

Hass loderte in seinem Blick, während er sich die Hand an der Hose abwischte und diese zurechtrückte.

«Du wagst es, dich zu wehren, bevor ich fertig bin?» Seine Stimme war dunkel, kalt und voller Wut.

Er kam auf mich zu, warf sich auf mich und versetzte mir einen Schlag. Dann noch einen und einen weiteren.

Ich hielt es aus, denn um keinen Preis hätte ich meine einzige Chance aufgegeben.

Sein Blick schnellte zum Messer und dann lachte er auf. Beinahe hysterisch hallte seine Stimme von den Wänden wider und brannte sich ein. In meinem Kopf, genau wie das, was er mir angetan hatte.

«Ich bring dich um, du kleiner Wichser», schrie er und ging erneut auf mich los.

Dann ging alles ganz schnell. Meine Hände bewegten sich, ohne dass ich es wollte.

Ich hob den Arm und stach zu. Die Klinge verschwand in seinem Hals, er stockte und sah mich an.

Ungläubig, überrascht, bevor er zusammenbrach.

Sein Blut verteilte sich auf dem grauen Beton, während Calvin am Boden zuckte.

Was hatte ich getan? Nein, nein!

Ich wollte ihm helfen, es rückgängig machen, aber ich konnte nicht. Wie festgefroren stand ich da und starrte ihn an.

Seine Bewegungen wurden weniger, sein Körper schwächer, bis er schließlich erschlaffte und regungslos liegen blieb.

Ein gequälter Laut erfüllte den Raum und ich brauchte ein paar Sekunden bis ich verstand, dass er von mir kam.

Ich hatte einen Menschen getötet. Ihn umgebracht wie ein Monster. Ich war ein Mörder.

Mein Blick glitt zu dem Messer, das noch immer in seinem Hals steckte.

Meine Finger legten sich erneut darum, zogen es heraus und dann stach ich zu.

Der Schmerz, der meinen Körper flutete, war befreiend.

Ich sackte gegen die Wand, sah auf das Messer in meinem Bauch, während die Erinnerungen an das, was hier geschehen war, meine Gedanken fluteten und die Tür zu Traumaland öffneten. Dunkelschwarz war da und ich mittendrin.

Ich wollte sterben. Jetzt und hier, weil ich wusste, dass ich mit diesen Bildern nicht leben konnte.

Mit jedem weiteren Tritt und jedem erneuten Schlag wurde ich schwächer.

Er ließ mir keine Chance mich zu wehren, während er immer und immer wieder auf mich einprügelte.

Ich war mir sicher, dass es nur einen Grund gab, warum ich nicht bewusstlos wurde. Es war ein Name, ein Gesicht, eine Person, die mich aufrecht hielt und verhinderte, dass ich dem Drang meine Augen zu schließen nachgab. Luca. Es war immer Luca.

Pierce´ Finger griffen nach meinem Kragen, als er mich zu sich heran zog und meine Arme weiter überdehnte.

Mein linkes Auge war bereits komplett zugeschwollen, mit dem rechten sah ich ihn nur verschwommen, weil noch immer das Adrenalin durch meine Adern rauschte und mich in einen Schockzustand katapultiert hatte.

«Eigentlich sollte ich dich jetzt umbringen. Hier und auf der Stelle, aber so leicht werde ich es dir nicht machen.»

Er sprach, seine Lippen bewegten sich, doch Traumaland und Dunkelschwarz waren da und machten allmählich alles taub.

Anstatt mich erneut zu schlagen, begann Pierce zu lachen.

Benommen sah ich zu ihm hoch, erwartete, dass er mich bewusstlos zurücklassen wollte. Doch das tat er nicht. Stattdessen ging er rückwärts, noch immer lachend, zur Tür.

«Ich würde an deiner Stelle wachbleiben. Ace und die ganze falsche Meute müssten jeden Moment hier auftauchen, um deine große Rettung zu beginnen.»

Verdammt, nein. Was hatten sie vor und woher zur Hölle wusste er davon? Ace dieser …

«Er war es nicht», unterbrach Pierce meine Gedanken. «Aber er hat tatsächlich gedacht, dass ich es nicht mitbekommen würde, wenn er mich hintergeht. Schade drum, er ist gut in seinem Job. Oder besser gesagt, er war gut. Na ja, außer bei dir. Aber einen Schwachpunkt hat jeder und seiner war dein kleiner Freund aus dem Knast. Durch seinen Verrat hat er sein eigenes Todesurteil unterschrieben. Ihr habt anscheinend beide eine Schwäche für die falschen Männer. Du hättest dich von Anfang an von Luca fernhalten sollen. Jetzt muss er sterben, weil du deinen Schwanz nicht in der Hose lassen konntest. Vergiss das nicht, das alles hier, jeder, der deswegen sterben wird, es ist alles deine Schuld.»

Die Tür fiel ins Schloss, Pierce verschwand und ließ mich verletzt und blutend zurück.

Er weiß es. Die ganze Zeit über wusste er es.

Luca. Verdammt, Luca, komm nicht her.

KAPITEL 24

LUCA

DIE BEFREIUNG

Cole wurde langsamer, die Beifahrertür wurde aufgerissen und Ace sprang hinein.

«Nicht anhalten, fahr weiter», befahl er, noch bevor seine Tür ganz ins Schloss gefallen war. «Was ist passiert? Und was zur Hölle will der hier?»

Sein Blick fiel zuerst auf Staton, der sich mittlerweile den Arm verbunden hatte, und schließlich auf Keith.

«Sie haben uns erwischt, das ist passiert», erwiderte ich genervt, weil es ja wohl offensichtlich war.

Ace schnaubte und drehte sich zurück nach vorn. «Braucht ihr eine Uhr? Zwölf Minuten hab' ich gesagt. Ihr wart zu langsam. Habt ihr wenigstens bekommen, was ihr wolltet?»

«Nicht alles», knurrte Staton. «Ich konnte die Dateien nicht sofort finden. Liam hat alles verschlüsselt und gesichert in irgendwelchen Ordnern versteckt.»

Staton reichte mir den USB-Stick, den ich in meine Innentasche gleiten ließ.

«Halt an und schmeiß den da raus», wies Ace an und machte eine wischende Handbewegung, die eindeutig an Keith gerichtet war.

Dieser schnaubte nur und rutschte tiefer in seinen Sitz.

«Vergiss es. Fahr weiter, ich dachte, wir haben es eilig.»

Obwohl ich Ace nicht besonders gut leiden konnte, war ich seiner Meinung. Keith sollte nicht dabei sein und sich in eine Gefahr begeben, mit der er nichts zu tun hatte.

«Wir haben keine Zeit, den Babysitter zu spielen. Also los, raus und hau ab.»

Keith ignorierte Ace' Worte, als wäre er gar nicht da. Von meiner Position aus konnte ich sehen, wie sehr ihm das zu missfallen schien. Sein angespannter Kiefer und die zu Fäusten geballten Hände verrieten ihn.

«Jetzt schmoll doch nicht, Ice», meinte Keith grinsend und boxte ein paar Mal gegen den Vordersitz.

«Ace, nicht Ice und jetzt halt die Klappe. Wenn du schon nicht gehen willst, sei wenigstens still.» Seufzend fuhr Ace sich über das Gesicht und deutete nach links, um Cole den Weg zu weisen.

«Alles klar, Ice Ice Baby.» Keith zwinkerte mir zu, was mir trotz der Umstände ein Schmunzeln entlockte.

«Okay, da vorn in die Straße und schalte die Lichter aus.» Ace wies Cole den Weg, vorbei an verlassenen Gebäuden und heruntergekommenen Wohnhäusern.

Da die Straßen nicht beleuchtet waren, verschluckte die Dunkelheit einen Großteil und zeigte nicht mehr als die Umrisse des vor uns liegenden.

Eine Mischung aus Industrie und Wohnen, aus Leben an der Armutsgrenze und das, was einmal eine Zukunft hätte sein können.

«Da vorn ist es, stell den Motor ab.» Ace deutete auf ein großes Gebäude, welches anscheinend einmal eine Produktionshalle gewesen war.

Ich sah ihm dabei zu, wie er seine Waffe aus dem Hosenbund zog und diese entsicherte. Erst dann drehte er sich um und musterte uns, einen nach dem anderen.

«Du bleibst hier, mit deinem Arm behinderst du uns nur», meinte er und nickte zu Staton. «Halt den Wagen bereit, denn wenn wir ihn haben, sollten wir zusehen, dass wir schleunigst von hier verschwinden. Sie werden nicht glücklich mit uns sein, wenn wir da gleich reinspazieren.»

In meinem Kopf arbeitete es auf Hochtouren. Ich hatte keine Ahnung, was uns erwarten würde und allein bei der Vorstellung daran wurde mir übel.

«Die meisten von denen sollten die Suche nach euch mittlerweile eingestellt haben, uns bleibt deswegen nur ein kleines Zeitfenster, bis sie wieder hier auftauchen. Deshalb schnappt euch eure Waffen und feuert auf alles und jeden außer Caden.»

Ja … nein. Das würde ich mit Sicherheit nicht machen.

Auf jemanden zu schießen war so ziemlich das Letzte, was ich vorhatte. Ich wollte Caden da raus holen und dann weg von hier.

Nicht einen Gedanken wollte ich noch an diese Stadt und alles, was dazu gehörte, verschwenden. Caden und Mary waren alles, was ich wollte. Chicago war alles, was ich nicht wollte.

«Sollten wir getrennt werden, ist die Hütte der Safe Place. Dort treffen wir uns, sollten wir es nicht alle zusammen schaffen.»

Mit diesen letzten Worten marschierte Ace los und wir folgten ihm. Cole reichte mir ebenfalls eine Waffe und Staton nahm Coles Platz hinter dem Steuer ein.

Ace führte uns einen schmalen Weg entlang, der zur Hinterseite des Gebäudes führte.

Wir bewegten uns leise, immer wachsam und auf der Hut.

Als wir an der Rückwand ankamen, hob Ace seine Hand und bedeutete uns, stehen zu bleiben.

«Hier müssen wir rein», sagte er leise und zeigte auf ein schmales Fenster, dessen Glas bereits zerbrochen war.

«Ich geb´ euch Deckung», meinte Cole, woraufhin Ace nickte.

Ein modriger Geruch empfing uns, als wir das heruntergekommene Gebäude betraten.

Ich hatte ein geschlossenes Haus erwartet, doch es glich eher einer großen Halle mit spärlicher Beleuchtung, die man von der Straße aus nicht sehen konnte.

Mein Blick glitt über die mit Graffiti beschmierten Wände, die meterhohe Decke und die vielen Betonpfeiler.

Der Boden war mit Schutt übersät, doch am Ende erkannte ich so etwas wie einen Durchgang.

Ace sah sich um, scannte den Raum und bedeutete uns schließlich, ihm zu folgen.

«Irgendetwas stimmt hier nicht», zischte er, als wir zu ihm aufgeschlossen hatten. «Es ist zu still, selbst für diesen Ort.»

«Was meinst du?», wollte Keith wissen und sah sich um.

Wir betraten den Durchgang, der uns zu einer kleineren Halle führte und von dem aus weitere Gänge abgingen.

»Müssen wir abbrechen?» fragte ich, aber Ace schüttelte den Kopf.

«Zu spät. Jetzt können wir nicht mehr umkehren. Wir ziehen es durch, egal was passiert.»

Egal was passieren würde, ich würde dieses Gemäuer nicht ohne Caden verlassen.

Er war hier irgendwo, im selben Haus wie ich und doch noch so unendlich weit entfernt.

Ace führte uns in einen der Gänge, von dem aus eine Treppe in einen Keller führte.

Immer wieder blickte Ace sich um, doch nichts geschah.

«Wo sind sie alle?», murmelte er, als wir die Treppe betraten und nacheinander hinab stiegen.

Was sich mir hier offenbarte, spiegelte genau das wider, was viele als Alptraum beschreiben würden.

Eine schmaler Gang, nur von einer Neonröhre beleuchtet, die von der Decke hing. Links waren alte Keller, jeder nur durch ein Gitter vom jeweils anderen getrennt.

«Das ist nicht richtig. Normalerweise müssten da vorn zwei Wachen stehen. Sie haben uns nicht aufgehalten, als wir rein sind und auch oben ist nichts geschehen. Ich hatte einen Kugelhagel erwartet, dass wir mit ihnen kämpfen müssen und dann einen nach dem anderen ausschalten. Aber nicht das hier.»

Keith beschleunigte, ging um Ace herum und baute sich vor ihm auf. Obwohl Ace größer war und Keith eher Cadens Größe maß, konnte er erstaunlich einschüchternd wirken.

«Du hast was erwartet?», knurrte er und ging noch einen Schritt auf Ace zu. «Und du hast es nicht für nötig gehalten, uns all das vorher zu sagen? Damit wir vorbereitet sind und nicht direkt abkratzen?»

Ace zuckte die Schultern, streckte dann seine Hand aus und schob sich an Keith vorbei.

«Ist ja anders gekommen, oder nicht?»

Fassungslos starrte ich ihn an. Das konnte doch nicht sein Ernst gewesen sein.

«Und was wäre, wenn nicht? Verdammt, erzähl uns gefälligst alles. Damit wir uns darauf einstellen können», zischte ich. Ich wollte noch mehr sagen, doch ein leises Klicken hielt mich davon ab.

Ace legte sich einen Finger auf die Lippen, während sein Blick durch das Kellergewölbe zuckte.

«Was war das?», fragte ich tonlos, doch er zuckte bloß die Schultern.

«Wir sollten uns beeilen, ich hab' kein gutes Gefühl bei der Sache.»

Nein, das hatte ich auch nicht. Definitiv nicht.

Es klickte abermals, diesmal aus einer anderen Ecke.

Ich fuhr herum, konnte aber außer Cole niemanden entdecken. Was war, wenn aus der Dunkelheit jemand eine Waffe auf uns richtete?

Ein leises Summen setzte ein und vibrierte in der Luft. Mit jedem Atemzug donnerte mein Herz noch stärker gegen meine Rippen.

Es schlug so laut, dass ich sicher war, die anderen konnten es hören.

Ace sah sich in dem Keller um und beschleunigte seine Schritte. Da durchdrang ein Schrei die Luft.

Ich wollte schon losrennen, doch Ace war schneller. Er drängte sich an mir vorbei und lief zurück zur Treppe.

Noch ein Schrei und diesmal erkannte ich, wem die Stimme gehörte.

«Caden!» rief ich zu laut, woraufhin Keith mir in die Seite boxte.

Er schüttelte den Kopf und entsicherte seine Waffe.

Ace kam zurück, ging wieder an die Spitze unserer Gruppe und führte uns weiter.

Wir durchquerten den leeren Keller, in dem sich lauter vergitterter Kellerabteile aneinander reihten. Die Luft roch modrig und es war kalt. Feuchtigkeit strahlte von den Wänden ab, sammelte sich auf dem Boden und machte diesen Ort noch grauenvoller.

Wir hielten an und Ace erstarrte.

«Fuck», fluchte er und fuhr sich mit einer Hand über das Gesicht. Ich drängte mich an Keith vorbei und dann wurde mir schlecht.

Vor mir befand sich einer der Räume, eine schmutzige Matratze lag auf dem mit Blutspuren bedeckten Boden. Der Gestank nach Erbrochenem und Urin stieg mir in die Nase und ich wollte nicht glauben, dass Caden die letzten Tage hier gewesen war.

«Scheiße, wo ist er?» Keith schubste Ace zur Seite und sah sich um.

Die Tür stand weit offen, zerschnittene Kabelbinder lagen auf dem Boden und Bilder machten sich in meinem Kopf breit, die ich nicht sehen wollte.

«Keine Ahnung», knurrte Ace und schubste ihn zurück. «Wenn ihr eine beschissene Uhr lesen könntet, hätte ich gar nicht von hier weg gemusst. Dann wäre ich da gewesen und hätte ...»

«Es reicht. Wir müssen ihn finden. Jetzt. In Selbstmitleid versinken kannst du später», mischte Cole sich ein und unterbrach die Beiden.

Ace brauchte einen Moment, um sich zu fangen. Doch dann war sie wieder da, seine Maske aus Gleichgültigkeit und Kälte.

«Eure Waffen ... haltet sie bereit.» Mit einem letzten Blick zu uns wandte er sich ab und ging voraus.

Die Waffe in meiner Hand fühlte sich schwer und falsch an, ihr Gewicht zog mich nach unten und am liebsten hätte ich sie von mir geschleudert.

Das Summen in der Luft wurde lauter und reizte meine Nerven bis zum Äußersten.

Alle waren angespannt, wirkten hochkonzentriert, während meine Gedanken sich unaufhörlich um Caden und den Raum drehten.

«Zur Hölle, was ist das für ein Geräusch?», ging Keith Ace an, als das Klicken abermals erklang und lauter wurde.

«Ich weiß es nicht, okay? Keine Ahnung. Ich … ich kann nicht denken.» Ace presste sich eine Hand an die Schläfe und schloss die Augen.

«Nicht bewegen!», stoppte uns Cole.

Wir alle hielten inne und rührten uns nicht.

«Stolperdraht», zischte er und deutete auf den Boden vor Ace Füßen.

«Fuck», murmelte dieser, blieb einen Moment bewegungslos, bevor er über den Draht stieg.

Ich wollte lieber gar nicht wissen, was er auslöste.

Erneut legte Ace sich einen Finger an die Lippen, als wir vor einer schweren Metalltür stehenblieben. Er deutete auf Cole und bedeutete ihm stumm, dass er ihm Deckung geben sollte. Keith stellte sich hinter mich und sicherte die Rückseite ab.

Ich sah auf Ace' schlanke Finger, die sich um den Türgriff legten und diese dann mit einem Ruck aufzogen.

«Heilige Scheiße», fluchte er und rannte in den Raum hinein.

KAPITEL 25
ACE

DIE BEFREIUNG

Nein, nein, nein. Verdammt, das durfte nicht passieren.

Mit drei großen Schritten war ich bei ihm, steckte meine Waffe zurück in den Hosenbund und schlang meine Arme um seinen geschundenen Körper.

«Wenn du mir hier wegstirbst, bringe ich dich um», warnte ich Caden.

Es tut mir leid, Tobes. Ich rette ihn, das verspreche ich dir.

Caden stöhnte leise, als ich ihn hochhob, damit seine Arme nicht noch länger in dieser unnatürlichen Position verharren mussten.

Etwas hinter mir fiel zu Boden und als ich mich umdrehte, sah ich, dass Fuckboy seine Waffe hatte fallen lassen und uns regungslos anstarrte.

«Verdammt, hilft hier vielleicht mal jemand?!», brüllte ich.

Es war Blondie, der die Kette an der Wand löste und diese langsam herabließ.

Cadens Arme fielen schlaff herunter und ich hatte Schwierigkeiten, ihn in dieser Position zu halten.

Sein Kopf fiel nach vorn, sein röchelnder Atem drang an mein Ohr und ich spürte wie etwas Warmes meinen Hals hinablief. Ich brauchte nicht nachzusehen, denn ich wusste auch so dass es Blut war.

Es verteilte sich an meinem Hals, meinem Gesicht und durchnässte meine Kleidung.

Er war nicht bewusstlos, aber wach war er auch nicht.

Irgendetwas dazwischen. Irgendetwas, das mir eine scheiß Angst machte.

«Ich bin da», sagte Blondie und half mir, ihn vorsichtig auf den Boden zu legen.

Fuckboy stand immer noch in der Tür und rührte sich nicht.

Fuck, wir können nicht zwei Kerle hier raus tragen.

Ich wollte ihn anschreien, doch ich wusste, er würde es nicht hören. Ich kannte dieses Gefühl, den Zustand der völligen Hilflosigkeit. Er befand sich in einer Art Schockzustand, genau wie ich damals, als sie mir sagten, dass Tobes ermordet wurde.

Cole sicherte noch immer die Tür, während wir versuchten, die Handschellen von Cadens Handgelenken zu bekommen.

«Das funktioniert so nicht, sieh nach, ob da vorn ein Seitenschneider für die Kette liegt», wies ich Blondie an. Ich war nicht so dumm zu glauben, dass Smoke oder einer der anderen den Schlüssel hiergelassen hatten. Sie hatten gewusst, dass wir kommen würden. Und das hier war Pierce´ Art, es uns zu zeigen.

«Wir sollten uns beeilen, sie wissen, dass wir hier sind.»

«Woher weißt du das?», wollte Cole wissen, ohne den Blick von dem Gang zu nehmen.

War das nicht offensichtlich? Dachten die wirklich, dass Pierce es uns so leicht machen würde?

«Sieh dich doch um. Außer uns ist niemand hier. Das war noch nie so und ich bin mir sicher, dass es nicht grundlos so ist.»

Es war zu ruhig. Die Ruhe vor dem unausweichlichen Sturm, der uns alle in die Tiefe stürzen würde.

«Verdammt, ich kann ihn nicht finden», fluchte Blondie und wischte das Werkzeug vom Tisch.

Das dauerte alles viel zu lange.

Erneut erklang ein leises Klicken und ließ uns innehalten.

Oh, verdammt. Wir stecken bis zum Hals in der Klemme.

«Was wa ...», setzte Cole an, doch ich hob die Hand, um ihn zum Schweigen zu bringen.

«Wir müssen hier raus. Jetzt sofort!», brüllte ich und sprang auf. Ich stürzte zu dem Werkzeug am Boden und begann, darin herumzuwühlen.

Endlich schien auch Fuckboy sich aus seiner Starre zu lösen, wenn er auch immer noch beängstigend blass war.

«Cady», hörte ich seine Stimme, in der nichts als Verzweiflung lag.

Endlich fand ich, wonach ich suchte und warf es Blondie zu. Er fing es mühelos auf und machte sich gleich an der Kette zu schaffen.

«Er muss in ein Krankenhaus», murmelte Fuckboy leise, während er neben Caden kniete.

«Wir müssen hier raus, sonst braucht er kein Krankenhaus mehr!», schrie ich.

Blondie schaffte es, die Kette zu lösen und bekam sogar die dämlichen Handschellen ab.

Ich ging neben Caden in die Knie, griff nach seinen Armen und Beinen und lud ihn mir auf die Schultern. Das hatten wir bei der Army auch immer so gemacht und es war nichts Neues für mich.

Caden keuchte leise, als ich ihn zurecht rückte und wieder aufstand.

«Sorry Mann, aber es geht nicht anders.»

Ich bring ihn hier raus, Tobes. Ich werde ihn lebend hier raus bringen.

«Ich nehm ihn! Nimm deine dreckigen Hände von weg!», mischte Fuckboy sich plötzlich ein, doch ich ignorierte ihn. Wir hatten keine Zeit für den Scheiß.

«Luca, lass ihn. Wir geben ihm Deckung, los!» Obwohl Blondie mir gehörig auf den Sack ging, in diesem Moment stimmte ich ihm zu.

Cole sicherte uns den Weg, während wir durch den Gang liefen und anschließend die Treppe hinauf stiegen.

«Stopp!» Cole blieb so abrupt stehen, dass ich mit Caden ins Wanken geriet. Sein Gewicht zog mich nach hinten, es fehlte nicht viel und ich wäre die Treppe hinunter gestürzt.

«Nichts da», raunte Blondie und ich spürte seine Hände an meinem Rücken.

Wäre er nicht gewesen, hätten wir einen Abflug gemacht.

Mit einem kurzen Nicken bedankte ich mich bei ihm, bevor ich mich auf Cole konzentrierte.

Er zeigte auf eine schwarzen Sprengsatz, der an dem Durchgang befestigt worden war.

Fuck. Ich habe es geahnt.

Das Klicken kam in immer kürzeren Abständen und wurde von Mal zu Mal lauter.

Warum war ich da nicht schon früher drauf gekommen?

Jetzt standen wir hier und ich wusste nicht, wie viel Zeit wir hatten, bevor alles in die Luft fliegen würde.

Wenn diese Kerle starben, war es meine Schuld. Ich allein hatte sie hierher gebracht und zugelassen, dass sie sich in Gefahr begeben hatten.

Das Blut rauschte mir in den Ohren, während in meinem Hals der Puls raste.

Jetzt ist kein guter Moment für Panik. Nicht mit der Zündschnur, die praktisch an meinem Arsch klebt.

«Das ist nicht gut, aber … fuck. Wir müssen hier raus, am besten gestern.»

«Wie aufbauend», feixte Blondie, während wir Cole weiter folgten. «Du solltest Motivationstrainer werden.»

Gerade als ich antworten wollte, begann Caden sich auf meinen Schultern zu regen.

«Ahhh», keuchte er und seine schmerzverzerrte Stimme durchfuhr mich.

«Hey, nicht bewegen. Wir sind gleich da. Halt durch, okay?»

«Ace? Du … bisein … Wichser.»

Trotz allem brachte er mich zum Lachen. Dieser Mistkerl, ich wusste, warum Tobes ihn so mochte.

«Luca …», krächzte er und begann zu Husten. Ich spürte etwas Warmes auf meiner Hand und als ich den Kopf drehte, erkannte ich, dass es Blut war.

«Er ist hinter uns und jetzt halt die Klappe.»

Er hustete erneut, blieb aber still.

Noch ein paar Meter, dann hatten wir den Ausgang erreicht. Noch wenige Schritte dann … *Bumm.*

Eine Druckwelle erwischte uns, wir stürzten und landeten hart auf dem steinigen Boden.

In meinen Ohren klingelte es und eine Dunstwolke nahm mir die Sicht.

Eine weitere Explosion, diesmal kam sie aus dem Keller und brachte Teile des Gebäudes zum Einstürzen.

Wir durften nicht länger hier sein.

Fuck Tobes, warum? Warum zur Hölle musstest du mich ausgerechnet darum bitten?

Cole rappelte sich neben mir auf, sein Mund bewegte sich, aber ich verstand kein Wort. Die Explosion klang noch immer in meinen Ohren nach.

Wo zur Hölle war Caden?

Mit zitternden Händen robbte ich mich vor, tastete den Boden ab und endlich fand ich ihn.

Neben mir zog Cole gerade Fuckboy und Blondie aus dem Staub. Ich beförderte Caden zurück auf meine Schultern, wenn er mir jetzt auch deutlich schwerer vorkam.

Wir wankten, doch ich schaffte es, mich aufrecht zu halten.

Das Klingeln in meinen Ohren wurde lauter, zeigte mir aber, dass ich nicht mein Gehör verloren hatte.

«Wir müssen hier weg!», brüllte ich, obwohl ich nicht wusste, ob die anderen mich verstanden.

«Caden? Hey Mann, bist du wach?» Ich rüttelte an ihm, doch er bewegte sich nicht.

Durch die ganzen Verletzungen konnte ich nicht erkennen, ob er etwas bei der Explosion abbekommen hatte, geschweige denn, ob er noch atmete. Aber ich hatte auch nicht die Zeit, ihn jetzt zu untersuchen. Wenn wir nicht hier wegkamen, würde bald keiner von uns mehr atmen.

Scheiße, wenn wir jetzt draufgehen, bringt Tobes mich um.

Fuckboy und Blondie holten zu uns auf und ich sah die Angst in Fuckboys Gesicht. Er liebte ihn, und wie.

Auch wenn er da drin einen kurzen Totalausfall gehabt hatte, zur Hölle, er liebte diesen Kerl.

Wir erreichten gerade rechtzeitig die Straße, als die nächste Explosion uns aus dem Gleichgewicht brachte.

«Da drüben!», drang Coles Stimme gedämpft zu mir durch, als er auf den Wagen zeigte.

Staton kam mit quietschenden Reifen vor uns zum Stehen und stieß die Beifahrertür auf. Cole rannte voraus, riss die hintere Tür auf und sprang vorne auf den Sitz. Fuckboy war als erstes hinten im Wagen und Blondie rutschte neben ihn.

«Zieht ihn zu euch!», befahl ich und ließ Caden langsam von meinen Schultern gleiten. Blondie war sofort zur Stelle, griff unter Cadens Arme und zog ihn über seine Beine. Ich quetschte mich daneben und Staton gab Gas.

«Wir müssen in ein Krankenhaus», sagte Cole und drehte sich zu uns um.

«Dann wissen die, wo wir sind.» Natürlich sollte er in ein Krankenhaus, aber Pierce hatte seine Kontakte überall. Auch bei den Cops und diese würden ihm stecken, wo wir uns befanden.

«Dein Ernst?», zischte Fuckboy, während er Cadens Kopf hielt.

Ja, war es mein Ernst?

«Ich sag nur, dass wir dann auch gleich dort hätten bleiben können. Er wird uns finden. Das hier war alles geplant. Er wollte, dass wir entkommen.»

Staton fluchte und schlug mit der Faust auf das Lenkrad. Blondie sagte gar nichts mehr und ich? Ich wollte am liebsten aus dem fahrenden Wagen springen.

«Okay, Vorschlag. Wir fahren in ein Krankenhaus, die behandeln ihn und dann hauen wir mit ihm ab», sagte Blondie und fuhr sich mit der Hand durch die scheiß blonden Haare.

Was war er? Ein verkappter Surfer, der irgendwie in Chicago hängen geblieben war?

«Du willst ihn aus dem Krankenhaus entführen?», fragte Cole und schüttelte seufzend den Kopf. «Dann werden sie erst recht nach uns suchen.»

«Ich kenne einen Tierarzt», warf ich ein und zuckte die Schultern.

Blondie schnaubte bloß, während Fuckboy mich mit seinen Blicken erdolchte. «Er ist kein Hund.»

Wäre die ganze Situation nicht so beschissen, würde es mir Spaß machen, ihn zu ärgern.

«Das weiß ich, aber der hat alles, was wir brauchen. Kann ihn sogar röntgen und so.»

«Schluss jetzt, wir bringen ihn in ein Krankenhaus. In eins für Menschen. Mit Ärzten, die sich mit Menschen auskennen», durchdrang Statons Stimme den Innenraum.

Wir rasten über die dunklen Straßen, mussten unser Tempo allerdings verringern, als uns die ersten Einsatzfahrzeuge entgegen kamen.

Caden regte sich und endlich machte er die Augen auf.

Ich hab´s nicht ganz vermasselt, Tobes. Siehst du, er lebt noch.

KAPITEL 26

LUCA

«Luca?», krächzte Caden und sah mich an. Sein Gesicht war blutverschmiert und bereits lila verfärbt. Ein Auge war komplett zugeschwollen und das andere dunkel angelaufen.

«Ich bin hier, Cady», flüsterte ich und fuhr mit den Fingerspitzen durch sein Haar.

«Pierce», versuchte er es weiter. «Er ist sein Bruder.»

«Was?!», schrie Ace plötzlich und beugte sich über Keith zu Caden herunter.

«Alter, willst du vielleicht auf meinem Schoß sitzen?», gab Keith wieder und versuchte, Ace von sich herunterzuziehen.

Ihn interessierte das alles nicht, denn er war komplett auf Caden fokussiert.

«Bist du dir sicher? Er hat immer was von einem Boss gesagt. Verdammt, wie konnte ich das nicht gesehen haben?»

Caden hustete erneut und jetzt war ich es, der Ace eine Hand auf das Gesicht drückte und ihn zurück auf seinen Platz schob.

«Ja», antwortete Caden heiser und verzog das Gesicht.

Ace murmelte und fluchte, doch ich hörte nicht mehr zu. Mich interessierte nur Caden.

«Wir bringen dich in ein Krankenhaus», sagte ich und hoffte, Staton würde endlich Gas geben.

«Nein.» Caden machte eine Geste, die einem Kopfschütteln gleichkam. «Kein Krankenhaus.»

Obwohl ich immer hinter ihm stand, diesmal nicht. Er wurde tagelang gefangen gehalten, gefoltert und was weiß ich noch alles. Er musste zu einem Arzt, auch wenn er mich dafür hassen würde.

«Scheiße, Fuckboy. Jetzt pflastere endlich deinen Arsch auf diesen verdammten Stuhl!»

Ich sah zu Ace auf und zeigte ihm den Mittelfinger. Er konnte mich mal. Caden war seit Stunden da drin und sie ließen niemanden zu ihm.

«Ace, was könnten Pierce nächste Schritte sein?», fragte Cole. Neben Caden wurde auch Staton behandelt. Es wurden viele Fragen gestellt, wir hatten uns eine Geschichte aus den Fingern gesaugt und solange darauf beharrt, dass wir nun hofften, sie würden nicht die Cops rufen.

«Er hat ihn am Leben gelassen, das hat er nicht ohne Grund getan. Er wollte, dass wir ihn finden und er wollte auch, dass wir lebend da raus kommen. Pierce ist gut, verdammt gut. Wenn er will, dass wir sterben, dann sterben wir.»

«Außer wir verhindern es», warf Keith ein. Ace verdrehte nur die Augen und ignorierte ihn ansonsten.

«Wir sollten nicht länger hier bleiben, als irgendwie nötig. Wir lassen unsere Handys hier. Wenn er weiß, wo wir waren, findet er auch unsere Handys. Sobald die beiden gehen können, hauen wir ab und fahren zurück zum Safe Place. Dort bleiben wir, bis wir einen Plan haben.»

Safe Place ... gab es so etwas überhaupt noch für uns? Einen sicheren Ort?

Ich wollte unbedingt zu meiner Schwester, würde sie damit aber einer Gefahr aussetzen, die sie nicht verdient hatte.

Mary war unschuldig und ich würde alles dafür tun, um sie aus dem Ganzen raus zu halten.

Die Tür zu den Behandlungsräumen öffnete sich und ein Arzt kam heraus.

«Für Mallone?», fragte er und sah sich um. Ace räusperte sich, hielt seinen Blick aber gesenkt.

«Ähm ... hier», sagte ich, warf Ace einen kurzen Blick zu und wandte mich dann an den Arzt.

Er schüttelte mir die Hand und endlich durfte ich zu Caden.

Während ich ihm durch den Flur folgte, gingen mir tausend Gedanken durch den Kopf.

Was hatte das alles mit Caden gemacht? Wie würde das alles noch weitergehen und würden wir es überleben?

Dass ich Angst hatte, konnte ich nicht leugnen. Ich hatte Angst und zwar große.

In meinem Magen zog es und ich hatte das Gefühl, mich jeden Moment übergeben zu müssen.

Kurz bevor der Arzt die Tür öffnete, schloss ich für eine Sekunde meine Augen.

«Er ist wach und hat Schmerzmittel bekommen», sagte der Arzt und ließ mich ein.

Scheiße ... Cady.

Die Tür fiel hinter mir ins Schloss und Caden und ich starrten uns an. Meine Sicht verschwamm, als ich seinen geschundenen und von Blutergüssen übersäten Körper sah.

Seine linke Gesichtshälfte war komplett zugeschwollen, er hatte Pflaster und Verbände gefühlt überall.

Ich will das nicht. Bitte, weck mich auf aus diesem Alptraum.

«Cady», flüsterte ich und meine Stimme brach.

Ganz langsam ging ich auf ihn zu, bis ich kurz vor seinem Bett zum stehen kam.

Ich wollte mich auf ihn stürzen, ihn an mich reißen und nie wieder los lassen.

Es vergingen hundert Augenblicke, bis er endlich seine Hand ausstreckte.

Viel zu schnell griff ich danach, ließ mich vor seinem Bett auf die Knie sinken und bettete meine Stirn an seinem Handrücken.

«Hör auf», krächzte Caden, doch ich konnte nur weinend den Kopf schütteln.

«Luca», bat er und nun sah ich ihn doch an. «Nicht. Ich bin hier.»

Ja verdammt, er war hier. Irgendwie, denn die Leere in seinem Blick sagte etwas anderes.

«Ich dachte, ich hätte dich verloren», wisperte ich und wischte mir über das Gesicht.

«Dann wärst du mich los.» Er versuchte sich an einem Lächeln, doch auch das wollte ihm nicht gelingen. Sanft legte ich meine Lippen auf sein Handgelenk und schüttelte den Kopf.

«Dich zu verlieren, wäre schlimmer als alles andere. Ich liebe dich, Caden. Bedingungslos und unendlich.»

Ich erwartete nicht, dass er mir darauf antworten würde und er tat es auch nicht. Doch er erwiderte den Druck meiner Hand und das reichte mir. Es zeigte mir, dass er noch da war. Dass er noch bei mir war. Irgendwie.

«Hol mich hier raus. Außer meinem Finger ist nichts gebrochen. Sind nur Blutergüsse, also bitte. Hol mich hier raus.»

Ich wollte gerade etwas erwidern, da öffnete sich die Tür und Ace, Keith, Cole und Staton kamen herein. Staton und Cole nickten uns allerdings nur kurz zu, bevor sie wieder verschwanden und die Tür schlossen. Sie würden Wache halten, da war ich sicher.

«Du siehst beschissen aus, Alter», sagte Keith und lehnte sich an die Wand. Caden lachte kurz auf und zeigte ihm dann die verbundene Hand.

Jetzt war es Keith, der lachte. «Was soll das werden, Whittaker? Winkst du mir wie die Queen oder willst du mir etwas sagen?»

«Okay, das reicht», fuhr Ace dazwischen und kam zum Bett. Ohne zu fragen legte er eine Hand an Cadens Gesicht und sah sich sein Auge an.

Caden wich vor ihm zurück, doch Ace schien das nicht sonderlich zu interessieren.

«Er hat dich gut erwischt», sagte er und schob sich seine Hände in die Taschen.

«Warum wundert es mich nicht, dass du hier bist?», fragte Caden.

Ace fing an zu lachen und zuckte mit den Schultern. «Ich war auf deiner Seite. Seit ich von dir und Tobes wusste, war ich auf deiner Seite. Jetzt bin ich wohl einer von euch, du solltest dich darüber freuen.»

«Freuen? Darüber, dass du mich umbringen wolltest? Verschwinde.»

«Das kann ich nicht», gestand Ace, wobei jeglicher Spott aus seiner Stimme verschwand. «Die werden mich ausschalten, wenn ich sie nicht vorher umbringe.»

Ich konnte nicht sagen, was es war, denn obwohl Caden ihn offensichtlich nicht besonders gut leiden konnte, verstanden sie sich. War Tobey ihre Verbindung oder waren sie sich einfach zu ähnlich?

«Also brauchst du uns, damit wir die Drecksarbeit für dich machen?», fragte Caden weiter und versuchte sich ein Stück aufzusetzen. Gepresst keuchte er auf und verzog das Gesicht.

«Ich brauche euch zu meinem Schutz. Ich hab' nichts mehr und ich kann nicht gehen. Nicht, bevor jeder von denen seine gerechte Strafe bekommen hat.»

Die anscheinend er festlegte. Ace machte sich selbst zum Richter und Henker.

«Holt mich hier raus, dann sehen wir weiter», meinte Caden nur und legte sich zurück in die Kissen.

Das hier lief vollkommen in die falsche Richtung. Wir sollten abhauen, untertauchen und neu anfangen. Nicht die große Rache planen, die alles nur noch schlimmer machte.

KAPITEL 27
CADEN

Ich kam mir vor wie ein Schwerverbrecher, sobald wir das Krankenhaus verließen.

Nachdem ich, als Ace Mallone, eine Menge Papierkram unterschreiben musste, konnten wir endlich gehen.

Ich war erleichtert, dass Ace daran gedacht hatte, mir einen anderen Namen zu verpassen. Auch wenn das wahrscheinlich nicht sein Echter war. Es war nicht unwahrscheinlich, dass bereits nach mir gesucht wurde. Ich war weder bei der Therapie, noch bei John. Auch hatte ich mich nicht bei meinem Anwalt gemeldet. Wenn ich die Wahrheit sagen würde, käme ich zurück in den Knast. Pierce´ Kontakte reichten weit. Zu weit, um den Cops oder den Behörden zu vertrauen.

Staton und Keith fuhren gerade vor, als wir durch die Tür gingen. Cole war die ganze Zeit hinter mir, Ace vor mir und Luca neben mir. Sie kesselten mich ein und Luca sah immer so aus, als würde er mich jeden Moment hochheben und tragen wollen.

Fuck, jeder verfluchte Schritt tat weh, Atmen war kaum möglich und am liebsten hätte ich mich mit samt dem Bett aus dem Krankenhaus schieben lassen.

«Ich komm gleich nach», presste ich keuchend hervor und stützte mich mit einer Hand an der Wand ab.

«Das könnte dir so passen», gab Ace zurück und blieb stehen.

Ich sah zu Luca, der zwar schwieg, mich aber die ganze Zeit über besorgt musterte.

Als wüsste er nicht, wie er mit mir umgehen sollte.

Ich konnte es ihm nicht verübeln, schließlich wusste ich es selbst nicht.

Meine Beine zitterten und der Boden unter meinen Füßen schwankte.

«Okay», sagte ich und hörte selbst, wie dünn meine Stimme war.

Ich würde zusammenbrechen, hier vor allen anderen.

«Scheiße, das ist ja nicht mit anzusehen», fluchte Ace, drückte Luca seine Knarre in die Hand und legte sich meinen Arm um die Schultern.

Ich wollte zurückweichen, vor ihm davonlaufen und mich ganz klein zusammenrollen. Stattdessen biss ich die Zähne zusammen, verdrängte die Angst und stützte mich mit meinem ganzen Gewicht auf ihn.

Ich hätte sagen können, dass Luca seinen Platz einnehmen sollte. Ace fortschicken und ihm gleichzeitig eine Kugel in den Kopf jagen.

Aber da drin war irgendetwas geschehen, wir hatten trotz allem eine Verbindung aufgebaut.

Je besser ich ihn kennenlernte, desto mehr erkannte ich den Mann in ihm, von dem Tobey mir so oft erzählt hatte.

«Du hättest vielleicht doch besser noch eine Nacht bleiben sollen», sagte Ace leise und sah mich an. Als ich seinen Blick erwiderte, zwinkerte er mir zu.

«Hör auf damit», zischte ich und schüttelte den Kopf.

«Komm schon, nimm mir nicht den einzigen Spaß, den ich in meinem jämmerlichen Leben noch habe.»

«Ich dachte, Leute umbringen würde dir am meisten Spaß machen», erwiderte ich bissig.

«Touché, Caden.»

Nach einer gefühlten Ewigkeit erreichten wir endlich das Auto.

Keith stieg aus und öffnete die hintere Schiebetür.

«Ihr habt einen Bulli geklaut?», fragte Luca entsetzt und hätte mich beinahe zum Lachen gebracht. Aber nur beinahe.

«Geliehen», warf Keith ein und grinste breit. «Wir bringen ihn zurück, wenn wir ihn nicht mehr brauchen.»

Luca murmelte etwas Unverständliches, bevor er dann doch in den Wagen stieg und mir die Hand reichte.

«Darf ich dir helfen?», fragte er zurückhaltend.

Ich unterdrückte ein Seufzen, nahm meinen Arm von Ace Schultern und griff nach seiner Hand.

Es fühlte sich vertraut an und dennoch so unglaublich anders. Als hätte sich in den letzten Tagen etwas zwischen uns verändert.

Als hätte ich mich verändert.

Hatte ich das? Wer war ich nun?

Momentan wusste ich es nicht. Ich spürte nichts, alles an mir war taub. Mein Geist und auf eine andere Art auch mein schmerzender Körper.

Wir fuhren eine halbe Ewigkeit, in der ich immer wieder für ein paar Sekunden einschlief.

Die starken Medikamente machten mich träge und ließen die Welt sich ein klein wenig langsamer drehen.

«Cady, wir sind da», drang Lucas Stimme nach einer Weile zu mir durch. Schwerfällig öffnete ich das Auge, welches sich noch öffnen ließ und sah mich um. Cole stieg aus und verschwand.

«Okay, alles sicher», sagte er, als er die Tür wieder öffnete.

«Na gut, dann los», sagte Staton, stellte den Motor ab und sprang aus dem Wagen. Keith folgte ihm und Ace ebenfalls.

«Schaffst du´s?», wollte Luca wissen und sah mich an.

«Was? Aus dem Wagen auszusteigen oder am Leben zu bleiben?»

Seine Gesichtszüge entglitten, es waren nur ein paar Sekunden, doch zeigten sie mir den ganzen Schmerz, der sich dahinter verbarg.

Obwohl ich innerlich leer war, erlaubte ich ihm, sich meinen Arm um die Schultern zu legen und mir aus dem Bulli zu helfen.

Wir waren irgendwo im Wald, vor einer kleinen Hütte, die wahrscheinlich bald auseinanderfiel.

«Bring ihn nach oben», sagte Cole und schloss die Tür hinter uns.

Luca half mir die Treppe hinauf und bei jeder Stufe spürte ich, was die letzten Tage mit mir gemacht hatten.

«Ich kann nicht mehr.» Keuchend stützte ich mich auf dem Geländer ab. *Verdammt, ich bin sowas von hinüber.*

Lucas Griff verstärkte sich und er trug mich mehr, als dass ich selber lief.

«Ist nicht mehr weit, nur noch ein paar Schritte.» Dass sich diese wenigen Schritte zogen wie eine ganze Ewigkeit, hatte er mir nicht gesagt.

Das Bett war hart und nicht besonders bequem, dazu roch es alt und modrig. Dennoch war es besser als alles, was ich in der letzten Zeit gehabt hatte.

«Brauchst du noch was?», erkundigte sich Luca, als ich endlich im Bett lag.

«Schmerzmittel», sagte ich zu schnell. Ich brauchte etwas, das mich vergessen lassen würde. Wenigstens für die nächsten Stunden.

Ich wollte nicht daran denken. Nicht an das, was Shotgun getan hatte und auch nicht an Pierce.

Meine Arme schmerzten noch immer, meine Schultern fühlten sich an, als hätte man mir diese herausgerissen und anschließend wieder drauf gesteckt.

Luca stand auf und es dauerte nicht lange, bis er mit einem Glas Wasser und einer Dose Pillen in seiner Hand zurückkam.

«Nicht mehr als zwei, die sind ziemlich stark», sagte er und hielt mir die Tabletten hin. Stark klang genau richtig.

Als er nicht damit rechnete, nahm ich ihm die Dose aus der Hand und setzte sie an meine Lippen. Ich kippte ein paar davon in meinen Mund, was Luca überhaupt nicht gefiel.

«Caden! Wie viele hast du genommen?», schimpfte er und entriss mir die Dose.

Träge streckte ich meine Zunge heraus und zeigte ihm die vier Tabletten, die darauf lagen.

Bevor er noch etwas sagen konnte, setzte ich das Glas Wasser an und schluckte.

Vergessen, nicht denken und nichts fühlen. Mehr will ich nicht.

«Du … ich … du solltest etwas schlafen.»

«Kannst du gehen? Ich … brauche Zeit. Für mich.»

Er schluckte schwer, nickte dann aber und stand auf.

Ich sah ihm nach, wie er das Zimmer verließ und die Tür hinter sich zuzog. Meine Hoffnung war, dass es besser werden würde, sobald er fort war. Dass der Druck auf meiner Brust nachließ, doch das tat er nicht.

Stattdessen verschwamm meine Sicht und Tränen brannten in meinen Augen. Ich griff nach dem Kissen und presste es mir aufs Gesicht, um meine Schreie zu ersticken.

Sie sollten nicht mit anhören müssen, wie ich hier oben innerlich starb.

KAPITEL 28

LUCA

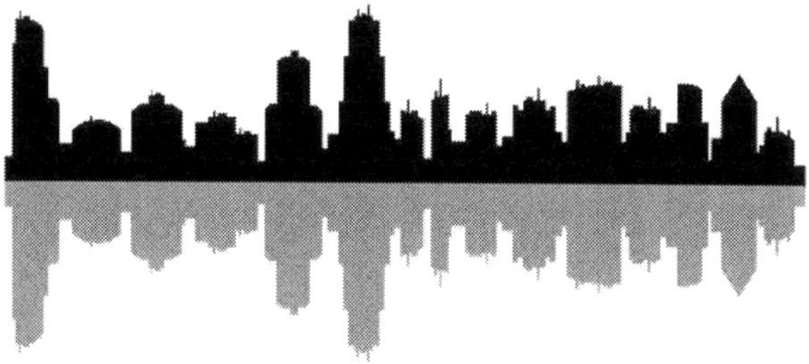

Ich hörte sie. Seine gedämpften Schreie, die mir so unglaublich weh taten.

Caden litt und ich konnte nichts dagegen tun.

Würde ich ihn nun endgültig verlieren? Hatten Pierce und seine Leute Caden gebrochen und ihn mir für immer genommen?

Pierce und … Ace.

Ace, dieser miese Bastard.

Mit einem Ruck stieß ich mich von der Wand ab und stürmte nach unten.

Dort saß er zusammen mit Keith, Cole und Staton, als hätte er nicht auch dazu beigetragen, dass es Caden so ging.

Mit großen Schritten marschierte ich auf ihn zu, griff nach seinem Arm und zerrte ihn vom Sofa hoch.

«Was hast du denn für ein Problem?», fuhr er mich an und versuchte, meinem Griff zu entkommen.

Ich zog ihn hinter mir her, öffnete die Terrassentür und schubste ihn nach draußen.

«Du mieses Arschloch», spie ich und schubste ihn gegen die Wand.

Er brauchte nur eine Sekunde um zu realisieren, wie ernst es mir war.

«Du hast mitgeholfen, ihn zu entführen und zu foltern. Du trägst eine Mitschuld daran, dass Caden da oben krepiert!»

Keith und die anderen stürmten nach draußen und starrten uns an. Aber es war mir egal. Sie alle waren mir egal. Für mich zählte nur Cady.

«Ich hab´ ihm seinen scheiß Arsch gerettet!», verteidigte Ace sich und schubste zurück.

«Nur wegen dir war er doch überhaupt da! Du bist ihm wochenlang gefolgt, hast ihn angerufen und was weiß ich alles. Du hast ihn ins Auto gezerrt und mit einem Taser betäubt. Das warst du, niemand sonst!»

Meine Worte hatten ihn getroffen, das zeigte mir der dunkle Schatten, der sich über sein Gesicht legte.

Ja, genau! Leide, du mieser Schweinehund!

«Das wäre so oder so passiert! Pierce will Rache und er will Caden. Denkst du wirklich, dass irgendetwas anders gelaufen wäre, wenn ich nicht dabei gewesen wäre? Bist du wirklich so dumm? Shotgun hätte ihn kalt gemacht! Als er ihn gefoltert hat, da wollte er ihn umbringen! Wäre ich nicht gewesen und hätte ihm eine Kugel in seinen scheiß Schädel gejagt, dann wäre es aus gewesen mit deinem kleinen Freund!»

In meinem Kopf brannte eine Sicherung durch, als ich mich auf ihn stürzte. Staton sah es kommen und schaffte es gerade so, mich davon abzuhalten.

Keith griff nach Ace, der nun ebenfalls auf mich losgehen wollte.

«Hast du echt einen umgelegt?», wollte Keith wissen und brachte Ace damit aus dem Konzept.

«Spielt das jetzt eine Rolle?», zischte dieser und machte sich von ihm los.

Keith zuckte nur beiläufig mit den Schultern und schob seine Hände in die Taschen. «Ja, irgendwie schon.»

«Ich wollte Caden umbringen», wechselte Ace wieder das Thema. «Aber dann erfuhr ich von seiner Verbindung zu Tobes. Das veränderte alles. In Knast hat er mir jeden verdammten Tag geschrieben. Immer wenn er seiner Schwester einen Brief geschickt hat, lag auch einer für mich dabei. Er hat mir von ihm erzählt. Plötzlich war es, als würde ich ihn kennen. Tobes hat ihn geliebt, als Freund. Er war wie ein Bruder für ihn, obwohl sie sich noch nicht lange kannten. Aber diese eineinhalb Jahre mit Caden, die haben ihn verändert.» Er fuhr sich mit der Hand über das Gesicht und zündete sich eine Zigarette an. «Ich dachte, ich hätte ihn verloren. Der Knast hat ihn verändert. Rikers hat ihn verändert. Er war nicht mehr er selbst. Doch dann kam Caden und … er hat ihn mir zurückgebracht. Ich konnte ihn nicht umbringen, wenn ich doch wusste, wie wichtig er für Tobes gewesen war. Ab da habe ich mir vorgenommen, ihn zu retten. Ich wusste, was Pierce plante und konnte da sein. Ich habe ihm geholfen, auch wenn ich ihm dafür weh tun musste.»

Staton ließ die Arme sinken und auch meine Wut war verraucht.

Ich mochte ihn immer noch nicht, aber ich konnte ihn verstehen.

«Ich weiß nicht, ob er es packt», gestand ich leise und lehnte mich gegen die Wand.

Ich wusste es wirklich nicht. Caden hatte schon zu viel erlebt, wie viel hielt er noch aus? War das Maß an Dunkelheit nicht irgendwann voll?

«Er packt das. Der Kerl ist zäher als jeder, den ich kenne», meinte Keith und zündete sich eine …

«Ist das ein Joint?», fragte ich entsetzt. Was war nur mit diesen Leuten los?

«Alter, auf uns wurde geschossen, wir wären fast in die Luft gesprengt worden und jemand will uns umbringen. Ein bisschen Entspannung könnte dir auch nicht schaden.»

Ich starrte Keith an und schüttelte den Kopf. Ich würde mit Sicherheit nicht anfangen, Drogen zu nehmen. Einer von uns musste einen klaren Kopf bewahren.

Keith und Ace waren es wohl nicht, denn Letzterer nahm den Joint nur zu gern entgegen.

«Okay, Schluss mit dem Gekiffe. Wir sollten noch die Wachen einteilen. Es wäre gut, wenn immer einer wach ist, um uns zu warnen. Außerdem müssen wir aufrüsten. Wir haben fast keine Munition mehr und sollten ein paar Sicherheitsvorkehrungen treffen, wenn wir planen, länger hier zu bleiben.»

Wo hätten wir sonst hin sollen? Wir besaßen nichts mehr. Unsere ganzen Sachen waren noch in der Wohnung.

«Ich übernehme die erste Wache», teilte ich den anderen mit und ging hinein.

«Warte, ich komm mit», rief Staton und folgte mir zur Vordertür. Bevor ich allerdings nach draußen ging, warf ich einen kurzen Blick zu Caden ins Zimmer, stellte aber fest, dass er schlief.

Draußen ließen wir uns auf die schmale Stufe vor dem Haus nieder und ich lehnte mich mit dem Rücken gegen die Wand.

«Wie schlimm ist es?», fragte Staton nach einer Weile und fing an, seine Waffe auseinander zu bauen und diese zu reinigen.

Ich zuckte bloß mit den Schultern, weil ich es nicht wusste.

Woher auch? Er sprach nicht mit mir.

KAPITEL 29

CADEN

An die nächsten Tage konnte ich mich nicht erinnern. Ich wusste noch, dass ich Luca fortgeschickt hatte und dann … verschwamm alles in einem Nebel, an den ich mich weder erinnern wollte noch konnte.

Dissoziation hatte die Psychotante es genannt. Ich nannte es *das schwarze Loch in meinen Erinnerungen*.

Es waren die Minuten, Stunden oder Tage, die mich auf eine gewisse Art davor bewahrten, mir den Gnadenstoß zu geben.

Das schwarze Loch war meine Rettung und mein Untergang zugleich. Es war die unvermeidbare Kollision, wenn der Sturm mich mit sich riss und das Gewitter in meinem Kopf sich entlud.

Ein Klopfen an der Tür war wie ein Weckruf. Ich kehrte zurück ins Jetzt, obwohl ich lieber für immer in dieser seltsamen Zwischenwelt geblieben wäre.

Ich war so unendlich müde, erschöpft und ausgelaugt. Als wäre ich einen Marathon gerannt, der nur in meinem Kopf stattgefunden hatte.

Die Tür öffnete sich und Ace trat ein. Er schob sich die Hände in die Taschen seiner schwarzen Jeans und lehnte sich von innen gegen die Tür.

«Du bist wieder da», stellte er fest, als ich zu ihm aufsah.

«Verpiss dich, A. für Arsch.»

Sein leises Lachen erklang, er stieß sich von der Tür ab und kam auf mich zu.

«Nein.»

Dann halt nicht.

Ich zog mir die Decke über den Kopf und hoffte, er würde dadurch wieder gehen.

Stattdessen hörte ich, wie er sich auf den Boden vor meinem Bett setzte.

Warum konnte er nicht abhauen und mich in Ruhe lassen?

Ich wollte doch nur meine verdammte Ruhe.

«Geh weg», murmelte ich und kniff meine Augen zusammen. Die Schwellung war zurückgegangen, aber wie mein Gesicht aussah, wollte ich lieber gar nicht wissen.

«Ach weißt du, ich denke, ich bleib noch ein bisschen.»

Und das tat er. Er blieb solange, bis ich es unter der Decke nicht mehr aushielt und sie mir vom Kopf ziehen musste.

Er saß tatsächlich auf dem Boden vor dem Bett. Ein Bein locker aufgestellt, nestelte er an einem Faden seiner zerrissenen Jeans herum.

«Erinnerst du dich an den Abend, als du mir deine Nummer gegeben hast?», fragte ich nach einer Weile, woraufhin seine Mundwinkel zuckten.

«Ja, ich erinnere mich.»

«Gilt dein Angebot noch?»

Seine Finger verharrten in der Bewegung, bevor er sie langsam sinken ließ.

Mein Herz raste, denn ich wusste nicht, ob ich seine Antwort hören wollte. Ich wusste eigentlich gar nichts mehr, das war wahrscheinlich mein größtes Problem. Dieses Nichts, das sich in mir ausbreitete und mich von innen heraus zerstörte.

«Gestaltet sich schwierig, jetzt gerade an reines Zeug zu kommen. Ich meine, mein Bewegungsradius hat sich ziemlich verringert, oder findest nicht?»

Es war einen Versuch wert gewesen. Ich sollte erleichtert sein, doch ich war es nicht. Ich wollte Drogen. Nein, ich brauchte sie. Jetzt.

Am besten gestern.

Am besten den ganzen verfickten Tag lang.

Wenn ich nur genug davon nahm, halfen sie mir vielleicht, zu vergessen.

Ich will vergessen. So sehr.

«Hier», sagte Ace und reichte mir zwei Tabletten. «Sind die letzten von deinen Schmerzpillen, du solltest sie dir also gut … okaaay. Alles klar. Immer rein mit dem guten Zeug.»

Noch bevor er zu Ende gesprochen hatte, landeten die Pillen in meinem Mund und ich schluckte sie trocken herunter. Es war widerlich, doch der Knoten, der sich mit jedem Atemzug enger um meine Brust legte, war noch viel schlimmer.

«Irgendwann», nuschelte ich, denn meine Zunge fühlte sich noch immer zu schwer an in meinem Mund, »wenn ich wieder fit bin, werde ich dir so dermaßen eine rein hauen, dass du Sterne siehst.»

Jetzt lachte er richtig. Laut und rau hallte das Geräusch von den leeren Wänden wider und schmerzte in meinen Ohren.

«Wir werden sehen. Ich geb´ zu, du hättest jeden Grund dazu. Aber ich war es, der deinen hübschen Hintern da rausgetragen hat. Vergiss das dabei nicht. Ich, während Fuckboy zur Salzsäule erstarrte.»

Fuckboy. Ich hasste diesen Namen für ihn, denn er war so verdammt viel mehr als das.

«Hasst er mich?», fragte ich nun leiser, während ich an die Decke starrte. Warum fragte ich ihn das überhaupt?

«Fuckboy? Scheiße nein. Der Kerl liebt dich. Dass ihm noch keine rosa Herzen aus dem Arsch fallen, ist auch schon alles. Was mich viel mehr interessiert ist, warum du mich nicht hasst.»

Ja, diese Frage stellte ich mir schon seit unserer ersten Begegnung.

«Weil ich das Gefühl habe, dich zu kennen. Und zwar länger als jeden anderen hier.»

«Ja, Tobes hat viel geredet.» Ace stand auf, öffnete das Fenster und zündete sich eine Kippe an. Mir reichte er auch eine und dazu eine der Tassen, die Luca wahrscheinlich in den letzten Tagen hierher gebracht hatte.

Ach Fuck.

Ich konnte das Keuchen nicht verhindern, das ich von mir gab, als ich mich aufsetzte.

Alles drehte sich, Schmerzen fraßen sich durch jeden einzelnen Teil meines Körpers und mein Schädel pochte wie wild.

Dennoch zog ich an der Kippe, hustete und zog erneut daran.

«Ja, das hat er», erwiderte ich und lehnte mich zurück in die Kissen.

Tobey warf seine Karten auf den Tisch und verschränkte die Hände hinter dem Kopf.

«Ich hasse dich, Whittaker. Du spielst genauso scheiße, wie Free.»

«Free?», fragte ich lachend und sammelte die Karten ein.

«Ja, Free. Der Name passt zu ihm. Er ist frei und das meine ich nicht nur auf den Knast bezogen. War er schon immer. Er macht sein Ding, er lebt jede einzelne Sekunde und schert sich nicht um das, was andere von ihm denken. Und er spielt Karten genauso wie du. Beschissen.»

Lachend warf ich den Kopf in den Nacken und zeigte ihm den Mittelfinger. Tobey besiegte mich jedes verdammte Mal, aber dennoch spielten wir jeden Tag aufs Neue.

«Irgendwann werde ich dich besiegen», sagte ich und begann, die Karten zu verteilen.

«Ja, das hat er auch immer gesagt. Wir werden sehen, er hat ja jetzt genug Zeit zum Üben. Noch genau ein Jahr und neun Monate. Das sollte reichen, um wenigstens ein bisschen besser zu werden.»

Ich übte seit sechs Monaten mit ihm und wurde trotzdem nicht besser. Entweder Tobey beschiss, oder er war wirklich so gut. An manchen Tagen tippte ich auf ersteres. So gut konnte niemand sein.

«Er fehlt mir», sagte Tobey und zwang sich zu einem Lächeln. «Er ist nicht wie andere. Free ist was Besonderes. Du würdest ihn mögen, glaube ich. Ihr seid euch in vielen Dingen ziemlich ähnlich.»

«Ähnlich? Inwiefern?», hakte ich nach und legte die erste Karte. Tobey schüttelte den Kopf und grinste.

«Ihr habt was in euren Augen, keine Ahnung. Irgendwas ist in eurem Blick, dass mich bei dir an ihn erinnert.»

In meinem Blick war nichts, außer Einsamkeit und Dunkelheit. Harry und Rikers hatten mich zerstört. Ohne Tobey an meiner Seite, wüsste ich nicht, ob ich das hier überstehen würde.

Ace Bewegung holte mich aus meinen Erinnerungen.

Er stand noch immer am Fenster und sah nach draußen. Es hatte zu regnen begonnen und der Himmel war von grauen Wolken überzogen.

Ace … Free passte tatsächlich zu ihm.

«Wie spät ist es?»

Ace antwortete, ohne mich anzusehen. «Zu spät für ihn», sagte er leise und bei seinen Worten durchfuhr mich ein schmerzhafter Stich. Ja, es war zu spät. Für ihn und möglicherweise auch für uns.

«Es tut mir leid», flüsterte ich und setzte mich wieder aufrechter hin. «Dass ich ihn nicht retten konnte. Es tut mir leid, Ace. Jeden verdammten Tag.»

Ace atmete tief durch, bevor er sich vom Fenster abwandte und sich zu mir auf das Bett setzte.

«Ich habe dich dafür gehasst, weißt du? Dass du es zugelassen hast, dass sie ihn umbringen. Aber irgendwann ist mir klar geworden, dass du ihn nie hättest retten können. Seit ich dich das erste Mal gesehen hatte, wusste ich es. Dann habe ich die Briefe wieder hervorgekramt. Jeden einzelnen gelesen, immer und immer wieder. Du hättest nichts tun können. Ich habe die Bilder gesehen und … das Video.»

Er schnaubte und vergrub die Hände in seinen Haaren. «Sie haben ein Video von euch gemacht. Die haben das gefilmt, verflucht. Wie sie Tobey umbringen und die Scheiße aus dir rausprügeln. Die haben das gefilmt und gelacht und … als wärt ihr eine beschissene Attraktion oder sowas. Dann haben sie die Bilder gemacht und Pierce hatte sie dort und …»

In diesem Moment wusste ich nur eines. Dieses Video wollte ich niemals sehen. Und dass er es sehen musste … das war schlimmer als jede Folter, die Pierce mir je hätte antun können.

Ich brauchte kein Video, weil noch immer alles in meinem Kopf war. Es war wie ein Film, der niemals endete.

Er startete immer wieder von vorn, jeden verfluchten Tag.

Wir blieben noch eine Weile schweigend auf meinem Bett sitzen, bis mir immer wieder die Augen zufielen und Ace sich erhob.

«Du solltest mit ihm reden», sagte er und wandte sich zur Tür. «Schlaf etwas, atme und dann rede mit ihm.»

Ich sah ihm nach, als er das Zimmer verließ, zog mir erneut die Decke über den Kopf und ließ es zu, dass die Erinnerungen an Tobey mich fluteten.

Ich wusste, dass die Dunkelheit kommen würde, wenn ich zuließ, dass ich mich erinnerte.

Aber auch wenn ich alles vergessen wollte, Tobey nicht. Denn er war das einzig Gute, das ich dort gehabt hatte.

KAPITEL 30
LUCA

Immer wieder blickte ich über meine Schulter, als ich das Kleingeld einwarf und die Nummer des Pflegeheims wählte. Staton wartete ein paar Schritte entfernt in dem Bulli. Ich musste wissen, ob es ihr gut ging.

Eine der Schwestern nahm ab und ich hätte beinahe angefangen zu weinen.

«Und alles klar?», fragte Staton, als ich ein paar Minuten später zu ihm in den Wagen stieg und er losfuhr.

«Ihr geht es gut.»

Mary lebte noch und ihr ging es den Umständen entsprechend. Das war mehr, als ich mir zu hören erhofft hatte.

«Okay, dann nichts wie zurück. Mit dem Wagen herumzufahren ist nicht besonders klug.»

Nein, das war es definitiv nicht. Wir hatten zwar die Nummernschilder getauscht, aber es war trotzdem gefährlich.

Dennoch hatten wir keine Wahl gehabt, wir brauchten Lebensmittel und Kleidung. Ace und Keith hatten nichts dabei und mussten die letzten Tage Sachen von uns tragen.

Außerdem brauchten wir Munition. Pierce und seine Leute würden kommen. Wir wussten zwar nicht wann, aber es würde passieren. Möglicherweise heute, vielleicht auch erst in ein paar Tagen oder Wochen.

Ich hatte darauf bestanden, Staton zu begleiten. Caden schlief seit Tagen und ich ertrug es nicht, dass er mich nicht bei sich haben wollte.

Staton lenkte den Wagen auf den schmalen Waldweg und ich war froh, als wir vor dem Haus hielten.

Cole saß vor der Tür und stand auf, als er uns kommen sah.

«Gab es Schwierigkeiten?», fragte er, als wir ausstiegen und den Kofferraum öffneten.

«Nein, alles ruhig», antwortete Staton und reichte ihm eine Kiste. Es hatte zwei Orte und mehrere Läden gebraucht, bis wir alles zusammen hatten. Zum Glück hatten Cole auch Bargeld in seiner Hütte versteckt, womit wir das alles finanzieren konnten.

Ich griff mir einige der Tüten und Staton nahm den Korb mit den Lebensmitteln.

«Shit, endlich!», rief Keith und kam auf uns zu. Doch anstatt mir die Tüten abzunehmen, sah er nur hinein und ließ dann enttäuscht die Hände sinken. «Ich bin am Verhungern, bitte sagt mir, dass ihr was zu essen dabei habt?»

Ich verdrehte die Augen und ließ die Tüten auf den Boden fallen.

«Ich hab Klamotten für dich.»

Keith winkte nur ab und riss Station beinahe den Korb aus den Händen.

« Ich brauche was zu essen, nichts zum Anziehen. Ich hab doch was an.»

Er schien gefunden zu haben, wonach er suchte. Denn jetzt lehnte er grinsend an der Theke und biss von einem Apfel ab. Er trug einen Hoodie und eine Jeans von Caden und er schien geduscht zu haben, denn die blonden Haare fielen ihm nass in die Stirn.

«Wo ist Ace?», erkundigte sich Station und fing an, die Einkäufe in die Schränke zu räumen.

Keith deutete nach draußen. «Ich glaube, dein Kerl hat ihm den Tag versaut. Er war oben und kam irgendwann super mies gelaunt wieder runter und hat sich direkt nach draußen verzogen.»

Caden war wach?

«Bin sofort zurück», murmelte ich, ließ Keith und Staton stehen und trat nach draußen zu Ace.

«Wie geht es ihm?»

Ace hockte auf dem Boden, hielt eine Zigarette in der Hand und starrte in den wolkenverhangenen Himmel.

Er hat geweint, dachte ich, als ich seine roten Augen bemerkte, unter denen dunklen Schatten lagen.

Er sah wirklich beschissen aus. Die schwarzen Haare standen ihm wild vom Kopf, er hatte sich seit Tagen nicht rasiert und stank.

«Du brauchst dringend eine Dusche, weißt du das?»

«Wozu? Ist doch eh alles vorbei.»

Okay, wenn Ace so etwas sagte, war das nicht gut. Er war normalerweise derjenige, der immer einen kühlen Kopf bewahrte und dem irgendwie alles egal zu sein schien.

«Geht es um Tobey?», fragte ich und zündete mir selbst auch eine Zigarette an.

«Es geht immer um Tobes», gab er zurück und schnipste seinen Filter weg.

«Ist Caden wach?»

«Keine Ahnung. Vorhin war er es. Zumindest, bevor er die Pillen geschluckt hat. Jetzt wahrscheinlich nicht mehr. Du solltest zu ihm gehen.»

Ja, das wollte ich. Meine Gedanken kreisten nur um ihn, den ganzen Tag über.

«Er will mich nicht sehen», gestand ich leise und senkte den Blick. Ich konnte ihn nicht dazu zwingen, mich um sich zu haben. Wenn Caden mich nicht in seiner Nähe wollte, dann musste ich das akzeptieren.

«Geh einfach zu ihm, verdammt. Ihr seid hier. Ihr beide. Ihr lebt noch. Wenn ich die Chance hätte, Tobes noch einmal zu sehen, würd' ich den Teufel tun, darüber auch nur nachzudenken. Also verdammt nochmal, lass dir Eier wachsen und verfrachte deinen Arsch nach oben!»

Meine Stirn lehnte an der kühlen Holztür, während ich mir Eier wachsen ließ.

Es gefiel mir nicht, aber Ace hatte Recht.

Niemand wusste, was uns noch erwarten würde und ich glaubte, sein verbaler Arschtritt hatte mir die Augen geöffnet.

Meine Angst, von Caden abgewiesen zu werden, war so groß, dass ich ihm nicht die Chance geben wollte, es überhaupt zu versuchen.

Ohne noch weiter darüber nachdenken zu können, öffnete ich die Tür. Caden lag im Bett, die Decke bis über den Kopf gezogen.

Leise schloss ich sie hinter mir, streifte meine Schuhe ab und setzte mich zu ihm auf die Matratze.

Ich ließ ihm Zeit, blieb nur dort sitzen und wartete.

Es dauerte, aber irgendwann rutschte er ein Stück zur Seite und hob die Decke an.

Er ließ es zu, dass ich zu ihm darunter kroch und er sperrte das Licht aus, als er die Decke um uns legte.

Ich wollte ihm Raum geben, da sein, falls er mich brauchte und ihn halten, wenn er es mir erlaubte.

«Du bist gegangen», sagte er nach einer Weile, heiser in die Stille hinein.

«Weil du mich fortgeschickt hast», gab ich zurück und spürte, wie mein Herz mit jedem Atemzug schneller schlug.

«Du hast versprochen, nicht zu gehen, auch wenn ich dich fortschicke.»

Verdammt, Cady.

Ich wusste nicht, wie oft ein Herz für einen anderen Menschen brechen konnte. Aber meines brach in diesem Moment ein weiteres Mal für ihn.

«Es tut mir leid», flüsterte ich und kämpfte gegen das Brennen hinter meinen Lidern an. «Ich … ich hatte Angst, Cady. Davor, dass du mich verlassen würdest. Weil ich versagt habe, da drin. Ich konnte mich nicht bewegen, mein Körper war wie erstarrt und als wir dich dort fanden …»

Meine Stimme brach, während heiße Tränen mein Gesicht benetzten. Ich hatte versagt, in dem Moment, wo er mich am meisten gebraucht hatte.

«Ich … scheiße. Ich lieb´ dich, Richkid. Verdammt und wie. Du bist der Grund, warum ich da drin nicht verreckt bin.»

Herzstillstand.

Für ein paar Sekunden, da war ich mir sicher, hörte mein Herz auf zu schlagen. Nur um dann in einer rasenden Geschwindigkeit seinen Dienst wieder aufzunehmen.

Mit den Fingerspitzen tastete ich nach seinem Gesicht, legte sanft meine Hand in seinen Nacken und küsste ihn.

KAPITEL 31

CADEN

Er küsste mich, wie er mich noch nie zuvor geküsst hatte.

Mein Brustkorb fühlte sich an, als würde er jeden Moment explodieren.

Ich hatte es ihm gesagt, zumindest so, wie ich es ihm sagen konnte.

Die Worte waren einfach aus mir herausgeplatzt, ohne dass ich etwas dagegen hätte tun können.

Seine Zunge glitt in meinen Mund und endlich schmeckte ich wieder dieses Gefühl, welches mir so sehr gefehlt hatte.

Ankommen.

Wenn ich Luca unter meinen Fingern spürte, sein Geruch mich einhüllte und sein Geschmack mich um den Verstand brachte, dann wusste ich, ich war angekommen. Es war wie zuhause sein bei ihm.

Meine Hände legten sich um sein Gesicht und ich zog ihn noch dichter zu mir heran. Zum ersten Mal hatte ich das Gefühl, ihm nah sein zu wollen. Näher als alles, was wir bisher gehabt hatten.

Er ließ mich vergessen und mit jedem weiteren Kuss half er mir dabei, ein kleines Stückchen mehr zu heilen.

«Zieh das aus», sagte ich und zupfte an seinem Pullover.

Diesmal sorgte er sich nicht, tat genau das, was ich von ihm verlangte.

«Und jetzt die Hose.»

Er zögerte, für einen kurzen Moment, doch dann schob er sich diese herunter und ich spürte seinen harten Schwanz an meinem Bein.

Ich selbst trug nur eine weite Boxershorts und es war nicht schwer, diese loszuwerden.

Meine Hände legten sich um seinen Arsch und ich verfluchte die Schiene, welche der Arzt mir für meinen gebrochenen Finger verpasst hatte.

Schweiß hatte sich auf unserer nackten Haut gebildet, weil wir immer noch unter der Decke lagen. Aber ich wollte ihn sehen, musste sicher sein, wer mir so nah war.

Also schob ich die Decke herunter und er trat sie zur Seite.

Sein Blick glitt über meinen Körper, bis er wieder mein Gesicht ansah.

«Scheiße, ich will dich. Aber ich kann nicht, ich kann mich kaum bewegen.»

Er küsste mich ein letztes Mal, bevor seine Wärme verschwand und er aus dem Bett kletterte.

«Du brauchst dich nicht bewegen», raunte er, als er mit zwei silbernen Tütchen zurückkam.

«Du hast ernsthaft Kondome und Gleitgel dabei?»

Er zuckte grinsend mit den Schultern. «Ich wollte auf alles vorbereitet sein, als wir aus der Wohnung raus sind.»

«Auf alles, ja?»

«Auf alles, Cady.»

Seine Hände legten sich an meine Schultern und sanft drückte er mich zurück auf die Matratze. Ich beobachtete ihn, als er ein Bein über meinen Körper schwang und sich über mich hockte.

«Ich werde dich nicht anfassen», flüsterte er, als er bemerkte, dass ich die Luft anhielt.

Er nahm meine Hand in seine und legte sie an meinen Schwanz. Und fuck, ich wäre beinahe gekommen als er das Gleitgel auf meinen Schwanz und seiner Hand verteilte und anfing, sich selbst zu dehnen.

Seine andere Hand wichste sich, während er über mir hockte und mich dabei ansah.

«Bereit?», fragte er leise und ich nickte. Ich war sowas von bereit.

«Heilige Scheiße», fluchte ich, als er sich langsam auf meinem Schwanz niederließ und mich in sich aufnahm.

Ich krallte meine Finger in seinen Oberschenkel und biss mir auf die Unterlippe, um mich nicht sofort in ihm zu versenken.

Diese Position, in der er saß, fühlte sich anders an. Anders und verdammt gut.

Er hielt sein Wort und fasste mich nicht an, als er sich ganz auf mich sinken ließ und dann begann sich zu bewegen.

«Verdammt Cady», stieß er hervor und beschleunigte sein Tempo.

In diesem Augenblick vergaß ich alles. Es gab nur uns. Ihn und mich und diesen verflucht guten Fick.

Ich legte meine Finger um seinen Schaft und begann ihn zu pumpen, passte das Tempo seinen Bewegungen an und genoss. Ich genoss es, nur wir zu sein.

«Härter und … schneller», knurrte ich und wichste ihn noch stärker.

Und dann kam er, sein Sperma auf meinem Bauch gab mir den Rest und ich folgte ihm.

Das hier war wie das Wunderland, nur ohne Drogen.

«Was wünscht du dir mehr, als alles auf der Welt?», fragte Luca in die Dunkelheit hinein, während mein Kopf an seiner Schulter ruhte und seine Finger durch mein Haar strichen.

«Dass ich es rückgängig machen kann», hauchte ich. Ich würde es rückgängig machen, wenn ich könnte.

«Tobeys Tod?»

Langsam schüttelte ich den Kopf, denn ich würde viel früher ansetzten. Sehr viel früher.

«Alles. Dass Mom Harry kennenlernt und … ohne es zu wissen mein Leben zerstört.»

Ein stechender Schmerz breitete sich in meiner Brust aus und zog sich durch meinen gesamten Oberkörper. Wenn ich die Wahl hätte, würde ich all das rückgängig machen wollen. Weil sie dann noch da wäre, weil ich Harry dann nie hätte kennenlernen müssen und Liam nie mein großer Bruder geworden wäre.

Ich kniff meine Augen zusammen und versuchte, den Schmerz zurückzudrängen.

Es war etwas anderes, als bei Tobey oder Liam. Dieser Schmerz war schlimmer. Er ging tiefer und war doch nie richtig greifbar.

«Ich …», setzte ich an, doch brachte die Worte nicht über mich.

«Warte», flüsterte Luca, griff nach der Decke und zog sie uns über den Kopf.

Allein diese Geste machte es etwas erträglicher.

«Ich kann mich nicht an sie erinnern. So sehr ich es auch versuche, ich schaffe es einfach nicht. Ich weiß, wie sie aussieht. Aber nur von einem Bild, das noch in meinem Zimmer liegt. Es ist alles, was mir noch von ihr geblieben ist.»

So sehr ich es auch versuchte, ihr Gesicht war in jeder meiner Erinnerungen verschwommen. Wenn sie mir im Traum begegnete, war sie nie wirklich greifbar.

Warum konnte ich sie nicht sehen, Calvin und die anderen dafür aber so deutlich?

Warum hörte ich seinen Atem in meinem Ohr, während er diese Dinge tat und sie blieb immer verschwommen?

«Ich will das Bild zurück, Luca. Wenn ich mich schon nicht an sie erinnern kann, dann will ich wenigstens dieses eine Bild. Alle anderen hat Harry, aber das nicht. Es gehört mir.»

Seine Finger verharrten und dann spürte ich seine Lippen, die sich auf meinen Scheitel legten.

«Wir werden es dir zurückholen, Cady», sagte er und es klang wie ein Versprechen.

Ich wollte ihm glauben, wollte es wirklich, aber wie?

«Ich verspreche es dir.» Luca legte einen Finger unter mein Kinn und küsste mich. Es war ein kurzer Kuss, ein *ich-verspreche-es-dir-Kuss*.

«Okay», meinte ich nur, obwohl ich es so sehr hoffte.

Sie hatten mir alles genommen, sie alle. Doch diese eine Sache, die letzte Erinnerung an Mom, die sollten sie nicht auch noch bekommen.

KAPITEL 32
LUCA

Es ist zu still, dachte ich, als ich von meinem Platz aus in den Wald sah.

Pierce und seine Leute hatten nichts mehr von sich hören lassen, seit wir Caden aus diesem Kellerloch geholt hatten.

«Irgendwas stimmt da nicht», erklang Keiths Stimme hinter mir.

«Nein, irgendwas stimmt da ganz und gar nicht», stimmte ich ihm zu und zog an meiner Zigarette.

Er ließ sich neben mir auf die Stufe sinken und zündete sich einen Joint an.

Woher zum Teufel hatte er all das Gras? Seit wir zusammen unterwegs waren, hatte er immer mal wieder einen Joint in der Hand.

«Hast du ein verdammtes Gewächshaus in deiner Tasche?»

«Nein, aber ich hatte gerade eingekauft, als ich zu euch gestoßen bin. War eigentlich nicht alles für mich, aber …», er zuckte mit den Schultern, «bevor es schlecht wird.»

Ja, klar. Wer kennt es nicht, das Problem mit dem Gras und dem Haltbarkeitsdatum.

Ich hasste dieses Zeug und noch mehr hasste ich es, dass er Caden daran teilhaben ließ.

Konnte er den Mist nicht nur für sich rauchen? Oder noch besser, gar nicht?

«Ich hab' kein gutes Gefühl», sagte ich und drückte meine Zigarette am Boden aus.

Es war die letzten Tage beunruhigend ruhig gewesen und das gefiel mir nicht. Pierce würde nicht aufhören, bis er Caden gefunden hatte. Warum sollte er ausgerechnet jetzt untertauchen?

«Ich auch nicht. Wir sollten von hier verschwinden, oder uns die Schweinehunde zuerst holen. Beides wäre eine Option.»

Ich wollte nichts davon.

Hier fühlte es sich sicher an und ich mochte es. Den Wald um uns herum, die Stille und die Ruhe.

Hier fühlte ich mich wohl.

«Und Caden währenddessen allein hier zurücklassen?» Das konnte ja wohl nicht sein Ernst sein.

«Ich brauche keinen Babysitter», erklang plötzlich Cadens Stimme hinter uns.

Ich zuckte zusammen, während Keith träge zu ihm aufsah und ihm den Joint reichte.

Für einen Moment zuckte Cadens Blick zu mir, bevor er ihn schließlich entgegen nahm und daran zog.

Noch immer sah er ziemlich mitgenommen aus. Die Blutergüsse hatten sich dunkel verfärbt, einige andere wurden langsam grünlich.

In zwei Wochen würde er noch einmal zum Arzt müssen, um seinen gebrochenen Finger kontrollieren zu lassen. Allerdings zweifelte ich daran, dass er wirklich vorhatte, diesen Termin wahrzunehmen.

«Hast du Wache?», fragte er nun und gab Keith den Joint zurück. «Ich dachte, wir könnten ein bisschen spazieren gehen.»

Keith machte eine scheuchende Handbewegung, die mir signalisierte, dass er für mich übernahm.

Also stand ich auf und folgte Caden um die kleine Hütte herum.

«Dürfen wir das überhaupt?», wollte ich wissen, als wir auf einen schmalen Waldweg abbogen, der direkt von dem verwilderten Garten abging.

«Wer soll es uns verbieten? Wir sind keine Gefangenen. Nicht mehr», setzte er leise hinterher und schob die Hände in die Taschen seiner Sweatjacke.

Nein, wir waren keine Gefangenen. Aber warum fühlte es sich dennoch so an?

«Wie geht es dir, Cady?»

Wir passierten einige umgekippte Bäume und gingen immer tiefer in den dichter werdenden Wald hinein.

Hier gab es nichts, bis auf diesen Wald. Die nächste Straße erreichte man nur über den Weg, der direkt zu der Hütte führte.

«Beschissen», gab er nach einer Weile zu, blieb stehen und setzte sich auf einen Baumstamm, der von dunkelgrünem Farn umgeben war. «Aber hier ist es so anders. Als wären wir gar nicht mehr in Chicago. So sollten wir leben, wenn all das vorbei ist.»

Ich hörte seine Worte nicht mehr, denn sie gingen unter in einem Gefühl aus Euphorie und dem Wummern meines Herzens.

Er hat WIR gesagt.

«Warum guckst du so komisch?», fragte Caden nun und verengte die Augen.

Tat ich das? Keine Ahnung, ich war gerade nur glücklich.

«Verdammt, du rastest gerade aus, oder? Wehe du schreist oder springst hier rum wie ein aufgekratztes Schulmädchen.»

Anstatt ihm darauf zu antworten, legte ich meine Hände um sein Gesicht und küsste ihn.

Er zuckte kurz zusammen, bevor ich das Zucken seiner Mundwinkel an meinen Lippen spürte.

«Ich ersticke, Babe», nuschelte er irgendwann und schob mich von sich.

Ich versuchte mich cool zu geben, strich meine Haare zurück und … verdammt. Ich konnte nicht cool bleiben.

Caden musterte mich einen Moment, bevor sein heiseres Lachen durch den Wald hallte.

«Scheiße, ich sag nie wieder was», meinte er und lachte noch lauter.

Es tat so gut, nach dem ganzen Stress sein Lachen zu hören. Diese ansteckenden, leicht kratzigen Laute, die mein Herz mit Glück füllten und mich für den Augenblick alles andere vergessen ließen.

«Vielleicht sollten wir Cole umlegen, dann könnten wir hier einziehen», schlug ich vor und er lachte noch mehr.

«Ganz ehrlich, Richkid, ich glaub diese ganze Action und so, die tut dir nicht gut.»

Wie recht er doch hatte. Aber im Moment, da war es in Ordnung.

«Ich werde noch zum richtigen Gangster wegen euch.»

Caden sah mich an, stand auf und kam auf mich zu. Plötzlich hob er seinen Pulli an und zog ihn mir über den Kopf.

«Bitte bleib genau so, wie du bist», flüsterte er und küsste mich. «Ich würde es nicht ertragen, wenn mein Shit dich verändert. Du holst mich runter und bist das verdammte Licht, wenn alles dunkelschwarz wird. Bleib mein Licht, Luca. Bitte.»

Mehr als ein zustimmendes Nicken brachte ich nicht zustande. Aber mehr brauchte er auch nicht, hier in diesem Augenblick, unter dem türkisen Stoff seines Hoodies.

KAPITEL 33
CADEN

Schwarz.

Alles um mich herum war schwarz. Komplette Dunkelheit überall.

Ich schaffte es, meine Augen zu öffnen und erkannte, dass ich im Wasser war. Ein See, oder Meer?

Es war zu dunkel, um das genau ausmachen zu können.

Mit den Armen und Beinen versuchte ich, an die Oberfläche zu gelangen, doch immer, wenn das Licht ein Stückchen näher kam, wurde ich erneut zurück in die Tiefe gezogen.

Mein Mund öffnete sich, ich wollte schreien, doch stattdessen drang Wasser in meinen Mund und meine Nase.

Shotguns Lachen drang an meine Ohren, erneut presste er mir ein Tuch auf das Gesicht und flutete es.

Plötzlich war ich nicht mehr im Wasser, nein, ich lag wieder auf der Liege in dem Keller. Auch wenn ich ihn nicht sehen konnte, selbst wenn ich sein Lachen nicht hören würde, seinen Gestank erkannte ich überall wieder.

«Nein!», brüllte ich, trat mit dem Fuß aus und traf. Ich hörte ein Keuchen und schlug um mich.

«Caden!»

«Nein! Geh weg! Nein!»

Etwas legte sich um meine Brust und engte mich ein. Ich erstickte, konnte nur noch keuchen und würgen.

Ich schüttelte meinen Kopf, brauchte meine ganze Kraft, um mich zu wehren und war doch nicht stark genug.

Er war stärker. Sie waren immer stärker.

Ich würde verlieren, ertrinken und sterben.

«Caden!», brüllte er erneut, während der Druck auf meiner Brust zunahm.

Blanke Panik erfüllte mich und riss mich immer tiefer mit sich. Plötzlich war ich wieder im Wasser und bei jedem Atemzug füllte sich meine Lunge mehr und mehr mit dieser eisigen Kälte.

Und dann war da nur noch Schmerz. Ein beißender Geruch stieg mir in die Nase, verbrannte mich von innen heraus und tat weh. Verdammt, es tat so weh.

«Caden!»

Panisch riss ich die Augen auf und sah direkt in ein paar graue, schockgeweitete Augen.

Ich wollte auf ihn losgehen, doch immer noch lag etwas um meine Brust und hielt mich gefangen.

«Caden, du bist in Coles Hütte. Der Keller ist vorbei, du bist hier.»

Ace.

Er gehört zu ihnen. Er will mich umbringen!

«Nein!», flehte ich verzweifelt. «Bitte nicht! Ich will nicht … ich kann nicht mehr.»

Der Druck verstärkte sich, presste mich zusammen und ließ mir keine Chance, mich zu befreien.

«Caden ich bin es. Ace. Hörst du mich? Komm schon, sag mir, was du siehst!»

Ace, Ace, Ace.

Ich wollte nichts sehen, presste die Augen zusammen und schüttelte den Kopf. Nein, ich wollte es nicht noch einmal sehen müssen.

«Was hörst du, Caden?», erklang eine vertraute Stimme. Zu vertraut.

«Dich … Vögel … mein Herz …»

«Dort gab es keine Vögel. Du bist nicht mehr dort. Dreh deinen Kopf, sieh aus dem Fenster.»

Ich brauchte Zeit, aber schließlich schaffte ich es, die Augen zu öffnen und dann sah ich ihn. Den Wald vor dem Fenster und die Sonne. Dort gab es keine Sonne, sondern nur flackernde Neonröhren.

«Kann ich dich loslassen?», fragte Ace außer Atem und ich spürte seinen rasenden Herzschlag an meinem nackten Rücken. *Ace … er war hier. Mit mir. Er hatte mich gerettet und …*

«Warst du das?», fuhr ich ihn an und wehrte mich gegen seinen festen Griff. «Das mit dem scheiß Ammoniak?!»

«Okaaay, also wohl eher nicht»

«Lass mich los, oder ich polier dir die Fresse.»

Ace´ Griff lockerte sich, ich riss mich los und stürmte ins Bad.

Mein Blick fiel auf das Messer, welches vor dem Spiegel lag.

Jemand musste es dort liegen gelassen haben, einfach so. Nur für mich.

Wie von selbst schlossen sich meine Finger um den Griff und hunderte Möglichkeiten spielten sich vor meinen Augen ab.

Es wäre nur ein Schnitt, ein Stich und ein kurzer Schmerz. Ich könnte frei sein. Frei von all dem Schmerz, den Erinnerungen und dem Leid.

Ich hob es an, ließ die Klinge über meine Haut fahren und dann stach ich zu.

Der Spiegel vor mir zerbrach, mein Gesicht splitterte und zeigte mich endlich genau so, wie ich mich sah.

Zersplittert, zerbrochen, kaputt.

Die Tür wurde aufgerissen, doch ich zuckte nicht einmal zusammen.

«Cady», kam es zitternd über seine Lippen. «Ich bin es, Luca. Du bist hier, bei uns.»

Schwer atmend sah ich ihn an, Luca ... seine Augen ... diese Stimme. «Luca?»

Er nickte erleichtert und wischte sich über das Gesicht.

Luca ... er war gut. Er gehörte zu mir.

Meine Wut verrauchte und das Messer fiel mir aus der Hand. Ich stolperte nach vorn und ließ meine Stirn gegen seine Brust sinken.

«Halt mich fest», krächzte ich, weil ich das Gefühl hatte, auseinanderzufallen.

Nur zögerlich hob er seine Arme, als wüsste er nicht, wozu sie gut waren.

«Verdammt, halt mich fest! Mach, dass es aufhört!», schrie ich und wollte zurückweichen, doch da schloss er seine Arme um mich und drückte zu. Fest und dann noch fester.

Bis es weh tat.

Hinter mir fiel eine Tür ins Schloss und ich begann zu schreien.

Luca hielt mich, während ich schrie und mir Tränen über das Gesicht rannen.

Meine Beine gaben nach, er fing mich auf, aber ließ nicht los. Er hielt mich, Minuten oder Stunden, während ich verzweifelt versuchte, zu überleben.

KAPITEL 34
KEITH

Ich hörte Caden schreien, ließ mich an der Wand zu Boden rutschen und presste mir die Hände auf die Ohren.

Er war mir wichtig und ihn so am Boden zu sehen war schlimm.

Richtig schlimm.

Jemand setzte sich neben mich, seine Schulter berührte meine und ich brauchte nicht aufzusehen, um zu wissen, wer es war.

Ace.

Immer wieder Ace.

Ich ließ meinen Kopf nach vorn fallen und verschränkte meine Finger im Nacken.

Oben war es still geworden, Caden hatte aufgehört zu schreien.

Wäre Luca nicht bei ihm gewesen, hätte ich mir Sorgen gemacht.

Caden hatte so viel durch, dass ich mir nicht sicher war, wie lange er das noch aushalten konnte.

«Wir müssen etwas unternehmen», sagte Ace und reichte mir eine Kippe.

Sie glühte bereits, weil dieser verfluchte Kerl keine Distanz kannte.

Dennoch schob ich sie zwischen meine Lippen und zog daran.

Ich brauchte etwas, woran ich mich festhalten konnte.

In der letzten Zeit hatte sich mein Leben komplett verändert.

Von null auf hundert in weniger als einer Woche.

«Und wie?», fragte ich, vermied es aber, ihn anzusehen.

In seiner Gegenwart war eh alles schon komplett wirr, da brauchte ich nicht auch noch seine fucking blauen Augen, die alles nur noch schlimmer machten.

«Ich hab was mitbekommen, als ich für ihn gearbeitet habe. Er wollte einen Laptop, der in der Wohnung von dem Anwalt liegen soll. Wir waren da, haben ihn gesucht aber nichts gefunden. In der Kanzlei war er auch nicht. Aber Pierce war sich sicher, dass er in dieser Wohnung ist. Keine Ahnung was drauf ist, aber er wollte ihn unbedingt. Der USB- Stick von Staton war nutzlos. Aber dieser Laptop …»

«Dann brauchen wir ihn zuerst», stellte ich fest. «Wenn es etwas gibt, womit wir ihn dran kriegen, müssen wir es versuchen. Ich … ich hab Angst, dass er nicht noch länger durchhält.» Den letzten Satz sagte ich so leise, dass ich sicher sein konnte, dass sie mich in dem Zimmer über uns nicht hören konnten.

«Tja, Blondie. Genau das sollte unser Plan sein.»

Blondie … wie sehr ich es hasste.

«Halts Maul, Ice Ice Baby.»

Ace lachte leise und schüttelte den Kopf, bevor seine Hand auf meinem Oberschenkel landete. «Du nennst mich Baby, bevor meine Hand an deinem Arsch war? Tz, tz, tz, bist ganz schön überzeugt von dir.»

Moment …was?

Schnaubend wischte ich seine Hand zur Seite und rückte von ihm ab. Der Kerl litt eindeutig an Größenwahnsinn. Niemand konnte so ein Ego haben, ohne dass ernsthaft etwas bei ihm nicht stimmte.

«Du bist widerlich», zischte ich und stand schließlich auf.

Grinsend folgte er mir und zuckte mit den Schultern.

«Ja, wahrscheinlich bin ich das. Aber was hab' ich zu verlieren? Alles, was ich je geliebt habe, wurde mir genommen. Ich hab nichts, was mir noch genommen werden könnte. Rein gar nichts. Also warum sollte es mich kümmern, was andere von mir halten?»

Wenn er jetzt noch anfing zu heulen, war ich vielleicht versucht, ihm zu glauben.

Doch sein Blick verriet mir, dass es ihm nicht so egal war, wie er es gern hätte.

Aber ich war eindeutig der falsche Ansprechpartner für so einen emotionalen Shit. Er hatte niemanden?

Tja, damit bekam er bei mir keine Mitleidspunkte. Ich wusste, wie es war, allein zu sein.

Meine Familie waren Jaro und die Jungs.

Sie mochten nicht die besten Menschen sein, aber sie waren immer da. Auf sie konnte ich mich verlassen, wenn es ernst wurde.

Fuck … ja. Auf sie konnte ich mich verlassen.

«Komm mit.»

Warum hatte ich nicht schon eher daran gedacht, fragte ich mich und zog Ace hinter mir her ins Wohnzimmer.

«Ich habe eine Idee», verkündete ich, als wir den Raum betraten.

Cole deutete zur Vordertür und wir folgten ihm. Auch er musste Caden gehört haben, so wie wahrscheinlich jeder im Umkreis von fünfzig Metern.

Staton saß draußen und sah auf, als wir zu ihm auf die Terrasse traten.

«Es gibt einen Laptop, er ist irgendwo in der Wohnung und Pierce will ihn haben», begann ich und ließ mich neben Staton auf die Stufe sinken.

«Was für einen Laptop?», wollte Cole wissen und setzte sich daneben.

Ace erzählte ihnen davon, während der Plan in meinem Kopf weiter reifte.

«Dann brauchen wir ihn zuerst», sagte Staton und ich nickte.

«Genau und ich hab auch schon eine Idee, wie wir ihn bekommen, ohne dass Pierce weiß, wo wir sind.»

Ace lachte auf, hockte sich an die Wand und zündete sich eine Kippe an. «Dann lass mal hören, Blondie.»

Ich ignorierte seinen Kommentar und versuchte meine Gedanken in Worte zu fassen. Wenn zu viel los war in meinem Kopf, fiel es mir manchmal schwer, das alles zusammenzubekommen.

«Ich kenne ein paar Leute, die uns helfen können.»

«Nein», warf Ace ein, ohne mich aussprechen zu lassen. «Ich kann mir denken, auf wen du hinaus willst und ich sage nein.»

Er sagte nein? Hatte ich hier etwas nicht mitbekommen? War er jetzt unser neuer Big Boss?

«Was für Leute?», erkundigte sich Cole.

«Leute von früher. Caden kennt sie auch, er hat mit ihnen in Chicago gesessen.»

Staton fuhr sich mit einer Hand über das Gesicht und atmete tief durch. Jaro und die Jungs mit ins Boot zu holen würde riskant werden, aber welche Wahl hatten wir? Uns für den Rest unseres Lebens hier zu verstecken? Das war doch keine Option.

«Noch mehr Ex-Knackis? Ernsthaft? Das wird uns nur Probleme machen.» Ace schnaubte und in meiner Faust begann es zu zucken. Er war ja so viel besser als wir. Als professionelle Auftragskiller GmbH oder was auch immer er war.

Ich warf ihm einen finsteren Blick zu, den er mit einem Luftkuss erwiderte. Scheiße … dieser Typ.

«Schluss damit», meinte Staton genervt und verdrehte die Augen. «Also, wie sieht der Plan aus?»

KAPITEL 35

LUCA

Fassungslos starrte ich Keith an, der Caden und mir soeben den Plan erklärte.

«Könnte funktionieren», sagte Caden und ich zweifelte ernsthaft an seinem Verstand.

Das könnte mit Sicherheit nicht funktionieren. Alles an diesem Plan war totaler Mist. Angefangen damit, dass wir diesen Jaro, der bei jedem von Cadens Abstürzen dabei gewesen war, dazu brauchen würden.

«Ich treffe mich später mit ihnen unten bei den Anlegern», sagte Keith.

«Ich komme mit.»

Was? Entsetzt sah ich Caden an, weil ich nicht glauben wollte, dass er das gerade ernsthaft gesagt hatte.

Er bemerkte meinen Blick, aber ignorierte ihn. *Dieser Sturkopf …*

«Okay, wir fahren sobald es dunkel genug ist und wir nehmen das Motorrad.»

«Was?!», rief Ace und hielt inne. Er war gerade dabei, sich ein Sandwich in den Mund zu stopfen, verharrte aber in der Luft und musterte die beiden ungläubig.

«Ihr könnt nicht meine Maschine nehmen», warf er ein, doch Keith lachte bloß.

«Ach nein? Und warum nicht?», wollte er wissen und zog fragend eine Augenbraue hoch.

«Weil ... es meine ist. Ich will nicht, dass ihr damit fahrt. Außerdem ... habt ihr überhaupt einen Führerschein?»

Das war sein Argument? Ein verfluchter Führerschein? Kopfschüttelnd sah ich ihn an, doch er zuckte nur mit den Schultern.

«Dann wäre das ja geklärt», meinte Caden und ließ sich auf das Sofa sinken.

Seine Bewegungen waren noch immer schwerfällig und auch wenn er es nie zugeben würde, war ich mir sicher, dass er Schmerzen hatte.

Er war seit seinem Zusammenbruch gestern wach. Jedes Mal, wenn er beinahe eingeschlafen wäre, hatte er sich krampfhaft wachgehalten.

Er zuckte bei lauten Geräuschen zusammen, wenn er duschen ging, sperrte er sich stundenlang im Bad ein und kam anschließend mit roten Augen und wunden Knöcheln wieder heraus. Ob er seine Faust gegen die Wand schlug, um es zu ertragen? Verletzte er sich selbst?

Einmal hatte ich versucht, ihn danach zu fragen, doch er hatte mich abgeblockt.

Es war seltsam zwischen uns. Auf eine Art waren wir uns näher als je zuvor und doch fühlte es sich an, als läge ein ganzer Ozean zwischen uns.

«Ich werde alles vorbereiten», grummelte Cole und verschwand nach draußen.

Staton folgte ihm seufzend, denn auch ihm schien der Plan nicht zu gefallen.

Dieser Jaro und seine Jungs sollten Pierce ablenken, während wir die Wohnung durchsuchten. Anschließend sollten sie Pierce′ Leute dazu bringen, ihnen zu folgen, sodass wir alle sie überwältigen konnten.

Ich wollte niemanden überwältigen, ich wollte nur, dass es endete. Das schienen die anderen zu wissen, denn sie hatten mich nicht noch einmal dazu gezwungen, auf Dosen zu schießen oder mir eine Waffe auszusuchen.

Die Stimmung war verändert. Es lag eine Anspannung in der Luft, die beinahe greifbar war. Jeder wollte es hinter sich bringen und diese Nacht überleben.

Pierce war untergetaucht und diese Ruhe machte mir Angst.

Wir würden versuchen, die Stromverbindung in dem Gebäude zu unterbrechen und uns so etwas mehr Zeit zu verschaffen. Aber sobald der Strom zurück war, würde Pierce es mitbekommen und dann blieben uns nur noch ein paar Minuten, um aus Liams Wohnung zu verschwinden .

Dafür brauchten wir dann diesen Jaro.

Unser ganzer Plan hing also davon ab, uns auf andere zu verlassen. Tolle Aussichten, wirklich ganz toll.

«Wir werden den Laptop suchen und ihr solltet das mitnehmen, was ihr noch behalten wollt. Keiner weiß, ob ihr die Bude danach noch einmal betreten werdet.» Mit diesen Worten stand Ace auf und ging zur Vordertür. Doch bevor er nach draußen trat, drehte er sich noch einmal zu uns um.

«Bring ihn hoch», sagte er zu mir. «Er sieht aus, als würde er jeden Moment zusammenklappen. Das können wir uns heute Abend nicht leisten. Wir brauchen diesen Laptop, wenn wir etwas gegen Pierce vom Hals schaffen wollen.»

Er ging und mein Blick zuckte zu Caden. Dieser verdrehte nur die Augen, erhob sich und kam auf mich zu.

«Ich hatte die Nacht Wache und leg mich pennen. Also behaltet eure Schwänze bei euch, oder seid wenigstens leise», meinte Keith, zog sich aus und legte sich in seinen Schlafsack auf einen der Futons.

«Hast du gehört, Richkid? Du musst leise sein, denn ich habe nicht vor, meinen Schwanz bei mir zu behalten.»

Keith lachte auf, als Caden nach meiner Hand griff und mich zur Treppe zog.

Die Aussicht auf mehr mit ihm ließ mich hart werden … verdammt. Er hatte mich in der Hand. Es brauchte ein Wort und ich wollte ihn bespringen wie ein Cowboy sein verfluchtes Pferd.

So ließ ich mich von ihm nach oben führen und in sein Zimmer ziehen.

«Cady», setzte ich an, aber weiter kam ich nicht. Caden presste mich von innen gegen die Tür und zog mir in einer einzigen Bewegung das Shirt über den Kopf.

«Hilf mir, an etwas anderes zu denken», bat er und presste seine Lippen auf meine. Er küsste mich fordernd, seine Zunge glitt in meinen Mund und eroberte ihn.

Ganz automatisch griff ich an den Reißverschluss seiner Sweatjacke und öffnete diesen.

Ohne ihn zu berühren, schob ich sie von seinen Schultern und spürte seine Hände, die sich um meinen Hintern legten.

«Fuck, dieser Arsch», raunte er, riss mir Hose samt Unterwäsche herunter und warf mich aufs Bett.

Er kletterte hinter mich und seine rauen Hände begannen meine Arschbacken zu kneten.

Als ich plötzlich seine Zunge an meinem Loch spürte, konnte ich einen Aufschrei nicht unterdrücken.

«Schttt», zischte er leise lachend. «Du weißt doch, nicht reden. Nur fühlen.»

Und ich fühlte. Verdammt und wie ich fühlte.

Seine Zunge, die sanft meinen pochenden Eingang umkreiste und dann in mich eindrang.

Meine Finger krallten sich in das Laken unter mir, während er mich rimmte.

Seine Hände gruben sich hart in mein Fleisch, seine Schiene kratzte über meine Haut und mit jeder weiteren Minute, die verging, wand ich mich mehr unter ihm.

«Cady bitte», flehte ich, weil ich es kaum noch aushielt. Ich wollte das.

Ihn, dass er mich ausfüllte und genauso nahm, wie er es brauchte.

Im Bett so die Kontrolle abgeben zu können, war wie eine Befreiung.

Er gab mir die Möglichkeit, den Kopf abzuschalten und mich fallen zu lassen.

Seine Zunge verschwand, er verteilte sanfte Küsse auf meiner Haut und meinem Rücken. Sein harter Schwanz glitt zwischen meine Beine und ein Stöhnen entfuhr meinen Lippen.

Caden beugte sich vor und griff in meine Tasche, die vor dem Bett auf dem Boden lag.

«Nur Gleitgel», sagte ich und zitterte, als er verharrte und ich seine Haut an meiner spürte.

«Sicher?», vergewisserte er sich, woraufhin ich nickte.

«Sicher. Wenn du auch ...», gab ich seufzend zurück, als seine Hand über meine Länge glitt.

«Fuck, und wie», knurrte er und ich hörte, wie er das kleine Päckchen aufriss und dann wurde es kalt.

Seine Finger schoben sich zwischen meine Beine und drangen in mich ein.

«Verdammt, Cady», rief ich und warf den Kopf in den Nacken.

Er lachte leise, während er mich dehnte und seine Zähne sich in meinen Rücken gruben.

«Okay?», fragte er, ich nickte und dann war er da. In mir, auf mir, überall und Gott, was hatte ich das vermisst. Diese Nähe zwischen uns, das Gefühl, eins mit ihm zu werden. Es gab nur noch uns zwei. Kein Pierce, keine Verfolger. Vergangenheit und Zukunft wurden zur Gegenwart. Wir wurden zum Jetzt und ich genoss jede Sekunde davon.

«Fuck, ich lieb dich, Richkid. So scheiße sehr», keuchte Caden heiser, während er sich immer wieder in mich rammte.

Mit den Händen drückte er mich tiefer in die Matratze und …

«Gott, ja!», schrie ich, als er meine Prostata traf und ich kam.

«Verdammt», fluchte er, als er ebenfalls kam und sich in mir ergoss. Es fühlte sich anders an ohne Kondom. So viel besser.

KAPITEL 36
CADEN

«Ich liebe dich, Caden. Egal was in der nächsten Zeit noch passiert, ich will, dass du es weißt. Ich liebe dich und wenn die ganze Scheiße hier vorbei ist, dann will ich mit dir in eine verdammte Hütte mitten im Wald ziehen. Ich will mit dir zusammen sein, jetzt und morgen und auch noch in fünfzig Jahren. Vergiss das nicht, bitte.»

Er sagte all diese Worte und zum allerersten Mal machten sie mir keine Angst.

Stattdessen gaben sie mir das, wovor ich mich so lange gefürchtet hatte.

Hoffnung.

Eine Hoffnung, an die ich mich klammerte und die ich nie wieder loslassen wollte.

Weil atmen sich einmal nicht wie eine Qual anfühlte. Weil Leben gerade okay war.

«Niemals», gab ich heiser zurück. «Du weißt es vielleicht nicht, aber du bist meine Brücke ins Licht. Warst du schon, als du in

Liams Wohnung gestolpert kamst und mich angestarrt hast. Du warst es, als ich dort unten festsaß und nicht wusste, ob die Dunkelheit jemals enden würde. Und du warst es auch, jedes Mal, als ich auf diesem verdammten Dach stand und darüber nachgedacht habe, wie leicht es wäre, einfach zu springen. Du warst es in dem Riesenrad und du bist es jetzt. Du bist meine Brücke, Luca.»

Es war seltsam, diese Worte laut auszusprechen und fühlte sich unglaublich befreiend an. Ich hoffte, er vergaß sie nicht, denn noch einmal würde ich es nicht über mich bringen, ihm das zu sagen.

Doch der Glanz in seinen Augen und das Lächeln auf seinem Gesicht zeigten mir, dass er nicht vergessen würde. Niemals. Genauso wie ich.

Ich griff nach seiner Hand und schob meine Finger zwischen seine. Mein Kopf ruhte an seiner Schulter, während wir atmeten. Ich atmete, ohne Plexiglasscheibe und ohne Traumaland.

Ich schreckte auf, als es an der Tür klopfte und Ace seinen Kopf herein steckte. Er war ganz in schwarz gekleidet und ein Grinsen legte sich auf seine Lippen, als er sich lässig in den Türrahmen lehnte und uns ansah.

«Was willst du?», murrte ich und vergrub mein Gesicht an Lucas Brust.

«Wir müssen bald los. Ihr solltet euch wenigstens etwas anziehen.»

«Willst du uns dabei zusehen?», zischte Luca und brachte mich zum Lachen. Hatte er Ace das gerade ernsthaft gefragt?

Ihm schien selbst bewusst zu werden, wie überflüssig seine Frage war, denn er hob die Hand und schüttelte den Kopf.

«Nein, ich will es lieber gar nicht wissen. Los, verzieh dich. Wir sind gleich da.»

Ace zuckte nur mit den Schultern, murmelte etwas von *dann nicht* und verschwand.

«Dieser Kerl macht mich fertig», meinte Luca und vergrub seine Nase in meinem Haar.

Für ein paar Minuten blieben wir noch so liegen, bevor ich schließlich aufstand und mich anzog.

Mein Blick fiel auf das Pflaster an meinem Oberschenkel, wo ich bald eine Narbe haben würde. Eine Narbe, die mich immer an den dunklen Keller erinnern würde. An den Keller und an Ace.

«Alles klar?», fragte Luca und ich nickte schnell.

Er durfte niemals erfahren, was in dem Keller alles passiert war. Wenn er wüsste, wie weh es tat, als Pierce mich an den Armen aufgehängt und geschlagen hatte … nein. Dafür war er zu gut.

Auch wir hatten uns komplett in schwarz gekleidet, als wir die Treppe herunter kamen und zu den anderen stießen.

«Okay … Keith und Caden, ihr fahrt jetzt los und trefft euch mit euren Leuten. Wir fahren zur Wohnung und warten dort auf euch. Meldet euch, wenn wir die Kameras abschalten sollen. Wir treffen uns dann oben.»

Ace meinte, er könne die Kameras so manipulieren, dass Pierce weiterhin ein Bild bekam, sie aber nichts aufzeichneten. Ein Standbild sozusagen. Das würde eine gewisse Zeit funktionieren, die wir dann hatten, um die Bude auf links zu drehen.

So konnten wir trotzdem den Fahrstuhl nutzen, denn ich war mir sicher, dass ich es noch lange nicht mit der Treppe da hoch schaffen würde. Selbst die anderen würden eine Weile brauchen, denn auch für Trainierte waren es einige Treppenstufen.

«Alles klar», sagte Keith.

Ace reichte mir seine schwarze Lederjacke und hätte Luca mich nicht so angesehen, hätte ich sie ihm in den Rachen geschoben.

«Pass auf dich auf», flüsterte Luca und küsste mich.

«Immer, Richkid. Du … das Gleiche.» Fuck, ich war nicht gut in sowas. Große Verabschiedungen waren noch nie mein Ding gewesen.

Noch einmal küsste er mich, bevor ich Keith nach draußen folgte und hinter ihm auf Ace´ Maschine stieg.

«Bereit?», fragte er, woraufhin ich schweigend nickte.

Nein, war ich nicht. Aber welche Wahl hatten wir? Ich wollte nicht noch länger so leben müssen. Ich konnte es nicht. Dafür war ich nicht stark genug.

Keith gab Gas und wir rasten davon. Der Waldweg war schmal und mehr als einmal gerieten wir ins Schlittern.

Sobald wir in die Nähe des Hafens kamen, schaltete er die Lichter aus. Wir wollten keine Aufmerksamkeit erregen und wussten, wo Jaro und Andrej auf uns warteten.

«Da vorn», schrie Keith über seine Schulter und deutete auf die Container.

Jetzt erkannte auch ich die dunklen Gestalten und den Wagen, die sich dazwischen verbargen.

Keith verlangsamte unser Tempo, drehte eine Runde und als Jaro seine Mütze abnahm, blieben wir schließlich stehen.

Ich stieg von der Maschine und nahm meinen Helm ab.

«Verdammt, ihr seid es wirklich. Wo habt ihr euch rumgetrieben?», wollte Jaro wissen und reichte mir seine Hand.

Ich schlug ein, gab ihm eine Kurzfassung und es schien ihm tatsächlich die Sprache verschlagen zu haben.

«Alles klar, ich bin dabei», sagte Jaro und Andrej nickte.

«Das kann richtig unschön werden», sagte Andrej und fuhr sich mit der Hand über das Gesicht. «Ich hab keinen Bock, zurück in den Knast zu gehen. Wenn die Sache schief geht, dann bleibe ich bei euch. Dann seid ihr dafür verantwortlich, dass mein freier Arsch auch frei bleibt.»

Keith fing an zu lachen und boxte ihm gegen die Schulter. «Keine Angst Mann, dein freier Arsch bleibt frei. Irgendwie zumindest.»

Irgendwie … ich fühlte mich gerade alles andere als frei. Aber wir brauchten die beiden, deswegen sagte ich nichts.

Sie kannten diese Welt besser als ich und wussten, worauf sie sich einließen. Wenn man sich mit den falschen Leuten anlegte, endete das nie gut. Niemals.

«Okay, was sollen wir tun?», wollte Jaro wissen und zündete sich eine Kippe an.

«Der Plan ist, dass ihr sie ablenkt. Sobald sie kommen, haut ihr mit unserem Wagen ab. Falls sie vorher da sind, sagt uns Bescheid und haltet sie auf. Wir müssen verhindern, dass die Typen in die Wohnung kommen und Caden oder einen der Anderen kalt machen.» Keith endete und schob seine Hände in die Taschen.

Je öfter ich den Plan hörte, desto leichtsinniger kam er mir vor.

«Wann geht's los?», erkundigte sich Andrej.

«Sobald Staton sich meldet.» Keith wedelte mit dem Handy, welches Staton ihm gegeben hatte und wollte gerade noch etwas sagen, da störte ein Motorengeräusch die nächtliche Stille.

«Fuck, wir bekommen Gesellschaft.»

Ich konnte nicht erkennen, woher es kam, doch es wurde immer lauter und dann durchbrach ein lauter Knall die Stille um uns herum.

«Scheiße!», brüllte Jaro und warf sich auf den Boden, als ein paar Meter neben uns eine Kugel in einen der Container einschlug.

«Wie haben die uns gefunden?», zischte Keith und ging ebenfalls in die Hocke.

Mein Blick fiel auf das Motorrad. Das wird Ace nicht gefallen. Ganz und gar nicht.

«Verflucht. Ice reißt mir die Eier ab, wenn wir ohne das Ding zurückkommen.»

Ja, da hatte er wahrscheinlich nicht ganz unrecht.

Der nächste Schuss erwischte den Sitz und ich konnte Keith gerade noch zur Seite ziehen.

«Los, wir müssen hier weg!», rief Andrej. «In den Wagen! Schnell!»

«Nein! Nicht in den verschissenen Wagen. Zwischen den Containern her, ich ruf die anderen an! Und nicht zurückschießen, dann wissen die, wo wir sind.»

Dass ich definitiv noch nicht fit genug dafür war, vor herumfliegenden Kugeln davonzulaufen, wurde mir ziemlich schnell klar. Spätestens dann, als wir auf einen der Container klettern mussten.

«Komm», sagte Keith und reichte mir seine Hand. Er zog mich hoch und schleppte mich hinter sich her, während er gleichzeitig das Handy an sein Ohr presste.

«Wir sind aufgeflogen … keine Ahnung! Scheiße, wahrscheinlich war es dein Motorrad. Ja, ihr müsst uns einsammeln, wir stecken gerade ziemlich tief in der Scheiße … Alles klar … beeilt euch, wenn ihr uns nicht durchlöchert wie ein Schweizer Käse zurück wollt.» Er legte auf und schob das Telefon zurück in seine Tasche.

«Bleibt stehen!», rief Jaro und stockte.

Auf dem Container vor uns stand ein Kerl, der mir zu bekannt vorkam. Er schob sich die Kapuze vom Kopf und richtete seine Waffe auf uns.

«Smoke.»

«Hallo Caden. Ich sehe, du hast überlebt», stellte er fest, was völlig überflüssig war. Schließlich stand ich vor ihm.

Jaro hob seine Waffe und auch ich zog meine aus dem Hosenbund und richtete sie auf Smoke.

«Du kannst mich erschießen, oder ihr lasst den Scheiß und ich bring euch hier weg.»

«Direkt zu Pierce? Nein danke, ich verzichte.» Dachte er wirklich, ich würde ihm folgen?

«Nicht zu Pierce, weg von hier. Die wollen dich töten und sie werden es schaffen. Was wollt ihr vier mit diesen Spielzeugpistolen gegen diese Männer ausrichten? Das sind ausgebildete Leute, die nur darauf aus sind, euch zu töten.»

Hinter uns erklangen Schreie und Smoke zog sich seine Kapuze wieder auf.

Eine Kugel verfehlte uns nur knapp und zwang uns, zurück in Deckung zu gehen. Was gar nicht so einfach war, wenn man auf einem verdammten Container stand.

Zu meiner Überraschung lud Smoke sein Gewehr und begann auf seine eigenen Leute zu schießen.

«Lauft! Ich gebe euch Deckung!»

«Na los, weg hier!» Jaro rannte an uns vorbei und wir folgten ihm. Hinter uns lieferte Smoke sich eine Schießerei mit den Leuten, die er eigentlich hätte unterstützen sollen.

Wir rannten über die Dächer der Schiffscontainer und mit jedem Schritt spürte ich, wie mein Körper schwächer wurde.

Plötzlich verfing mein Schuh sich an einer Kante und ich stürzte. Ich schaffte es noch mich abzurollen und dennoch tat es verdammt weh.

Die anderen fluchten, blieben stehen und waren bei mir, bevor ich mich aufgerappelt hatte.

«Alles klar?», erkundigte sich Keith und zog mich weiter.

Da durchdrang eine Explosion die Luft, gefolgt von einem erneuten Knall.

«Da hats unsere Deckung umgehauen.» Jaro nickte zu Smoke, der regungslos in sich zusammensackte.

Fuck.

Wir. Sind. Am. Arsch.

«Da vorn!» Andrej deutete auf den Wagen, der gerade auf das Gelände fuhr. Wir beschleunigten unsere Schritte und erreichten das Ende der Container.

Das Herunterklettern gab mir beinahe den Rest und nur mit Mühe schaffte ich es, den anderen zum Wagen zu folgen. Die Schiebetür des Transporters wurde aufgerissen und ich entdeckte Cole und Luca in der Tür.

«Na macht schon!», rief Cole, griff nach Jaros Arm und zog ihn in den Wagen. Andrej hechtete direkt nach ihm hinein, gefolgt von Keith. Ich hinkte hinterher, sah wie Luca aus dem Wagen sprang und auf mich zu lief.

Was zur Hölle tat er denn?

«Geh zurück!», brüllte ich, doch er ignorierte mich. Stattdessen rannte er zu mir, griff nach meinem Arm und zog mich hinter sich her.

Kugeln flogen an unseren Köpfen vorbei, ich hörte das Zischen in der Luft, während sie uns nur knapp verfehlten.

Luca warf mich in den Wagen, sprang hinterher und landete halb auf meinem Rücken. Ace schmiss die Tür zu und Staton gab Gas.

«Das war verdammt knapp», keuchte Keith und lehnte sich gegen die Wand.

Luca kletterte von mir herunter und half mir auf. Seine Hände fanden mein Gesicht und sein Mund meine Lippen.

Das war zu knapp. Wir wären gerade beinahe draufgegangen.

KAPITEL 37
LUCA

«Ich hab sie wirklich gern gehabt», sagte Ace und lehnte seinen Kopf gegen die Metallwand des Bullis.

«Sie?», fragte Keith verwirrt.

«Na Berta, meine Maschine.»

Caden fing bei Ace' Worten an zu lachen, doch wir starrten Ace nur verständnislos an.

«Berta?» Keith schüttelte verständnislos den Kopf.

«Noch nie *Two and a half Man* gesehen?», schnaubte Ace.

«Haben wir im Knast manchmal sehen dürfen», klärte Caden uns auf. «Tobey hat Berta geliebt.»

Bei der Erwähnung seines Namens legte sich für eine Sekunde ein leichtes Lächeln auf Ace' Gesicht. Ich wollte mir nicht einmal vorstellen, wie es ihm gehen musste. Seinen Partner erst an das Gefängnis und dann für immer zu verlieren, musste schrecklich gewesen sein. Ich wusste nicht, ob ich jemals damit klar kommen würde.

Liam zu verlieren hatte schon eine Leere in mir hinterlassen, die ich niemals überwinden würde. Aber Caden … das würde ich nicht überstehen.

«Also, was ist der Plan?», wollte Staton wissen.

«Sie folgen uns nicht», stellte Ace fest. «Wir brauchen diesen Laptop, sonst wird der Shit hier niemals enden.»

In die Wohnung zu fahren wäre glatter Selbstmord. Aber wenn sie Ace' Motorrad getrackt hatten, war auch die Hütte nicht länger eine Option.

Klassische lose-lose-Situation. Oder so ähnlich.

«Bringen wir es hinter uns», meinte Caden, doch als ich seine Stimme hörte, die noch immer schmerzverzerrt klang, hätte ich am liebsten alles abgeblasen.

«Habt ihr einen zweiten Wagen?», fragte Jaro, während er ein neues Magazin in seine Waffe legte.

«Wollten wir ursprünglich besorgt haben, aber dann habt ihr angerufen.» Cole, der mit seiner Größe beinahe den halben Laderaum einnahm, streckte die Beine aus und schloss die Augen.

Das machte er immer, wenn es besonders stressig wurde. Ich hatte ihn einmal danach gefragt und er meinte, dass würde ihn erden und ihm helfen, sich zu fokussieren.

«Wir besorgen einen», sagte dieser Andrej. «Ihr macht euer Ding und wir unseres.»

Ace nickte und sah auf seine Uhr. «Unser Zeitplan wird nicht mehr funktionieren. Wir gehen blind da rein und hoffen auf das Beste.»

«Fuck!», schrie Staton plötzlich, trat auf die Bremse und dann wurden wir durch den Laderaum geschleudert.

«Runter!», brüllte er jetzt und legte den Rückwärtsgang ein.

Wir hatten nichts, woran wir uns hätten festhalten können. So wurden wir bei jeder Kurve von links nach rechts geworfen.

Cole hievte sich hoch und kletterte zu Staton nach vorn. Die ersten Schüsse fielen und durchdrangen die dünnen Metallwände.

Cole ließ sein Fenster hinunter, legte sein Gewehr darauf und begann, das Feuer zu erwidern.

Ich hörte Glas splittern, Cole fluchte und wir wurden immer langsamer.

«Staton wurde getroffen!», brüllte er, während er weiter schoss.

Ace sprang auf, griff nach Staton und zerrte ihn vom Sitz. Jaro und Andrej halfen ihm, mein Körper reagierte und bevor ich wusste, was ich tat, hatte ich seinen Platz eingenommen und mein Fuß landete auf dem Gaspedal.

Erst jetzt sah ich, was um uns herum passierte.

Sie hatten uns eingekesselt, waren hinter uns und ein Wagen blockierte die Fahrbahn.

«Da rein», erklang auf einmal Cadens Stimme neben mir und er deutete auf eine schmale Seitenstraße.

Mit einem Ruck riss ich das Lenkrad herum, fuhr ein paar Mülltonnen um und hoffte, wir würden es schaffen. Ich wollte nur noch weg von hier.

«Nach links!», schrie Ace von hinten. Ich dachte nicht darüber nach, sondern fuhr nur noch blind durch die dunkle Gasse.

«Zurück zum Hafen, dort können wir uns verstecken», meinte Jaro und lehnte plötzlich über Coles Sitz.

Hinter mir hörte ich nichts. Hatte Keith nicht mit Staton gesprochen? Warum war es hinten so still?

Wollte ich die Antwort darauf wirklich hören? Nein, Staton war mein Freund, er durfte nicht auch noch sterben.

«Wir müssen in ein Krankenhaus», fuhr ich dazwischen, als alle immer wieder auf mich einredeten.

«Willst du uns alle umbringen? Los, gib Gas!» Ich wusste nicht, wer das sagte und es interessierte mich auch nicht. Das hier war ein wahrgewordener Alptraum. Wir wurden aus dem Leben gerissen und direkt hierher katapultiert.

Der Hafen kam näher und die ersten Container ragten vor uns auf.

Ich lenkte den Bulli in die schmalen Gassen dazwischen und versuchte so, die anderen abzuhängen.

«Nein!»

Es war Caden, der mich zurück holte und ich schaffte es gerade noch, meinen Fuß auf die Bremse zu drücken, bevor wir direkt in zwei SUVs gerast wären.

Da stand Pierce, die Arme lässig vor der Brust verschränkt, lehnte er an seinem schwarzen Wagen.

Wir waren nicht geflohen oder hatten sie abgehängt. Sie hatten uns gejagt und jetzt waren wir genau dort, wo sie uns die ganze haben wollten. Wir saßen in der Falle.

«Rückwärtsgang!», rief jemand und ich tat es, bevor ich das Lenkrad herumriss und links in eine weitere Gasse abbog.

«Wir müssen zu Fuß weiter!», rief Ace.

«Jetzt hätte ich meinen Arsch gern lebendig. Scheiß auf frei, lebend würde mir schon reichen.» Das war Andrej, der zurück nach hinten ging und die Tür aufriss.

«Fahr zum Wasser!», rief Keith plötzlich und griff nach dem Lenkrad. «Da das Containerschiff und die kleinen Boote. Wir brauchen eins von den Booten und dann weg hier!»

«Wir treffen uns dort», sagte Jaro, ich fuhr so nah es mir möglich war an der Kante zum Wasser entlang und dann sprangen sie. Jaro, Andrej und Keith waren weg.

«Okay, lass mich fahren. Nimm Caden und ...»

Ein stechender Schmerz durchfuhr meinen Oberkörper und ließ Coles Satz unausgesprochen. Ich hörte Cadens Schreie und dann wurde ich auch schon vom Sitz gerissen.

«Luca!» Caden beugte sich über mich, ich sah die Angst in seinen Augen und erneut durchfuhr mich ein Schmerz, der Sterne vor meinen Augen tanzen ließ.

«Bleib bei mir, Babe! Hörst du? Du bleibst bei mir!», brüllte er und presste seine Hände auf meine Schulter.

Doch plötzlich veränderte sich das Bild, Ace' Gesicht tauchte in meinem Blickfeld auf und riss Caden von mir weg.

Seine Hände lösten einen erneuten Schmerz aus und wischten dann über mein Gesicht.

«Stell dich tot», zischte er, nahm Caden mit sich und dann war ich allein.

KAPITEL 38
CADEN

Ich konnte mich nicht bewegen, als Ace mich von Luca wegriss und mich mit sich schleifte.

Das Einzige, woran ich denken konnte, war, dass sie ihn angeschossen hatten.

Sie haben meinen Luca angeschossen.

«Wir müssen zurück!», schrie ich, doch Ace stieß mich gegen einen der Container und presste mir seine Hand auf den Mund.

Er stand so nah vor mir, dass ich sein rasendes Herz an meiner Brust spüren und die Angst riechen konnte, die durch seine Adern rauschte.

Meine Nasenspitze berührte sein Haar, als er sich schwer atmend umsah.

«Verdammt sei still», zischte er, als ich versuchte, mich gegen seine Hand zu wehren.

Wir konnten ihn nicht dort lassen! Ich wusste noch nicht einmal, ob er noch lebte.

Da war so viel Blut, die Kugel hatte seine Brust getroffen. Sein Herz? Seine Schulter? Was verdammt hatte diese Kugel getroffen?

Hinter uns erklangen Schritte und Ace sah mich an.

Unsere Blicke blieben für einen Moment aneinander hängen, bevor er die stumme Bitte darin erkannte.

Seine Augen weiteten sich und er schüttelte den Kopf.

«Nein, ich lass dich nicht allein.» Seine Hand verschwand von meinem Mund, als er gegen mich sank.

«Ich kann nicht. Bitte, zwing mich nicht dazu», flehte er leise und ließ seine Stirn gegen meine sinken.

Verschwunden war seine gleichgültige, immer etwas anzügliche Art. Wir waren zwei Männer, die zu Freunden wurden.

Tobey hatte uns zu Freunden gemacht, obwohl er nicht einmal hier war.

«Ich kann ihn nicht verlieren. Rette ihn. Bitte», bettelte ich und klammerte mich an seinen Unterarm. «Ich bin nicht so stark wie du. Wenn er stirbt, dann habe ich keinen Grund mehr, noch länger zu kämpfen. Also bitte, geh und rette ihn.»

Er musste ihn retten. Diese Typen wollten mich. Nur wegen mir waren wir in dieser Situation. Es war meine Schuld. Das alles hier passierte nur wegen mir.

«Ich hol ihn da raus», versprach Ace und schloss seine Augen. «Wehe du stirbst, bevor ich zurück bin.»

Er würde ihn retten und hoffentlich auch sich selbst. Luca musste hier weg. Er war nicht für diesen Ort gemacht und ich würde nicht der Grund sein, aus dem er stirbt.

Ace legte seine Hand in meinen Nacken und auch ich schloss für einen Moment meine Augen. Das war unser Abschied, denn wir hatten keine Ahnung, ob wir uns je wieder sehen würden.

«Stirb nicht», sagte er noch einmal, ließ seine Hand sinken und trat einen Schritt zurück.

Die Stimmen kamen näher, doch er ging nicht. Er musste hier weg! Ich trat vor und gab ihm einen Schubs. «Lauf! Na los, geh und rette ihn!»

Damit wandte ich mich ab, zog die Waffe aus meinem Hosenbund und rannte los.

Ich wusste, dass sie mich einmal sehen mussten, um mir zu folgen. Also lief ich auf die Stimmen zu, bis ich sie sah, hob meine Waffe und schoss.

Nun hatte ich ihre Aufmerksamkeit und verschwand gleich darauf zwischen den Containern. Weg von Ace, dem Wagen, in dem Luca und Staton lagen und den anderen. Weg vom Wasser und rein ins Labyrinth aus Metallwänden und schmalen Gassen.

Hinter mir erklangen Schritte und kurz darauf die ersten Schüsse.

«Da ist er!», brüllten sie. «Lasst ihn nicht entkommen!»

«Wir brauchen ihn lebendig! Er gehört dem Boss!»

Ich gehörte niemandem. Nicht mehr. Das hier war meine Entscheidung. Nicht ihre, nicht seine, nein. Ich entschied, was ich tat.

Mein Körper schmerzte, doch das Adrenalin hielt mich aufrecht und half mir, immer weiter zu rennen.

Bis ich plötzlich stürzte und ein Schmerz in der Brust mir die Luft aus den Lungen trieb.

Hart schlug ich auf dem Boden auf und prallte gegen einen der Container.

Fuck. Wurde ich angeschossen? Ich sah kein Blut und es fühlte sich auch nicht so an.

«Caden», durchschnitt auf einmal eine kalte Stimme meine Gedanken.

Pierce.

«Haben wir jetzt genug Fangen gespielt? Können wir es endlich hinter uns bringen?» Als er auf mich zu kam, sah ich auch, was der

Grund für meinen Sturz gewesen war. Sie hatten ein Seil gespannt und ich war zu abgelenkt gewesen, um es zu erkennen.

«Nehmt ihn mit in die Wohnung», ordnete Pierce an und trat einen Schritt zurück.

«Was ist mit den anderen? », fragte einer der Männer. «Mallone, dieser Verräter …»

«Er ist tot», erklang Smokes Stimme und ich erstarrte. War Smoke nicht auch tot? Fuck, der Kerl hatte doch auf seine eigenen Leute geschossen und war dann selbst dabei draufgegangen.

«Er hat drei von unseren Leuten erwischt, bevor ich ihn eliminieren konnte.»

Nein. Ace war tot? Das konnte nicht sein. Nicht Ace, er war zu schlau, um sich töten zu lassen.

Pierce nickte, machte eine Handbewegung zu mir und wandte sich schließlich ab.

«Was ist mit den anderen?», fragte Smoke die Männer, während er Kabelbinder aus seiner Tasche zog.

«Die in dem Wagen sind hinüber, aber wir haben die
im Wasser …»

Seine letzten Worten gingen unter in einem Strudel aus Panik und Schock. Luca war in dem Wagen. Luca war in diesem verdammten Wagen!

Smoke kam zu mir, ich wollte mich aufrappeln und abhauen. Musste mich selbst davon überzeugen, dass Luca nicht tot sein konnte. Nein, das war unmöglich. Das ging nicht, Ace wollte ihn retten. Er sollte ihn doch retten!

Schmerz vernebelte mir die Sicht, als sie mir Strom durch den Körper jagten, doch es war mir egal.

Smoke schnürte mir die Hände mit Kabelbindern auf den Rücken, schrie die anderen Männer an und zog mich auf die Füße.

Seine Hände tasteten mich ab, etwas Kaltes und Hartes drückte sich an meinen Rücken, bevor seine Hände meine Beine abtasteten.

Schließlich zog er mich vorwärts, doch das Blut rauschte mittlerweile so laut in meinen Ohren, dass ich nichts anderes mehr wahrnehmen konnte.

«Ist das Mallone?», hörte ich jemanden fragen und sah auf.

Da lag er, Ace. Auf dem Boden in seinem eigenen Blut.

Es tut mir leid, Tobey. Ich habe nicht gewollt, dass er stirbt.

Ace war tot. Sie zogen mich weiter und in der Ferne erkannte ich den Bulli, mit dem wir hergekommen waren.

Einige der Männer stiegen in einen dunklen Wagen, zusammen mit Pierce. Smoke wollte mich zu einem anderen bringen, doch Pierce ließ das nicht zu.

«Er fährt mit mir», wies er an und durchbohrte mich mit seinem stechenden Blick.

Smoke zuckte bloß die Schultern und schubste mich zur Tür.

«Sieh gut hin», züngelte Pierce und dann durchbrach auch schon die nächste Explosion die Stille.

Unser Bulli ging in Flammen auf, die mir auch den allerletzten Rest Lebenswillen raubten.

Ich stürzte nach vorn, doch Smoke hielt mich auf.

«Nein! Neeeiiiinnn! Luca!»

Mit letzter Kraft versuchte ich, gegen Smoke anzukämpfen. Ich musste ihn retten. Irgendwie. Er durfte nicht sterben.

Luca! Verdammt, ich brauch dich doch!

Orange-rote Flammen verschlangen den Bulli und nahmen mir alles, wofür ich noch hätte leben wollen.

Pierce´ Männer zerrten mich in den Wagen, schubsten mich hinein und pressten mir den Lauf einer Waffe gegen die Schläfe.

Vielleicht sollte ich ihnen sagen, dass ich mehr Angst davor hatte, sie würden nicht schießen, als dass sie es taten.

Für mich gab es keinen Grund mehr, mein Leid zu verlängern. Luca war fort … ich war doch schon längst tot.

Sie brachten mich tatsächlich zu Liams Wohnung, fuhren in die Tiefgarage und schleiften mich in den Fahrstuhl.

Seit mein Bruder hier ermordet wurde, hatte ich das Haus nicht mehr betreten.

Ich wollte es auch jetzt nicht, denn kaum, dass wir aus dem Fahrstuhl stiegen, fluteten Erinnerungen meinen Kopf.

Ich hörte wieder die Schüsse, spürte das warme Blut auf meinen Händen und sah sein leeres Gesicht vor mir.

Mein Bruder war tot. Tobey war tot. Ace war tot und Luca. Luca war …

Meine Beine sackten weg und Smoke konnte gerade noch verhindern, dass ich zusammenbrach.

Pierce drehte sich um, holte aus und schlug mir mit seiner Waffe ins Gesicht.

Der Schmerz mischte sich mit der Leere in meinem Inneren. Schwarze Dunkelheit. Überall war dunkelschwarze Finsternis.

«Reiß dich zusammen, verflucht. Bring ihn in sein Büro», wies Pierce Smoke an und drehte sich um.

«Ihr durchsucht sein Schlafzimmer, die anderen den Rest der Wohnung.»

Die anderen Männer verteilten sich, doch Pierce ging mit uns.

Smoke schleifte mich über den Flur und stieß mich in Liams Büro.

Ich stürzte, doch hatte keine Kraft mehr, um wieder aufzustehen.

Pierce kam herein und begann sofort damit, sämtliche Bücher aus Liams Regal zu reißen.

«Wo ist er?», zischte er, ohne mich anzusehen. Doch ich wusste auch so, dass er mit mir sprach.

Als ich nicht antwortete, hob er seine Waffe und schoss. Die Kugel schlug neben mir in der Wand ein, aber ich zuckte nicht einmal zusammen. Sollte er mich doch umbringen, dann wäre ich endlich frei.

Die nächsten Minuten sah ich dabei zu, wie Pierce und Smoke Liams Büro auseinander nahmen. Jedes Buch, jede Schublade und sogar die Sessel durchsuchten sie.

Pierce schnitt die Polster auf und wurde mit jeder Minute wütender.

«Verdammt, wo ist der Laptop?!», brüllte er nun und kam auf mich zu. Er richtete seine Waffe auf meine Brust und blickte schwer atmend auf mich herunter.

Automatisch rutschte ich näher an die Wand und da spürte ich es.

Etwas drückte sich in meinen Rücken, direkt unter meinen Händen.

Mein Blick schoss für einen Moment zu Smoke, dessen Augen sich weiteten, als er erkannte, was ich gefunden hatte.

Er hatte mir meine Waffe zurückgegeben. Warum zum Teufel hatte er das getan?

«Wo ist der Laptop?», fragte Pierce noch einmal.

«Selbst, wenn ich es wüsste, würde ich es dir nicht sagen», presste ich hervor und versuchte, unauffällig meine Hände zu befreien.

Pierce lachte auf und dann … drückte er ab.

«Arhg!» Ich biss die Zähne zusammen, um ihm nicht das volle Ausmaß an Schmerzen zu zeigen.

Er sollte nicht die Chance haben, sich daran zu erfreuen, dass ich litt.

Die Kugel hatte meinen Oberarm getroffen, was Pierce nur noch mehr zum Lachen brachte.

«Du solltest dir besser genau überlegen, was du sagst. Denn beim nächsten Mal bist du tot.»

Er drehte sich um und begann, die Teppiche hochzunehmen.

«Geh und durchsuch das Schlafzimmer», wies er Smoke an, der daraufhin den Raum verließ.

An der Tür warf er mir noch einen kurzen Blick zu, ehe er verschwand.

Blut rann mir den Arm hinunter, bis zu meinem Handgelenk.

Fuck, tut das weh, dachte ich, als ich mir das Blut zu nutzen machte und versuchte, meine Hände aus der Schlinge zu ziehen.

«Ja!», rief Pierce, als er den Teppich zur Seite geräumt und einen Hohlraum im Boden entdeckt hatte.

Er holte den Laptop heraus und schaltete ihn an.

Mit jeder Minute die er weiter darauf herum tippte wurde er wütender. Bis er schließlich seine Waffe nahm und darauf schoss.

Dadurch war er so abgelenkt, dass er nicht mitbekam, wie ich es schaffte, meine Hände aus der Schlinge zu ziehen und nach der Waffe zu greifen.

«Hey, Pierce», sagte ich, rappelte mich auf und lehnte mich schwer atmend gegen die Wand.

Er hielt inne und drehte sich langsam zu mir um.

«Willst du doch endlich mithelfen», spottete er und ein höhnisches Lachen kam über seine Lippen.

«Du hast sie umgebracht», presste ich zwischen zusammengebissenen Zähnen hervor. «Du hast sie alle umgebracht.»

Liam, Ace, Luca.

Luca, Luca, Luca.

Fuck, mein Luca.

Immer wieder sah ich ihre Gesichter vor meinen Augen, während Pierce seinen Arm hob und auf mein Gesicht zielte.

«Wir sollten es zu Ende bringen», säuselte er, als wäre mein Tod nur eine weitere Lappalie auf seiner langen Liste.

«Ja, das sollten wir», gab ich müde zurück, hob meinen Arm und wir drückten gleichzeitig ab.

KAPITEL 39

CADEN

«Caden! Hey, Caden!» Smokes Stimme drang durch die Plexiglasscheibe zu mir durch und mischte sich mit dem Nebel in meinem Kopf.

Ich war ein Monster.

Ein Mörder und ein gottverdammtes Monster.

Schwer atmend ließ ich meine Hand sinken. Mit einem dumpfen Aufschlag fiel die Waffe zu Boden und hinterließ nichts als Leere in mir.

Ich war fertig.

Endgültig.

Es war vorbei.

Sie hatten mir jeden Menschen genommen, der mir je wichtig gewesen war.

Keuchend ließ ich mich auf die Knie sinken, schloss meine Augen und sah dabei zu, wie mein bisheriges Leben an mir vorüberzog.

Es sollten Sekunden sein, doch fühlten sie sich an wie Stunden.

Ich hörte ihre schweren Schritte auf dem Flur.

Sie kamen näher, weil sie noch etwas zu erledigen hatten. Eine Sache, die noch beseitigt werden musste, bevor das ganze Konstrukt zusammenbrechen würde.

Ich war das letzte Puzzleteil, das noch fehlte. Sie mussten mich erledigen, damit ich sie nicht verriet.

Genau hier, wo alles irgendwie begonnen hatte, würde ich sterben. Heute, jetzt, in diesem Moment.

Ich öffnete die Augen und mein Blick glitt zu dem leblosen Körper neben mir. Seine Haare fielen ihm in die weit aufgerissenen Augen. Jetzt waren sie nicht mehr stechend, nicht mehr wachsam. Nachdem sein Herz aufgehört hatte zu schlagen, verschwand auch dieses gefährliche Funkeln darin.

Er hatte es nicht kommen sehen, die Waffe in meiner Hand nicht wahrgenommen und nicht damit gerechnet, dass ich so weit gehen würde.

Noch einmal. Schon wieder.

Und er hatte Smoke nicht gesehen, der plötzlich hinter ihm stand und abgedrückt hatte, bevor ich es tun musste.

Die Tür wurde aufgerissen, große Hände griffen nach mir und zerrten mich über den Flur. Zurück in den Raum, in dem ich bereits zu viel Schmerz und Leid erfahren hatte. Sie ließen mir keine Zeit zu realisieren, was in Liams Büro passiert war.

Smoke hatte Pierce erschossen.

Fuck, Smoke hat Pierce erschossen!

Sie wirbelten mich herum und stießen mich schließlich zu Boden.

«Bereit zu sterben, Zombie?», fragte einer von ihnen und presste mir den Lauf seiner Waffe gegen die Stirn.

Ja. Ja, ich war bereit. War es schon viel zu lange und jetzt würde ich endlich die Erlösung finden, nach der ich mich so lange gesehnt hatte.

Ohne Luca wäre mein Leben nur noch das, wovor ich mich so sehr fürchtete.

Einsam.

Doch anstatt auf mich zu schießen, sackten sie regungslos in sich zusammen.

Smoke tauchte hinter mir auf und zog mich auf die Füße.

«Es ist vorbei», sagte er rau.

Ja, es war vorbei. Alles war vorbei.

«Sind sie wirklich tot?», fragte ich, weil ich es wissen musste. Ich brauchte die Gewissheit, dass mein Leben vorbei war.

Smoke senkte den Blick und nickte schließlich. «Ich hab versucht, sie zu retten, aber …es tut mir leid. Das alles tut mir leid.»

Weißes Rauschen … es sollte beruhigend sein, haben sie gesagt. Doch das war gelogen.

Es war nicht beruhigend, sondern machte mich taub. Innen und außen.

Smoke sagte etwas, deutete zur Tür und wollte mich mit sich ziehen.

Kopfschüttelnd entriss ich ihm meinen Arm und wich vor ihm zurück. Nein, ich wollte nicht gehen. Wohin auch? Mir war nichts geblieben, außer diesem weißen Rauschen, das meinen Kopf mit jeder Sekunde, die verstrich, mehr und mehr einnahm.

Smoke schrie mich an, aber seine Worte schafften es nicht durch den Nebel, der sich immer weiter in mir ausbreitete.

Ich sah ihm nach, wie er rückwärts zur Tür ging und schließlich verschwand.

Dann war ich allein.

Wie in Trance drehte ich mich um, sah auf die toten Männer zu meinen Füßen und übergab mich.

Tränen brannten in meinen Augen, während der Schmerz und die Trauer mich zerriss.

Ich hatte sie alle verloren. Jeden einzelnen von ihnen.

Erst, als nichts mehr in mir war, dass ich noch hätte auskotzen können, richtete ich mich auf und entfernte mich von ihnen.

Die Cops würden kommen und mich mitnehmen, wenn ich nicht von hier verschwand. Doch soweit würde ich es nicht kommen lassen. Nicht heute. Nicht mehr.

Meine Füße trugen mich zu Lucas Zimmer. Der Raum, den ich bis heute nicht nüchtern betreten hatte.

Ich griff nach der schweren Metalltür und zog sie auf.

Dieses Zimmer schrie so sehr nach ihm. Da stand sein Laptop, seine Brille lag neben einem Buch auf dem Nachtisch. Diese Brille, die ihm so verflucht gut gestanden hatte.

Diesmal schaffte ich es, meine Füße über die Schwelle zu zwingen, weil nichts mehr da war, was ich hätte spüren können.

Mit den Fingerspitzen fuhr ich über die Bettwäsche und griff nach seinem Kissen. Ich vergrub meine Nase darin und bildete mir ein, ihn noch immer daran riechen zu können.

Ich wollte es gerade zurücklegen, da entdeckte ich es. Unter dem Kissen lag ein Bild von uns. Wann es gemacht wurde, wusste ich nicht mehr. Es musste Liam gewesen sein, denn es war hier in der Wohnung entstanden.

Wir hielten beide ein Glas in der Hand, ich hatte den Arm um Luca gelegt und seine Lippen lagen auf meiner Wange. Er hatte die Augen geschlossen, während ich meinen ausgestreckten Mittelfinger in die Kamera hielt.

Etwas tropfte darauf und schnell wischte ich es ab. Nichts durfte dieses Bild von uns zerstören. Doch der nächste Tropfen fiel und dann folgten weitere. Erst da realisierte ich, dass ich weinte.

Ich weinte um uns und um all das, was ich nun mit ihm verpassen würde.

«Nein!», schrie ich, holte aus und fegte seinen Laptop vom Schreibtisch.

«Nein, nein, nein!»

Ich griff nach dem Stuhl und schlug ihn gegen die Wand, riss den Tisch um und trat gegen den Papierkorb.

Mit schnellen Schritten rannte ich aus seinem Zimmer, zurück in die Wohnung. Dort machte ich weiter, warf Lampen um und zertrat die Möbel.

Mein Körper tat weh, doch nichts kam gegen den Schmerz in meiner Brust an.

Jetzt wusste ich, wie sich ein gebrochenes Herz anfühlte und es war schlimmer als jeder Schmerz, den ich je zuvor gespürt hatte.

Dieses Gefühl brannte sich durch meine Adern und ließ mich in Flammen aufgehen.

Flammen …

Meine Füße trugen mich in die Küche, zu dem Gasherd und ganz von allein legten meine Finger sich um die Griffe, schalteten ihn an.

Lucas Bild noch immer in den zitternden Händen, zündete ich eine Rolle Küchenpapier an und drapierte sie neben dem Herd.

Erst dann rannte ich zu der schwarzen Metalltreppe und nach oben in mein Zimmer. Dort ging ich direkt aufs Dach. An den Ort, der immer meine Rettung und mein Untergang gewesen war.

Der Ort, an dem ich atmen konnte, auch wenn ich gerade erstickte.

Ich ging bis an die Kante, spürte den kalten Wind durch meine Haare fahren und wie er an meiner Kleidung zog.

Die Lichter von Chicago strahlten mir entgegen und erneut fiel mein Blick auf das Bild von Luca und mir.

«Wir hätten so glücklich werden können», flüsterte ich und presste es an meine Brust. «Ich habe dich immer geliebt, Luca. Es tut mir leid.»

Ich schloss meine Augen und versuchte, etwas zu fühlen. Doch da war nichts. Selbst Traumaland war zu schwach, um gegen den Schmerz anzukommen, der in meinem Inneren wütete.

Ich hatte alles verloren und jetzt konnte ich es endlich beenden.

Ich konnte frei sein und musste nie wieder daran denken. Es war nur ein Schritt, der mich aus dieser dunkelschwarzen Hölle holen würde.

Einen Schritt, bis ich endlich wieder atmen konnte.

Und dann sprang ich.

Direkt in die Chicago Lights, die mich wie Sterne am Himmel empfingen.

Luca, ich bin auf dem Weg zu dir. Du und ich, für alle Zeit.

Und endlich war ich frei.

KAPITEL 40

ACE

Keuchend stieß ich die Tür auf und erstarrte.

Caden kniete auf dem noch immer fleckigen Boden, vor ihm standen zwei von Pierce′ Männern und einer presste ihm den Lauf seiner Waffe gegen die Stirn.

Heilige Scheiße, nein.

«Bereit zu sterben, Zombie?», fragte einer von ihnen und Caden nickte mit tränenden Augen. Verdammt, warum nickte er?!

«Nein!», schrie ich und hob meine Waffe.

Der Typ fuhr zu mir herum und brach kurz darauf in sich zusammen.

Ein weiterer Schuss, Blut spritzte gegen die Wand hinter dem zweiten Typen, bevor auch er regungslos in sich zusammensackte.

Mein Blick glitt zu Smoke, der gerade seine Waffe sinken ließ und mir zunickte.

Aus dem Büro erklangen Kampfgeräusche, doch ich wusste, Smoke würde es regeln.

Es hatte mich überrascht, als er gegen seine eigenen Leute gekämpft hatte. Aber ohne ihn wäre ich jetzt tot. Er hatte mir den Arsch gerettet und meinen Tod fingiert, damit die anderen mich nicht umbrachten.

Pierce brauchte einen Beweis, Zeugen, dass ich wirklich hinüber war. Er hatte sie ihm geliefert und jetzt waren sie tot.

Ich sah zu Caden, der noch immer regungslos auf dem Boden kniete.

Sein Arm hing schlaff herunter und ein dunkler Fleck bildete sich unter seinen Fingern, von denen Blut tropfte.

Trotz allem durchflutete mich Erleichterung. Die ganze Zeit über hatte ich Angst gehabt, dass ich es nicht rechtzeitig schaffen würde.

«Caden!» Ich stürzte nach vorn und schlang meine Arme um ihn.

Siehst du Tobes, er lebt. Ich habe es nicht verbockt. Er lebt noch, Tobes!

«Ace?», fragte er mit schwacher Stimme. «Sie sagten, du seiest tot.»

«Niemand ist tot. Hörst du? Wir alle leben noch, auch Fuckboy.»

Er erstarrte in meinen Armen und schüttelte dann heftig den Kopf.

«Nein … der Bulli … ich hab es gesehen.»

Ja, ich musste zugeben, das war verdammt knapp. Aber zusammen mit Cole und den anderen konnten sie die beiden da rausholen, bevor alles in die Luft flog.

«Er lebt. Sie sind im Krankenhaus.»

«Er lebt?»

«Ja Mann, es geht ihm gut. Dein kleiner Fuckboy lebt.»

Der Laut, der aus seinem Mund kam, ließ das Blut in meinen Adern gefrieren und meine schwarze Seele noch dunkler werden. Ich dachte, ich mochte ihn nur wegen Tobes. Doch in dem Moment wurde mir klar, dass Tobes nichts damit zu tun hatte.

Schwer sackte er in meinen Armen zusammen, während er mein Shirt vollheulte.

Trotzdem hielt ich ihn fest, weil ich es kannte. Dieses Gefühl, alles auf der Welt verloren zu haben.

Ich legte meine Hand in seinen Nacken und wartete, bis sein emotionaler Ausbruch überstanden war.

«Okay Kumpel, komm steh auf. Wir müssen hier weg.»

Ich half ihm hoch, als er erneut inne hielt.

«Smoke hat Pierce erschossen. Ich wollte es tun und dann ... hat er ihn erschossen. Ich bin vom Dach gesprungen und ...»

Heilige Scheiße.

«Du wirst niemals von diesem verfluchten Dach springen, hörst du? Niemals! Das werde ich nicht zulassen. Und ich bin froh, dass nicht du es warst, der den Abzug gedrückt hat.» Die Türen zum Fahrstuhl öffneten sich, während gleichzeitig die Tür zum Treppenhaus aufgerissen wurde.

Cole hatte sein Wort gehalten. Sie waren endlich da.

Eine Horde Cops stürmte hinein und brüllte herum.

«Waffe weg! Ich will Ihre Hände sehen!»

Ohne zu zögern ließ ich die Waffe fallen und hob meine Hände.

Sie kamen auf uns zu, rissen Caden von mir weg und seine Arme nach oben. Er keuchte auf und seine Gesichtsfarbe wurde noch blasser.

Auch meine Hände wurden schmerzhaft nach hinten gerissen, als sie mich auf den Boden warfen und nach weiteren Waffen durchsuchten.

Blöd, wenn man so wie wir, bis zur Unterwäsche mit Waffen vollgestopft war.

«Alles klar, aufstehen. Ihr kommt mit aufs Revier.»

Sie begannen damit, uns unsere Rechte vorzulesen, doch ich hörte gar nicht zu. Aus meinem Mund würden die sowieso keinen einzigen Laut zu hören bekommen.

Caden stolperte vor ihnen her, während einer der Cops ihn grob gegen die Wand warf und nach Waffen durchsuchte.

«Finger von meinem Mandanten!», dröhnte plötzlich eine Stimme durch die Wohnung und ich sah, wie Caden zusammenzuckte. Er wollte sich umdrehen, doch der Cop hielt ihn weiter gegen die Wand gedrückt.

«Das hier sind Verdächtige und sie werden uns aufs Revier begleiten. Auch wenn Sie uns zu ihnen geführt haben, müssen wir sie verhören», erwiderte der Cop überheblich und schnaubte.

Wer zur Hölle ist der alte Sack?

«Er ist verletzt. Wollen Sie ihm wirklich Erste-Hilfe verweigern, Officer», er beugte sich vor und las das Schild an seiner Brust, «Harris. Wollen Sie dafür verantwortlich sein, wenn die Wunde sich entzündet oder er verblutet? Mein Name ist Harvey Holmes, von Holmes & Holmes und ich bin der Anwalt dieser Männer. Ich wurde angerufen, dass ich mich schnellstens hier einfinden soll. Jetzt verstehe ich, weshalb.»

Holmes & Holmes? Von Sherlock Holmes? Scheiße, wir sind komplett am Arsch.

Nur widerwillig gab dieser Harris nach und ließ es zu, dass ein Sanitäter die Wohnung betrat und Cadens Arm verarztete.

Ich wartete die ganze Zeit darauf, dass Caden etwas sagen würde. Doch dieser starrte nur seinen Anwalt an. Ununterbrochen, ohne auch nur einmal zu blinzeln.

«Okay, schafft sie hier raus», sagte ein anderer Cop.

Smoke wurde aus dem Büro geführt und zusammen mit mir und vier Cops in den Fahrstuhl gesteckt. Sie brachten uns nach unten und schleiften uns zu einem ihrer Streifenwagen.

Würde ich jetzt der sein, der im Knast kaputt ging?

Definitiv nicht. Auch wenn es mir widerstrebte, sollten die vorhaben, mich dort zu behalten, würde ich abhauen. Caden würde ich mitnehmen, auch wenn wir dazu gezwungen wären, für die nächsten Jahre unterzutauchen.

Eher starb ich, als ihn noch einmal in den Knast zu lassen.

Tobes war dort drin bereits gestorben und Caden … zumindest einen Teil von sich hatte er dort verloren. Einen Teil, den er nie wieder bekommen würde.

Das wusste ich, weil auch ich ein Stück von mir selbst bei diesen Jobs verlor. Mit jedem Auftrag, mit jedem Mal, wo ich meine Waffe benutzen musste und auch bei jedem Einsatz für die Army. Mit jedem Auftrag verlor man ein Stück seiner Selbst. So lange, bis nichts mehr von einem übrig war.

Wie viel es noch von mir gab, wusste ich nicht. Aber seit ich die Jungs kannte, fühlte es sich etwas mehr wie Normalität an.

Fast wie Familie.

Die suchte man sich auch nicht aus, wollte sie in manchen Fällen aber auch nicht hergeben.

KAPITEL 41

CADEN

«Geht es Ihnen gut?», fragte dieser Harvey mich, aber ich konnte ihm nicht antworten. Was sollte ich auch sagen?

Ich hätte gerade beinahe einen Menschen erschossen, ich dachte Luca und Ace seien tot und … fuck.

«Schon gut, Junge. Wir bekommen das hin. Ich hol euch da raus.»

Er begleitete mich in den Fahrstuhl und fuhr anschließend hinter uns her, direkt zum Revier.

«Setzen», verlangte der Cop und schubste mich auf den Stuhl im Verhörraum.

«Sie stecken ganz schön in der Scheiße, Mr. Whittaker.»

Ich fixierte die Tischplatte, wartete darauf, dass mein Anwalt dazu kam und saß sie aus. Die Fragen des Cops, sein Schreien und Zweifeln. Immer wieder stellte er mir die gleichen Fragen, nutzte die Zeit, die ihm mit mir blieb, ohne, dass mein Anwalt dabei war.

Es war ihm egal, ob das legal war. Er wollte mich dran kriegen, egal wie.

Ob er mich foltern würde? So wie Pierce es getan hatte oder die Wachen in Rikers? So wie Calvin es getan hatte?

«Sie sagen kein Wort», erklang endlich Harveys Stimme, als die Tür aufging und er herein gerauscht kam.

«Sie verhören einen Mandanten ohne seinen Anwalt? Das wird die Aufsichtsbehörde bestimmt brennend interessieren.»

Ohne auf den Cop zu achten, zog er sich quietschend einen Stuhl zurück und setzte sich neben mich.

Der Cop schnaubte genervt, raffte seine Sachen zusammen und stand auf.

«Wir sind noch nicht fertig», zischte er und verließ den Raum.

«Luca?», fragte ich leise, weil es das Einzige war, was mich interessierte. Ich wollte nur wissen, ob es ihm gut ging, bevor sie mich endgültig einbuchteten.

«Dem geht's gut, Junge. Sie flicken ihn gerade wieder zusammen, dann bringen die anderen ihn hierher.»

Hierher? Nein. Luca durfte mich nicht so sehen.

Panisch schüttelte ich den Kopf. «Sie müssen ihn aufhalten. Er … er darf nicht hierher kommen.»

Harvey lachte leise und verbarg es hinter einem Husten. Es kam nicht besonders gut, wenn man bei einem Verhör lachte.

«Den hält nichts auf. Hat wohl das halbe Krankenhaus zusammengebrüllt, als er verstanden hatte, wo er war. Dieser Cole hatte schon genug damit zu tun, dass er sich überhaupt behandeln lässt.»

Verdammt, Luca.

Der Cop kam zurück und zu meiner Verwunderung lächelte Harvey und lehnte sich mit verschränkten Armen auf dem Stuhl zurück.

«Ich schätze, Sie haben mit dem Richter gesprochen?», fragte er, woraufhin der Cop angewidert das Gesicht verzog.

«Sie können sich glücklich schätzen, dass wir ein Geständnis und Beweise haben. Ansonsten würde ich Sie bis ans Ende der Welt jagen. Ein Fehler und ich sperre Sie wieder ein. Haben wir uns verstanden?»

Harvey stieß mich mit dem Ellenbogen an, sodass mir einfiel, dass er eine Antwort von mir erwartete. Also nickte ich schweigend, sah zu, wie Harvey aufstand und mich schließlich aus dem Revier bugsierte.

«Warum können wir gehen und was machen Sie hier?», fragte ich, sobald wir das Revier verlassen hatten.

«Weil dieser Smoke gestanden hat und dazu noch eine Menge Beweise gegen Pierce hatte. Außerdem ist Richter Fellow ein guter Freund und hat mir erst gestern Morgen Ihre Papiere unterzeichnet.»

«Er hat gestanden? Meine Papiere? Was?»

Harvey grinste, zündete sich eine Zigarre an und klopfte mir auf die Schulter.

« Cole und ich kennen uns schon sehr lange, Caden. Er hat mich angerufen und ich bin sofort hergefahren. Aber unter uns gesagt, ich befürchte, dass dieser Mister Smoke nicht sehr lange dort verweilen wird. Er pflegt gewisse Kontakte zu gewissen Leuten. Bis jetzt ist er noch aus jedem Gefängnis entkommen und dieser Pierce stand ganz oben auf seiner Abschussliste. Eine alte Rechnung, fragen Sie mich nicht nach Details.»

Verständnislos starrte ich ihn an.

«Sie sind frei, Caden. Kein Vormund und keine Auflagen mehr, lediglich noch sechs Monate auf Bewährung. Dann können Sie wohnen und machen, wo und was immer Sie wollen.»

Frei?

Dieses Wort war mir so fremd geworden, dass ich fast vergessen hatte, wie es klang.

Frei. Ich war frei. Luca und ich konnten von vorn anfangen.

Ein Wagen hielt neben uns und als die Tür aufging, wusste ich auch, wie sich Freiheit anfühlte.

Luca stieg aus und noch bevor er auch nur einen Schritt gegangen war, hatte ich mich schon auf ihn geworfen.

Meine Brust prallte gegen seine, als er aufkeuchte und die Arme um mich schloss.

Fest, weil er wusste, dass ich es nur so ertrug.

Weil er immer alles wusste.

Weil er Luca war.

«Du bist hier», flüsterte ich und vergrub meine Nase an seinem Hals.

«Ich bin hier, Cady und ich habe nicht vor, je wieder zu verschwinden.»

Nein, ich würde es nicht zulassen, dass er je wieder verschwand. Ab heute würde ich ihn festhalten und nie wieder gehen lassen.

Denn er war mein.

Er und ich.

Das war Freiheit.

Das war Zukunft.

Das waren wir.

EPILOG
LUCA

DREI MONATE SPÄTER …

«Herzlichen Glückwunsch, du bist ab heute offizieller Mitarbeiter der Chicago Times», sagte Jeff und schüttelte meine Hand.

Caden stieß mich mit der Schulter an und grinste, denn er hatte es die ganze Zeit über gewusst. Er hatte an meine Idee geglaubt, an meine Bilder und an mich.

Das Heft über Chicago war düsterer geworden als ursprünglich geplant.

Chicago Lights – Emotions, hatte ich es genannt und Jeff fand es perfekt.

Nun hatte ich einen festen Vertrag, vier Hefte im Jahr und einen ganzen Haufen Geld.

Von dem Vorschuss und Cadens Erbe hatten wir Cole die Hütte abgekauft und diese saniert.

Caden wollte alles selbst erledigen und Ace, Keith, Staton, Cole, ja sogar Jaro und Andrej hatten uns geholfen.

Innerhalb von zwei Monaten war das Ding nicht wiederzuerkennen. Wir besaßen jetzt Möbel und das Schlafzimmer musste ich schwarz streichen. Weil Caden sich erinnern wollte. An die Dunkelheit, die nie ganz verschwinden würde obwohl immer mehr Licht darin seinen Platz fand.

Er arbeitete wieder bei Ahmet und hatte sogar einen festen Vertrag bekommen. Mit Finn schien er sich immer noch gut zu verstehen, denn er hatte uns bereits zweimal in der Hütte besucht.

Staton lebte jetzt in einem Vorort von Chicago und Cole in der Nähe des Fox River, nicht weit von Marys Pflegeheim entfernt. Wir waren zu einer großen Clique zusammengewachsen, die so unterschiedlich war und dennoch so viel gemeinsam hatte.

«Okay, willst du feiern oder einen *ich-habe-es-dir-doch-gesagt-Blow-Job*?», fragte Caden, als wir im Auto saßen.

Lachend schüttelte ich den Kopf, beugte mich vor und küsste ihn.

«Erstmal bringe ich dich zur Therapie. In der Zeit besuche ich Mary und dann fahren wir zur Wohnung.»

Ich besuchte Mary momentan jeden Tag. Manchmal begleitete Caden mich, an anderen Tagen ging er in der Zeit zur Therapie, traf sich mit Ace oder Keith.

Seufzend ließ er sich in den Sitz fallen und schloss die Augen. Ich startete den Wagen und griff nach seiner Hand. Sofort schoben sich seine Finger zwischen meine und drückten zu.

Heute würde vorerst das letzte Mal sein, dass wir Liams Wohnung betraten. Was er damit vorhatte, wusste er noch nicht und das war okay. Er hatte Zeit und musste sich noch nicht entscheiden.

Doch bis auf den Zwischenfall mit Pierce war keiner von uns seit Liams Tod mehr dort gewesen. Caden konnte es nicht und ich … ich wollte nicht.

Allein der Gedanke, sein Blut dort zu sehen, mir vorzustellen, was Caden dort durchmachen musste …

Heute würden wir die Sachen holen, die wir behalten wollten. Ein bisschen Kleidung, meinen alten Laptop, meine Kamera und Cadens Foto von seiner Mom.

Alles andere würde dort bleiben. Fürs erste oder für immer. Wer wusste das schon?

Nachdem ich Caden von der Therapie abgeholt hatte, fuhr ich in die Tiefgarage und parkte auf meinem gewohnten Platz. Ich war erleichtert gewesen, als er mir sagte, dass er weiterhin zu John und auch zu seiner Therapeutin gehen wolle. Ich hatte das Gefühl, dass es ihm gut tat. Die beiden konnten ihm da helfen, wo ich es nicht schaffte.

Seine Drogensucht war noch nicht überstanden. Er würde immer gefährdet sein und jeden Tag kämpfen müssen. An manchen Tagen mehr, an anderen weniger.

Dr. Willis half ihm, mit sich und seinen Gefühlen umzugehen. Mit dem Tod von Tobey und auch von Liam. Caden hatte vieles, womit er lernen musste umzugehen. Es war nicht leicht, doch er würde es schaffen. Irgendwann und irgendwie. Und wenn nicht, ich würde da sein. An seiner Seite, so wie jetzt. Wenn jede Nacht die Alpträume kamen, wir 5-4-3-2-1 aufzählten und es aussaßen.

Der Weg zum Fahrstuhl fühlte sich gleichzeitig vertraut und dennoch völlig fremd an. So viel war hier geschehen.

In dieser Wohnung hatte ich Caden zum ersten Mal getroffen, er hatte sich auf dem Balkon eine Zigarette bei mir geschnorrt und wir haben uns das erste Mal geküsst.

Hier durfte ich ihn das erste Mal berühren und ihn zusammenhalten, als er zerbrochen war.

Hier hatten wir uns gestritten und wieder versöhnt. Nächtelang auf dem Dach gesessen und uns geliebt.

Das hier waren Erinnerungen und Alpträume.

Vergessen wollen und für immer daran denken.

«Ich glaub, ich muss kotzen», presste Caden hervor und zerquetschte mir beinahe die Hand.

«Sollen wir gehen?», wollte ich wissen, doch er schüttelte den Kopf.

«Nein, ich will es hinter mich bringen. Ein letztes Mal, danach nie wieder.»

«Okay. Wir können jederzeit gehen, wenn du gehen willst», sagte ich und drückte auf den Fahrstuhlknopf.

Wir stiegen ein und die Türen schlossen sich hinter uns.

Je höher wir fuhren, desto unruhiger wurde Caden. Als die Türen sich öffneten, zog sich mein Magen schmerzhaft zusammen und meine Hände wurden feucht.

Alles war so vertraut.

Das hier war unser Zuhause gewesen und ich vermisste es.

Ich vermisste Liam, der immer mehr als mein bester Freund gewesen war.

Wir hatten noch so viel, was wir zusammen erleben wollten. Ihn hätte ein Leben mit Mica so glücklich gemacht.

Er hatte es trotz allem so sehr verdient und es tat weh, zu wissen, dass er es nie erleben würde.

Ich hatte versucht, mit Mica zu reden, ihn zu treffen oder zu erreichen. Doch er hatte keinen meiner Anrufe entgegengenommen.

Er gab Caden die Schuld an Liams Tod.

Vielleicht würde die Wut irgendwann verrauchen und er mit uns sprechen. Wenn mehr Zeit vergangen war und er den Raum zum Trauern gehabt hatte, den er brauchte.

Für Caden und auch für Mica würde ich es mir wünschen.

Mein Blick fiel auf die verglasten Wände mit den schwarzen Streben darin, auf die schwarze Treppe, die zu Cadens Zimmer führte und auf die Reste des Absperrbandes, das die Putzkolonne vergessen hatte.

«Okay, ich … holen wir unsere Sachen», sagte Caden heiser, seine Finger verschwanden und ich konnte ihm nur nachsehen, wie er schnellen Schrittes die Metalltreppe hinaufging.

Ein letztes Mal betrat ich mein Zimmer, in dem noch alles genauso war, wie ich es hinterlassen hatte.

Tief atmete ich ein, griff dann nach einer großen Tasche und begann zu packen.

Doch vorher hob ich mein Kissen an und griff nach dem Bild von mir und Caden.

Ich schob es in mein Portmonee, damit ich es immer bei mir tragen konnte.

Dieses Bild zeigte uns und ich wusste, irgendwann würde es uns an etwas erinnern, das wir vielleicht vergessen glaubten.

EPILOG

CADEN

Meine Beine fühlten sich schwerer an als sonst. Nur mit Mühe schaffte ich es, die Füße zu heben und einen Schritt nach dem anderen zu gehen.

Nebel breitete sich in meinem Kopf aus, hüllte mich ein und machte alles dumpf.

Das Blut rauschte mir in den Ohren, als ich meine Hand auf die Klinke legte und diese herunterdrückte.

Ohne mich umzusehen, hob ich die schwarze Reisetasche vom Boden auf und begann alles aus der Kommode hineinzustopfen.

Außer Kleidung besaß ich nichts, was ich hätte mitnehmen wollen. Nichts, bis auf eines.

Ich fand das Bild ganz hinten in der Schublade, genau dort, wo ich es platziert hatte.

Ihre dunklen Augen leuchteten mir auch nach all den Jahren noch entgegen. Eine Hand umschloss das Seil der Schaukel, mit der anderen hielt sie einen dunkelhaarigen Jungen.

Auch wenn ich ihr Lächeln nicht sah, weil ihre Lippen auf dem Kopf des Jungen lagen, konnte ich es erkennen. An den Lachfältchen um ihre Augen und dem kleinen Grübchen auf ihrer Wange.

Sanft fuhr ich mit den Fingern über ihr Gesicht. Daran, dass ich dieser Junge gewesen war, erinnerte ich mich nicht. Genauso wenig wie an sie.

Harry hatte mir jede Erinnerung genommen. Bilder von ihr waren verboten, genauso wie Fragen zu stellen. Nicht über sie und erst recht nicht über meine Kindheit. Deswegen wusste ich weder, wie ich als Kind gewesen war, noch, was sie ausgemacht hatte.

Es gab dieses Bild und das würde reichen müssen.

Nach einem letzten Blick darauf verstaute ich es in der Tasche und warf sie mir über die Schulter, doch gerade als ich gehen wollte, fiel mir etwas auf dem Bett auf.

Ein brauner Umschlag mit meinem Namen lag darauf. Die Handschrift kannte ich nicht, also nahm ich ihn und sah hinein. Heraus fiel ein zusammengefalteter Zettel und ein weiterer kleinerer Umschlag.

Caden, es tut mir leid, dass ich dir die Schuld für Liams Tod gegeben habe. Heute weiß ich es besser, dennoch schaffe ich es nicht, dich zu sehen oder zu hören.

Ich werde umziehen, wollte dir aber noch das hier da lassen. Liam hat diesen Brief vor einiger Zeit an dich geschrieben und ihn nie abgeschickt.

Jetzt kann er ihn dir nicht mehr geben, aber ich finde, du solltest wissen, was er zu sagen hatte.

Pass auf dich auf.

Mica.

Die Tasche rutschte mir von der Schulter, als ich nach dem zweiten Umschlag griff.

Eine Hand presste ich mir auf den Bauch, während ich diesen verdammten Umschlag anstarrte.

Ganz von allein setzten meine Beine sich in Bewegung und führten mich zum Dach.

Erst als ich vorn an der Kante saß und meine Beine über dem Abgrund hingen, hatte ich das Gefühl, wieder atmen zu können.

Ich zündete mir eine Kippe an und drehte den Umschlag in meiner Hand.

«Cady? Was tust du hier?», erklang Lucas Stimme hinter mir und ich hörte, wie er sich vor der Absperrung niederließ.

Ich nahm einen tiefen Zug, bis es in meinem Hals zu kratzen begann und sah dem weißen Rauch dabei zu, wie er im Wind verschwand.

«Cady, bitte. Es macht mich nervös, wenn du dort sitzt. Bitte … komm zurück zu mir.»

Zurück zu ihm … zu Luca.

Als ich ihn ansah, erkannte ich uns und rutschte schließlich bis zur Absperrung zurück. Soweit, dass ich mich gegen ihn lehnen konnte.

Er war meine Freiheit. Ich brauchte die Kante nicht mehr, um zu wissen, wie ich dieses Leben überstehen sollte.

«Der … der ist von Liam», krächzte ich und wischte mir mit der Hand über das Gesicht. «Halt mich fest. Sonst … ich will nicht doch noch springen wollen.»

Er atmete scharf ein, nickte und legte schließlich seine Arme fest von hinten um meine Brust. Ich spürte seinen Herzschlag in meinem Rücken, roch sein Shampoo und wünschte, ich würde es länger als nur ein paar Minuten so ertragen. Doch irgendwann wurde der Knoten um meine Brust zu eng, erstickte mich und drohte, mich in die Dunkelheit zu ziehen. Immer noch und wahrscheinlich für alle Zeit.

Aber das hier war ein Fortschritt. Aus erträglich war okay geworden und aus okay hatte Luca gut gemacht. Jetzt war es ein *ich-brauche-ihn*.

«Willst du ihn öffnen?», fragte er, woraufhin ich nickte und mit zitternden Fingern das Papier aufriss.

Das hier waren Liams letzte Worte an mich. Alles, was ich noch von ihm hatte.

Luca zündete uns zwei weitere Kippen an, reichte mir eine davon und legte erneut seine Arme um mich.

Und dann begann ich, zu lesen.

~~*Lieber Caden,*~~

~~*Hallo Caden … verdammt.*~~

Caden, ich weiß nicht, wie ich anfangen soll. Deswegen schreibe ich einfach drauflos.

Du hasst mich wahrscheinlich und ich habe keine Ahnung, ob du diesen Brief jemals lesen wirst.

Aber ich wollte, dass du etwas weißt.

Als du damals zu uns gekommen bist, war ich der glücklichste Junge der Welt.

Weil ich plötzlich einen Bruder hatte und nicht länger allein sein musste.

Als deine Mom dann starb, habe ich heimlich in meinem Zimmer geweint. Ich wollte nicht, dass du siehst, wie traurig mich dein und unser Verlust machte.

Du warst noch so klein und plötzlich hattest du nur noch uns.

Du wurdest mein bester Freund und ich habe mir gewünscht, dass es für immer so bleibt. Doch das ist es nicht.

Du hast dich verändert und ich habe nie verstanden, warum.

Dann musste ich fort und du hast mir von Dad erzählt. Ich wollte es nicht glauben, weil dann meine perfekte Welt zusammengebrochen wäre. Also habe ich dich zurückgelassen.

Das war der größte Fehler meines Lebens. Dir nicht geglaubt zu haben, dich zu verlassen … ich habe jede Nacht daran gedacht.

Als ich endlich den Mut hatte, dir wieder unter die Augen zu treten, dich im Park zu besuchen und dort erfuhr, dass du auf der Straße lebst, ist für mich eine Welt zusammengebrochen.

Weißt du, dass ich danach noch wochenlang dort war, um dich noch einmal zu sehen?

Doch du kamst nie zurück und deine Nummer gab es nicht mehr.

Als ich herausfand, dass du in Rikers sitzt, wollte ich sterben.

Mein kleiner Bruder in dieser Hölle? Es war unvorstellbar, Caden. Dort habe ich mir vorgenommen, dich dort rauszuholen. Ich wollte dich retten und habe es nie geschafft.

Es war meine Schuld, dass du dort warst. Weil ich dich verließ. Mehrfach.

Ich habe dich enttäuscht und dich im Stich gelassen und das tut mir leid. Ich werde das nie wieder gut machen können. Niemals. Und das bereue ich zutiefst.

Ich liebe dich Caden und ich trauere um jeden Tag, den ich mit dir verpasse und verpasst habe.

Du bist ein ganz besonderer Mensch. Der stärkste, den ich je getroffen habe. Tausendmal stärker als ich und unendlich viel besser als Dad.

Du fehlst mir und ich würde mir wünschen, dass ich die Zeit zurückdrehen und alles für dich besser machen könnte. Aber das kann ich nicht.

Aber ich werde dich da rausholen. Ich habe dich aus Rikers geholt und ich werde dich aus dem Chicago Jail holen.

Es tut mir leid, Caden. Alles, was passiert ist und dass ich so ein mieser Bruder war.

Ich hoffe, du kannst mir irgendwann verzeihen.

Ich hoffe, ich kann mir selbst irgendwann verzeihen.

Du bist mein Licht. Du hast mich zu dem gemacht, der ich bin.

Du bist mein kleiner Bruder.

Daran wird sich nie etwas ändern. Nicht für mich.

Ich werde für dich kämpfen, Caden. Und dann werde ich um uns kämpfen.

Bitte verzeih mir.

Ich liebe dich.

~~Dein großer Bruder~~ Liam.

Es zerriss mich. Jedes einzelne Wort brannte sich auf meine Seele, riss alte Wunden auf und fügte neue hinzu.

Er war mein Bruder und so sehr ich versucht hatte dagegen anzukämpfen, er war immer mein Bruder gewesen.

Ich hatte ihn gehasst und gleichzeitig geliebt. Das hier war keine Aussprache, die hätte es wahrscheinlich niemals gegeben. Aber es war echt. Es half, obwohl es so sehr weh tat.

Ich hatte einen Bruder.

Nein, ich habe einen Bruder. Wo er sich befand, war egal. Aber er würde immer mein Bruder sein.

«Cady?» Lucas Stimme bewahrte mich davor, in Dunkelschwarz zu versinken und spendete gerade so viel Licht, dass es bei Schatten blieb.

Ich ließ den Brief sinken, drehte mich zu ihm um und erlaubte es ihm, mein Gesicht zwischen seine Hände zu nehmen.

Seine Lippen legten sich auf meine, er küsste mich, tief und unendlich.

«Ich liebe dich, Caden. Jetzt und immer. Egal was noch passiert», raunte er zwischen zwei Küssen.

«Verdammt, Richkid. Ich lieb' dich. So verflucht sehr.»

Seine Lippen verzogen sich zu einem Lächeln, als er mich immer und immer wieder küsste.

Als ich mich schließlich von ihm löste und meine Stirn gegen seine sinken ließ, wusste ich es.

Er war die Antwort auf all meine Fragen gewesen. Er zeigte mir, wie man lebte und wie es sich anfühlen konnte, geliebt zu werden.

«Was wünscht du dir mehr als alles auf der Welt?», fragte er leise und diesmal wollte ich nichts rückgängig machen.

Ich wollte Leben. Jetzt und morgen und auch noch übermorgen.

Mit ihm.

«Uns», flüsterte ich.

Ich wünsche mir nichts mehr als uns.

ENDE

PS: Möglicherweise werdet ihr zum Jahresende Caden und Luca noch einmal wieder treffen, denn es wird ein Spin-Off mit Ace und Keith geben.

NACHWORT

Da ist die Geschichte nun zu Ende. So richtig kann ich es noch gar nicht glauben. Ich durfte jetzt so viel Zeit mit den beiden Männern verbringen und habe wirklich viel durch sie gelernt.
Über mich, die Zustände in Gefängnissen, den Umgang mit Traumata und noch so viel mehr.
Ich habe das Gefühl, die beiden haben mich beruflich aber auch menschlich sehr viel weiter gebracht.
Beim Schreiben durfte ich mit Caden und Luca zittern, bangen, weinen und lachen. Aber ich habe auch einiges von den beiden mitnehmen können und dafür bin ich ihnen sehr dankbar.
Caden und Luca werden immer einen ganz besonderen Platz in meinem Herzen haben und ich würde mir wünschen, dass auch ihr sie nicht vergesst.
Während des Schreibens haben sich zwei Nebencharaktere in mein Herz geschlichen, die im Winter ihre eigene Geschichte erzählen dürfen. Ich freue mich sehr auf das, was Ace und Keith mir zu sagen haben. Natürlich werden auch Caden und Luca einen Platz in der Geschichte bekommen und wahrscheinlich auch noch ein paar andere bekannte Gesichter aus der Chicago Reihe.
Dennoch werden die Bücher von Ace und Keith als Spin-Off erscheinen und unabhängig von der Chicago Lights Reihe lesbar sein.
Ich danke euch, dass ihr Caden und Luca eine Chance gegeben und ihnen erlaubt habt, euer Herz zu berühren <3

DANKSAGUNG

Ja da sind wir wieder, bei der guten alten Danksagung. Ich habe schon einmal erwähnt, dass diese mir am schwersten fällt. Weil ich nicht in Worte fassen kann, wie dankbar ich jedem Einzelnen bin, der mich auf meinem Weg unterstützt.
Meine Familie, meine Freunde und jedem, der mit mir zusammen an diesem für mich so bedeutsamen Buch gearbeitet hat.
Meinen Leser:innen bin ich besonders dankbar, denn ohne euch würde es dieses Buch nicht geben.
Und weil ich die Danksagung nicht so gut kann, dachte ich, machen wir es diesmal ein bisschen anderes und meine lieben Testlesermädels dürfen ein paar Worte sagen :)

Liebe Mia, ich danke dir für dein Vertrauen und dafür, dass ich die Erlebnisse von Caden und Luca quasi aus erster Hand erfahren habe und du mich in ein für mich ganz neues Genre eingeführt hast. Ich bin stolz auf dich und deine Entwicklung und freue mich schon sehr, auch in Zukunft Teil deines kleinen Teams zu sein. - Sara

Chicago Lights vereint Spannung und eine einzigartige Liebesgeschichte zu einem richtig aufregenden Leseerlebnis. Ein Rausch auf allen Ebenen. - Desi

Ich bin mit Liam gestorben, habe mit Caden gelitten und mit Luca gehofft.
Wäre mein Herz eine Weltkarte, an der ich all die Orte markiere, die ich gerne mag, die mich berührt haben, wäre eine Stecknadel jetzt genau auf Chicago.
Danke, liebe Mia, dass ich dich auf deinem Weg mit den Boys begleiten durfte. – Melina

Die Chicago Lights Reihe ist einfach phänomenal. Mia Rosé schreibt detailliert, beängstigend realistisch und ergreifend. Oft hat man das Gefühl, das eigene Herz zerbricht in Stücke und man bekommt feuchte Augen. Zu anderen Zeitpunkten springt das Leserherz vor Freude. Die Protagonisten entwickeln sich unberechenbar und die Geschichte löst bei den Leser*innen eine Explosion an positiven und negativen Emotionen aus. Chicago Lights ist für mich eine Reihe die unbedingt verfilmt werden sollte.

Mia Rosé hat für mich das Potential, eine sehr erfolgreiche Autorin zu werden und viele anderen Autor*innen in ihren Schatten zu stellen. Ich bin sehr glücklich an ihrer Seite, als ihre Alpha-Leserin ein klitze kleiner Teil davon zu sein. Wer kann schon sagen: »Bei dem Film dürfte ich damals als erste die Rohfassung lesen!« 😊

Yvonne (Instagram: lara_leseherz)

Caden und Luca waren einfach nur WOW!
Ich habe mich unglaublich in die beiden verliebt. Sie haben mich sowhl zum Lachen, als auch zu Weinen gebracht und das wirklich buchstäblich. Eine typische Geschichte, die ich am liebsten noch einmal zum ersten Mal lesen möchte. – Anja

ÜBER DIE AUTORIN

Autorin für Bücher mit Herz🖤
Emotional, ergreifend, echt🖤

Mia Rosé ist Autorin für Liebesromane.
Ihre Passion sind schwere Themen und Protagonisten mit einer prägenden Geschichte.
Nicht sie schreibt die Storys, sondern ihre Charaktere erzählen sie ihr.
Sie bringt euch zum Lachen, weinen und mitfiebern.
Sie beschert euch eine Gänsehaut und lässt eurer Herz still stehen, nur um es danach zum rasen zu bringen.
Neben dem Schreiben hat sie ihr Herz an die Musik und das Zeichnen verloren.
Aber Mia Rosé schreibt nicht gern über sich, deshalb lest einfach ihre Bücher und erlebt es selbst.
Die Achterbahn der Gefühle.

WEITERE BÜCHER DER AUTORIN:

The Hope of Christmas – Wenn Weihnachten zum Wunder wird

Drowning in my Soul – Memories Reihe Band 1

Chicago Lights Band 1 – Colder than your Touch

Chicago Lights Band 2 – Higher than your Hopes

LESEPROBE

BRIDGE- The Song of my Past
von
Mia Rosé
„Rockstar" Gayromance
(erscheint demnächst auf Amazon und Kindle Unlimited)

Klappentext:

„Hör auf die Bridge, sie ist die Verbindung, die alles zusammenhält."

Seit einem traumatischen Erlebnis fehlt Kit Bellamy, dem Sänger der Last Acts, jegliche Inspiration.

Bis er eines Tages den Straßenmusiker Brooks Turner trifft.

Seine Leidenschaft für die Musik und der Schmerz in seiner Stimme berühren Kit zutiefst.

Nur wenn er Brooks zuhört, schafft er es auch, selbst wieder zu komponieren.

Kurzentschlossen bietet er Brooks viel Geld, damit er ihn auf die anstehende Welttournee begleitet.

Dieser hat keine andere Wahl, als dem Angebot zuzustimmen.

Doch Kit ahnt nicht, dass Brooks es ihm alles andere als leicht machen wird. Denn Brooks hasst Kit.

Bridge - The Song of my Past

Prolog

Schlagzeile:

LA Gazette
Journalist: Jason Cooper
18.März 20018

Kit Bellamy rast völlig betrunken in Straßenlaterne und tötet dabei einen Waschbären

Gestern Abend hat Kit Bellamy, weltbekannter und derzeit erfolgreichster amerikanischer Rock-und Popstar wieder einmal über die Stränge geschlagen.
Nachdem er zuvor schon in einer prekären Lage mit einem Angestellten der Bar abgelichtet wurde, ging die Party anschließend feucht-fröhlich weiter.
Schließlich ging es soweit, dass Kit sich betrunken und vollkommen nackt hinter das Steuer seines Leihwagens setzte und diesen gegen den nächsten Laternenmast fuhr. Als wäre das noch nicht genug, stieg er anschließend vollkommen unbekleidet aus und schlugt mit einer Whiskeyflasche auf das Dach des Wagens ein.
Die Nacht verbrachte er in einer Ausnüchterungszelle, aus der sein Manager ihn am Morgen abholte und die Kaution hinterlegte.

War dies nun der Gnadenstoß für den Sänger der Band *Last Acts,* oder kann er auf seiner bevorstehenden Welttournee das Ruder noch einmal herumreißen?

@kitforlife123
Habt ihr schon das neue Bild von Kit gesehen? *.*

@kitsbaby_girl
#lovekit4eva
Omg, ja :'(Hab mir solche Sorgen um ihn gemacht

@chris_the_rock28
Sorgen? Du bist doch nicht ganz dicht @kitsbaby_girl

@kitsbaby_girl
Er hatte einen Unfall! Natürlich mache ich mir Sorgen!

@jane97
Jaaa! OMG! Der Arme, er ist einfach so hot :O

@chris_the_rock28
-.- der Typ ist nackt und völlig besoffen mit dem Auto gegen eine Laterne gefahren.

@kitforlife123
Äh ja?!? Wie du schon sagtest, NACKT! *.*

@music_is_my_life

#kotz Der Kerl ist komplett durch. Seine Musik ist der letzte Müll und klingt schlimmer als meine Klospülung. Ich geb dem nicht mal bis zum Ende der Tournee -.-

@Jane97

WTH?! Du bist der letzte Müll. Kit wird zurückkommen. Seine Tournee wird der Wahnsinn.

Kapitel 1
Kit

«Verdammt, Kit! Wenn du nicht langsam etwas ablieferst, irgendetwas, dann bist du schneller von der Bildfläche verschwunden, als du Scheißhaufen sagen kannst!»

Jeffs Stimme hallte aus dem Lautsprecher meines Telefons und ließ meine Ohren bluten. Ich wusste, dass er Recht hatte, trotzdem wollte ich davon nichts wissen. Musik war das Einzige, was mir noch geblieben war. Ich durfte die Musik nicht auch noch verlieren.

«Ich versuche es ja! Ich versuche es wirklich. Aber mein Kopf ist wie leer gefegt, da ist ... nichts. Rein gar nichts!»

Am anderen Ende der Leitung wurde es still, bevor Jeff leise seufzte. «Ich habe mit der Plattenfirma gesprochen. Sie geben dir Zeit bis zum Ende der Tour. Das heißt, du hast sechs Monate, um ihnen ein neues Album zu liefern. Ansonsten seid ihr raus.»

Das konnte nicht sein Ernst sein.

Was zum Henker?

«Ein ganzes Album? Bist du völlig verrückt geworden?», fragte ich entsetzt und fuhr mir mit der Hand durchs Haar.

Es war unmöglich, in so kurzer Zeit ein ganzes Album zu schreiben. Das ganze letzte Jahr war mir schon nichts eingefallen, warum sollte sich das plötzlich ändern?

«Du wusstest, dass es hart werden würde, ich habe dich gewarnt. Aber du wolltest unbedingt zu MIJ, das war immer dein großes Ziel. Jetzt liegt es an dir, was du daraus machst. Also sieh zu, dass du etwas findest, das dich inspiriert. Es ist nicht nur deine Karriere, die davon abhängt.»

Dachte er etwa, dass wusste ich nicht? Mir war klar, was alles daran hing. Das hier, die Band, war unser Leben. Meines und das der Jungs. Wenn wir scheiterten, saßen wir schneller wieder auf der Straße als uns lieb war.

«Es wird Zeit für etwas Neues. Etwas anderes. Die Songs sind ausgelutscht und wiederholen sich. Du musst eine andere Seite von dir zeigen. Also streng dich an, du kannst die Band nicht hängen lassen.»

Eine andere Seite? Verdammt, reichte es den Leuten nicht, dass ich ihnen mein Leben vor die Füße kotzte? Was wollten sie denn noch?

«Was denkst du denn, was ich hier mache?», schnauzte ich ihn an. Seit Monaten versuchte ich, neue Songs zu schreiben. Aber ich war blockiert. Komplett und unlösbar.

«Im Moment? Keine Ahnung. Deine perfekten Eier schaukeln? Die letzten Tage hast du dich besoffen und bist mit schlechter Presse aufgefallen. MIJ ist keines von diesen Labeln, Kit. Benimmst du dich daneben, seid ihr raus. Also lass die scheiß Partys sein und bekomme endlich dein verdammtes Leben in den Griff!»

Mit diesen letzten Worten legte er auf. Ich schleuderte das Telefon in den Sand und griff nach der Flasche Whiskey, die neben mir stand. Mit kräftigen Zügen trank ich davon, bevor ich mir eine Kippe anzündete und mich rücklings in den Sand fallen ließ. Ich legte mir einen Arm über die Augen, inhalierte das Nikotin und schaltete meine Gedanken ab. Das funktionierte nur mit Alkohol. Ich konnte mich nicht erinnern, wann ich das letzte Mal über einen längeren Zeitraum nüchtern gewesen war.

Gerade als ich kurz davor war einzuschlafen, drang leise Musik zu mir herüber.

«Alex stell das ab», murmelte ich, doch mein Bodyguard reagierte nicht. «Verdammt, Alex! Stell das ab!»

«Das kann ich nicht», erklang plötzlich seine Stimme neben mir und ich zuckte zusammen.

Das Pochen hinter meinen Schläfen wurde mit jedem weiteren Ton schlimmer. *Verdammte Scheiße!*

Ich sprang auf, geriet jedoch ins Stolpern und landete kurz darauf auf den Knien.

«Vielleicht solltest du es langsamer angehen lassen», meinte Alex, doch ich ignorierte ihn. Natürlich sollte ich das. Schließlich war es noch nicht einmal Mittag. Aber ich wollte es nicht. Ich wollte einfach nur hier sitzen, an diesem einsamen Strand, wo mich keiner kannte und mich betrinken. Nur für ein paar Stunden wollte ich nicht der gefeierte Rockstar sein, den alle liebten. Ich wollte einfach nur Kit sein. Nur ich.

«Lass wenigstens den Alkohol weg», versuchte Alex es erneut.

Wütend funkelte ich ihn an und setzte allein aus Protest den Whiskey erneut an meine Lippen. Brennende Flüssigkeit rann mir die Kehle herunter und verbrannte mir den Magen. Es war mir egal.

Strauchelnd setzte ich mich in Bewegung und ging in Richtung Promenade. Wenn Alex sich nicht darum kümmern wollte, musste ich es halt selbst machen.

Er folgte mir stumm, denn er war mein Schatten.

Seit wir vor drei Jahren unseren ersten Nummer-eins-Hit gelandet hatten und die Band durch die Decke ging, konnten wir nirgends mehr ohne Bodyguards hin.

Dass manche Fans aufdringlich werden würden, damit hatte ich gerechnet. Aber mit dem, was uns tatsächlich erwartet hatte, damit nicht.

Allerdings bezweifelte ich, dass mich heute jemand erkennen würde.

Inzwischen war ich ein Meister der Tarnung geworden, was unumgänglich war, wenn man kein Privatleben mehr hatte.

Ich liebte und hasste es gleichermaßen. Jeder, der sich für dieses Leben entschied, liebte es auf eine gewisse Art und Weise. Die Aufmerksamkeit, die Fans, das Geld. All das gehörte zu diesem Leben und wenn man sich für das Rampenlicht entschied, musste man es in Kauf nehmen.

Die Leute liebten meine Lieder, weil sie die Gefühle, die ich in meinen Texten verarbeitete, spüren konnten.

Ich schrie sie ihnen entgegen, wenn auch mit anderen Worten.

Doch seit einer ganzen Weile war mein Kopf leer. Da war nichts mehr. Keine Inspiration, keine Gefühle, kein Leben. Ich war innerlich leer und hatte keine Ahnung, wie ich das ändern sollte.

Je näher ich dem Stadtzentrum kam, desto lauter wurde die Musik.

Jetzt erkannte ich auch, zu wem sie gehörte. Ein junger Mann, ich schätzte, er war in meinem Alter, saß mit einer Gitarre im Schoß auf einer Decke und sang.

Mein Plan war es, hierher zu kommen und ihn zum Teufel zu jagen. Stattdessen ging ich an ihm vorbei, zu einer schmalen Gasse, die hinter eines der Geschäfte führte. Ich ließ mich auf den Boden sinken und bedeutete Alex, es mir gleichzutun.

«Was machen wir jetzt?», wollte er wissen und streckte seine langen Beine aus. Alles an diesem Kerl war riesig. Seine Hände hatten die Maße von Baggerschaufeln und er selbst war an die zwei Meter groß.

«Warum starrst du mich so an, Kit? Ist dir der Alkohol zu Kopf gestiegen?»

Ich zuckte mit den Schultern und zündete mir eine weitere Kippe an. «Hab mich nur gefragt, ob alles an dir so … überdimensional ist.»

Alex lachte auf und lehnte sich lässig gegen die Wand in seinem Rücken. Wir sahen aus wie zwei Männer, die auf dem Boden von L.A. saßen. Nicht wie der gefeierte Rockstar und sein Bodyguard. Das war meine Bedingung gewesen, als Jeff uns Personenschutz aufgezwungen hatte. Ich wollte nicht die ganze Zeit von einem *Men in Black* verfolgt werden.

«Alles an mir ist riesig. Willst du dich selbst davon überzeugen?»

«Sobald ich einen harten kriege, wenn ich einen Gorilla sehe, meld ich mich bei dir.»

«Du bist so ein Wichser», sagte er lachend und zeigte mir den Mittelfinger. Grinsend erwiderte ich die Geste und nahm einen erneuten Schluck aus der Flasche.

Der Mann fing wieder an zu singen und ich ließ meinen Blick träge zu ihm wandern. Der Alkohol machte meine Gedanken dumpf und die Welt weniger laut. Der Drang, ihm das Maul zu stopfen, war verflogen, stattdessen schloss ich die Augen und hörte zu.

Seine Stimme war sanft, nichts besonderes, aber auch nicht langweilig. Eingehend passte wohl am besten.

Doch das war es nicht, was mich inne halten ließ. Es war die Art, wie er sang. Über das Leben, über verpasste Chancen und über Schmerz. Allumfassender Schmerz, den ich in jeder seiner Silben spürte. Die Art von Schmerz, wie ich ihn selbst jeden Tag ertragen musste.

Ich öffnete die Augen und nahm mir die Zeit, ihn näher zu betrachten.

Seine Art, wie er sich trotz allem bewegte, wie er den Menschen ein dankbares Lächeln schenkte, wenn sie ein paar Münzen in den Becher vor ihm warfen, stand im kompletten Kontrast zu der Musik, die er spielte. Er sah gut aus, wenn auch etwas verwahrlost. Aber seine dunklen Augen, das braune Haar und der dunkle Drei-

Tage-Bart waren scharf. Er trug ein rotes Band-Shirt, nicht von unserer Band übrigens, und eine schwarze, zerschlissene Jeans. Neben ihm lagen ein Schlafsack und zwei Seesäcke. Ob er hier lebte? Auf der Straße von Los Angeles? *Fuck.*

Venice Beach war nachts nicht die sicherste Ecke. Wenn es dunkel wurde, zeigte sich die Armut. Dann kamen die, die es nicht geschafft hatten, aus ihren Löchern und machten die Stadt unsicher.

Verdammt, ich war so ein Arsch.

Eine gefühlte Ewigkeit saß ich da, lauschte seinen Songs und plötzlich überkam es mich. Da war ein Funken, eine Idee, eine Inspiration. Ich holte mein Notizbuch aus meiner hinteren Hosentasche und begann zu schreiben. Ich schrieb Note um Note, Zeile um Zeile. Die Welt um mich herum verstummte, bis sie schließlich vollends zum Stillstand kam. Es gab nur noch mich und diese Zeilen. Sie waren nichts Besonderes, aber sie würden anders werden.

«Wir sollten langsam aufbrechen», Alex Stimme drang nur gedämpft zu mir durch und ich brauchte eine Weile, bis ich wieder im hier und jetzt angekommen war.

Ich sah von meinem Notizbuch auf und stellte fest, dass es bereits dämmerte. *Wie lange hatten wir hier gesessen?*

Ich streckte meine vom langen Sitzen steifen Glieder, und erhob mich. Der Alkohol hatte mittlerweile seine Wirkung verloren und ich war für meinen Geschmack viel zu nüchtern. Wir mussten auf dem Rückweg auf jeden Fall eine neue Flasche besorgen.

«Trink das.» Alex reichte mir eine große Flasche Wasser, die ich fast in einem Zug leerte.

«Wir müssen neuen Whiskey besorgen», sagte ich an Alex gewandt, der mich nur skeptisch musterte. «Du solltest dir erstmal etwas zu Essen holen, bevor du dir die nächste Flasche rein kippst.»

Wenn ich die Nacht überstehen wollte, brauchte ich definitiv etwas zu trinken. Am besten was Hartes.

Noch ein letztes Mal sah ich zu dem Sänger, bevor ich mich umdrehte und wir uns auf den Weg zurück zum Hotel machten.

Tatsächlich konnte Alex mich noch dazu überreden etwas zu essen, bevor ich mir die nächste Flasche Whiskey besorgte. Jetzt saß ich hier, in einem dieser immer gleichen Hotels und starrte auf den Zettel vor mir. Doch mein Kopf war wieder einmal leer. *Verdammt!*

Frustriert griff ich nach der Flasche neben mir und kippte einen großen Schluck der brennenden Flüssigkeit herunter.

Ich war Kit Bellamy und bekam es nicht hin, einen verdammten Song zu schreiben. Seit … nein. *Fuck.*

Nichts durfte mich so aus der Bahn werfen, dass ich nicht mehr texten konnte und doch tat es das.

Ich schleuderte die Flasche gegen die Wand und sah dabei zu, wie sie in tausend Teile zerbrach. Die braune Flüssigkeit verteilte sich auf der hellen Tapete und lief in Rinnsalen daran herab.

Wütend ließ ich mich auf mein Bett fallen, presste mir ein Kissen auf das Gesicht und schrie.

Irgendwann musste ich wohl doch eingepennt sein, denn als ich die Augen wieder öffnete, stand die Sonne bereits hoch am Himmel. Ein schmerzhaftes Pochen breitete sich hinter meinen Schläfen aus, als ich mich aufsetzte.

«Verdammt.»

Stöhnend ließ ich mich zurück in die Kissen fallen und tastete blind nach meinem Notizblock.

Verblüfft stellte ich fest, dass das, was ich gestern geschrieben hatte, wirklich gut war.

Richtig gut sogar.

Vielleicht schaffte ich es ja doch, wenigstens ein paar Songs zu schreiben und das Label so ein wenig zu beruhigen. Ich wollte nicht, dass sie uns raus warfen. Dafür waren sie zu wichtig. Wir hatten uns den Arsch aufgerissen, damit sie uns unter Vertrag nahmen. Sie sollten uns ganz groß machen und die aktuelle Welttournee und die goldenen Platten in meinem Haus in Malibu bewiesen, dass es richtig gewesen war, dorthin zu gehen. *Und warum bin ich dann nicht glücklich?*

«Scheiße. Ich bin glücklich. Ich muss glücklich sein!»

Wenn ich es schaffte, den Text weiter zu schreiben, wären wir fein raus. MIJ verlangt ein ganzes Album in einem halben Jahr. Irgendwie musste ich das hinbekommen, egal wie.

Doch als ich nach dem Stift griff, passierte nichts. Wie immer.

In meinem Kopf herrschte Leere und ich wusste nicht, wie ich diese füllen konnte. Es war, als wäre mir mit diesem einen Tag all meine Inspiration ebenfalls geraubt worden.

Wütend warf ich den Stift und das Buch auf mein Bett, schrieb Alex, dass ich in einer Viertelstunde los wollte und stand auf. Die Dusche drehte ich auf eiskalt und ignorierte die Gänsehaut, die sich über meinen Körper zog.

Als ich aus dem Bad trat, war Alex bereits da. Er saß an seinem Handy in einem der Sessel und blickte nicht einmal auf, als ich völlig nackt durch das Zimmer spazierte.

Er war der Einzige, dem ich es gestattete, einfach so in mein Zimmer zu kommen. Außer meinen Bandkollegen war er außerdem mein einziger wahrer Freund. Er kannte mich, meine Geschichte und die Folgen, die ich davon getragen hatte.

Alex stellte nicht viele Fragen, war aber immer ehrlich. Er war diskret, loyal und allein aus diesem Grund durfte er niemals kündigen. Bei dem, was ich auf Tour so abzog, würde es sowieso kein anderer lange mit mir aushalten.

Aus meiner Tasche zog ich eine helle, weite Jeans und ein weißes Shirt. Zurück im Bad putzte ich mir die Zähne und vermied es, zu lange in den Spiegel zu sehen. Denn wenn ich es doch tat, stellte ich jedes Mal fest, dass mir ein Fremder daraus entgegen blickte.

Die schwarzen Haare waren dieselben. Ebenso meine dunklen Augen und die feine Narbe an meiner Stirn zeigten mir, dass es immer noch ich war. Doch mein verdammtes Bein und der Schmerz darin erinnerten mich jeden Tag daran, dass es eben nicht so war. Das hier war nicht mehr ich.
Bis vor einiger Zeit hatte ich all das hier geliebt. Ich hatte mich selbst gefeiert und war der Überzeugung, völlig unantastbar zu sein. Bis ich eines Besseren belehrt wurde.

Ich schüttelte die miesen Gedanken ab, griff nach der Basecap, der Sonnenbrille und ging an Alex vorbei direkt zur Tür.

Er folgte mir, ohne auch nur eine Frage zu stellen. Denn das war sein Job. Mich auf Schritt und Tritt zu begleiten und zu beschützen.

»Willst du hier warten?«, fragte er, als wir vor einem Starbucks hielten. Ich nickte, denn durch das Fenster sah ich, wie überfüllt es da drin war. Hier draußen war die Wahrscheinlichkeit geringer, erkannt zu werden, als auf so engem Raum.

Das hasste ich an L.A. Hier lebten so viele Promis, dass es Menschen gab, die nur darauf warteten, sich auf einen von ihnen zu stürzen. Vielen war es da auch scheißegal, wer da vor ihnen stand, Hauptsache prominent. Alles andere war erst einmal zweitrangig.

Nachdem Alex uns bei Starbucks Frühstück und Kaffee organisiert hatte, steuerte ich zielsicher den Platz von gestern an. Der Typ war bereits da und hatte seine Gitarre auf dem Schoß, der Becher für das Geld stand vor ihm. Ich holte ein paar Scheine heraus und reichte sie Alex. Verwirrt sah er mich an und ich deutete mit dem Kinn auf den Musiker.

«Gib es ihm. Ich warte in der Gasse.»

Alex schüttelte kurz den Kopf, tauschte dann aber Geld gegen das Frühstück in seinen Händen und ging auf ihn zu.

Ich ließ mich an demselben Platz wie gestern auf dem Boden nieder und holte meinen Notizblock hervor. Verstohlen beobachtete ich Alex, als er das Geld hineinwarf und dann zu mir zurückkam. Erst als Alex weit genug entfernt war, griff der Kerl nach den Scheinen und riss die Augen auf. Sein Blick suchte Alex und als er ihn fand, trafen sich unsere Blicke. Mit zwei Fingern tippte ich mir an die Schläfe und nickte ihm zu, bevor ich mich den Zeilen in meinem Kopf widmete.

Kapitel 2
Brooks

W*as zur Hölle will er schon wieder hier?*

Ich versuchte mich auf meinen Text zu konzentrieren, aber dieser Typ machte es mir wirklich schwer. Sein Bodyguard, ich war mir ziemlich sicher, dass es einer war, kam wie jeden Tag der letzten Woche und warf ein paar Scheine in den Becher vor meinen Füßen.

Eigentlich sollte ich dankbar sein, denn von dem Geld, was er mir bis jetzt gegeben hatte, würde ich mir einen neuen Schlafsack und eine neue Isomatte kaufen können. Außerdem brauchte ich mir für die nächsten zwei Monate keine Sorgen darum zu machen, wo ich etwas zu Essen herbekam.

Aber als der Kerl mit den Maßen eines Einbauschrankes jetzt vor mir stand, spürte ich nichts als Wut. Auf ihn und diesen arroganten *Rockstar,* der anscheinend ernsthaft zu glauben schien, dass ihn niemand mit dieser lächerlichen Verkleidung erkannte.

Ich sah zu ihm hoch, er nickte mir zu und drehte sich um. Weitere zweihundert Dollar. Noch zwei Tage und ich hätte in unter einer Woche zweitausend Dollar verdient. Zweitausend Dollar waren so verdammt viel Geld für mich. So viel und dennoch wurde ich mit jedem weiteren Dollar wütender.

Ich kannte die Schlagzeilen um Kit Bellamy. Nur weil ich auf der Straße lebte, hieß das nicht, dass ich keine Zeitung las. Irgendjemand warf immer eine L.A. Gazette in den Müll, die ich mir dann, wenn niemand hinsah, wieder herausfischte.

Und er war immer auf den Titelseiten. Er und die *Lost Acts* waren die bekannteste Band des Landes und jede Zeitung riss sich darum, einen Artikel über sie zu schreiben. Ich hasste sie und Kit ganz besonders. Seine Arroganz war widerlich und mir juckte es in den Fingern, sie ihm aus dem Gesicht zu wischen.

Er hielt sich für was Besseres und seit er von einem Fan angegriffen wurde, benahm er sich noch schlimmer.

Es gab kein Wochenende, in dem er nicht in irgendeinen Skandal verwickelt war. Zu viel Alkohol, zu viele Männer, zu viel von ihm.

Und jetzt saß er hier, seit einer Woche und sah mir dabei zu, wie ich sang. Währenddessen schrieb er irgendetwas in sein Notizbuch. Stundenlang hockte er einfach nur da, bewegte sich kaum und schrieb.

Am liebsten hätte ich ihn angeschrien und dazu gezwungen, von hier zu verschwinden. Was genau ich so sehr an ihm hasste, wusste ich selbst nicht. Ich glaubte, es war das Gesamtpaket aus zu viel Geld und Überheblichkeit, gepaart mit einer guten Portion Selbstverliebtheit und der Tatsache, dass ich irgendwie immer schon auf ihn stand.

Was mich ihn noch mehr hassen ließ, denn er war da, wo ich niemals sein würde.

Er hatte Geld, immer schon und jetzt noch mehr, während ich aus einem Trailerpark in Memphis kam, mit den Koffern voller Hoffnung und seitdem auf der Straße lebte. Weil es in L.A. keine Jobs gab, wenn man von ganz unten kam und weil die Aufstiegsmöglichkeiten als Straßenmusiker gleich Null standen. Am Anfang war ich noch zu jedem Casting gerannt, hatte vorgespielt und es wirklich versucht. Doch sobald sie tiefer bohren und meine Vorstrafen sahen, war ich raus. Da Zurückgehen aber keine Option war, lebte ich zwar in der Stadt der Stars, war aber nicht mehr als ihr Fußabtreter. Die Produzenten und jede einzelne ihrer Absagen hatten die Musik für mich zu einem Zwang gemacht. Ich sang, weil ich Geld brauchte und meine Stimme nicht komplett scheiße war. Aber die Freude daran hatte ich irgendwo auf dem Weg hierher verloren.

Als es zu dämmern begann, räumte ich meine Sachen ein und machte mich auf den Weg zum Strand. Dort unter dem Pier war mein zu Hause. So war ich vor dem Wetter geschützt und konnte an dem Ort sein, den ich am meisten liebte. Das Meer.

Kit Bellamy und sein Gorilla waren schon vor einer Weile verschwunden und ich war froh darum. Ich konnte mich nicht konzentrieren, wenn er mich die ganze Zeit anstarrte. Denn auch wenn ich ihn nicht leiden konnte, er war nun mal verdammt berühmt und er konnte singen. Auch wenn ich es nicht gern zugab, seine Stimme war etwas Besonderes. Heiser und rau und … verdammt.

Mit einem Kopfschütteln verdrängte ich die Gedanken an ihn aus meinem Kopf und betrat den Strand.

Das kann ja wohl nicht wahr sein!

Wütend stapfte ich über den weichen Sand, direkt auf den Kerl zu, der mich die ganze letzte Woche verfolgt hatte.

«Verschwinde hier», zischte ich und baute mich vor ihm auf. Natürlich war sein Gorilla nicht weit und stellte sich direkt zwischen mich und Kit.

Träge sah er zu mir auf und ließ sich auf die Ellenbogen sinken. «Nö.»

Nö? Das war seine Antwort?

Ich ballte meine Hände zu Fäusten und starrte ihn an. Dass er nicht an seiner Arroganz erstickte, war auch schon alles.

«Du sollst abhauen. Hast du was an den Ohren?», fuhr ich ihn an, weil er gerade dabei war, mir den einzigen Platz zu nehmen, an dem ich sicher schlafen konnte.

«Nenn mir einen Grund. Nur einen. Vielleicht überzeugt er mich.» Das konnte doch nicht sein Ernst sein. Wütend verschränkte ich die Arme vor der Brust und ging noch einen Schritt auf ihn zu. Dass ich dadurch seinem Bodyguard extrem nah kam, war mir in diesem Moment sowas von egal.

«Dein stinkreicher Arsch sitzt auf meinem Bett», sagte ich und schluckte die Scham herunter. Eher würde ich tot umfallen, als das vor ihm zuzugeben.

Für einen kurzen Moment wirkte er tatsächlich überrascht, doch dann setzte er ein selbstgefälliges Grinsen auf und zwinkerte mir zu.

«Ich hab dir fast zweitausend Dollar gegeben. Kostest du mehr?»

Ohne darüber nachzudenken, stürmte ich nach vorn, doch der Gorilla war natürlich schneller. Grob umschloss er meine Oberarme und schob mich zurück.

«Du solltest gehen, wenn du keinen Ärger willst», sagte er leise, aber drohend. Ich riss mich von ihm los und wich zurück.

Raffte meine Sachen zusammen, drehte mich aber noch einmal zu Kit um. «Danke.»

«Wofür? Du hast doch abgelehnt.» Er sah aus seinen dunklen Augen zu mir auf und es fehlte nicht viel, bis ich erneut auf ihn losgegangen wäre.

«Dafür, dass ich Recht behalten habe. Du bist genauso ein widerliches Arschloch, wie ich dachte. Ich behalte gerne Recht. Also danke dafür.» Dann drehte ich mich um und verschwand.

Printed in Poland
by Amazon Fulfillment
Poland Sp. z o.o., Wrocław

92936561R00188